绝命虫师

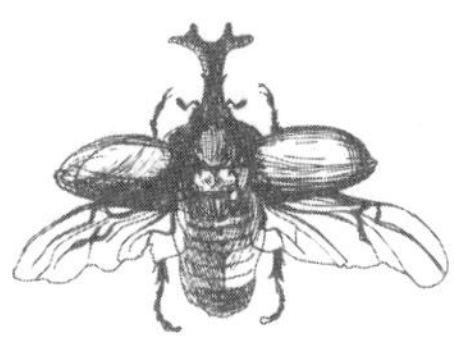

闫志洋◎著

中国友谊出版公司

目录
CONTENTS

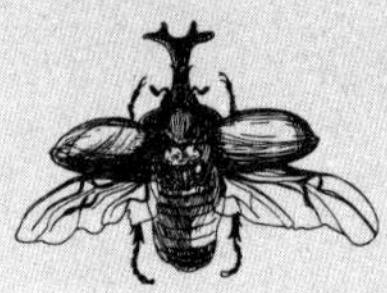

01

藏尸之地，四十四凶冢

大千世界无奇不有，这句话常常听人说起。可是往往当离奇的事情落到自己身上的时候却开始怀疑这句话的真实性。

当我听完“爷爷”的故事之后，我完全愣住了，好一会儿才恍若隔世般从故事之中清醒过来。

之所以在爷爷两字上面加一个引号，是因为他并不是我的亲爷爷，或者说我与他没有血缘关系。只是从我父亲开始便出于一些原因改成了他的姓氏，就连我的名字潘沐洋也是他给取的。

在我的印象中爷爷一直是个神秘的人，无论冬夏他都穿着一件黑色的已经破得露出棉花的棉袄，蓬头垢面，眼神缥缈，喜悦的表情似乎永远不属于他那张脸。他住在村子最里面的一间小草房里，与其他的人家隔出几百米。院子不大，却养着数只羽毛光鲜的公鸡。

村子里的人极少与他来往，但是非常敬重他。最主要的原因是他有一手看阴宅的绝活儿。他的规矩颇多，若非有缘人，即便施以重金亦不为所动。

我小时候曾经在老家陪着这位爷爷待过一段时间，但是那段记忆却是不堪回首的。后来一直在外求学，便再也没有他的音信，也许是并非亲爷爷的缘故，在亲爷爷过世之后便觉得在老家已经再无亲人，便也不再关心老家。直到2008年的秋天，那时候正赶上金融危机，而我却不幸地离职了。正当我窝在家中四处投简历无果的时候，父亲忽然打来了电话。

电话里父亲忽然提到了爷爷，这才让我想起了那位老人。父亲在电话里告诉我：爷爷得了肺癌，发现的时候已经是晚期了，医院下了病危通知单，如果我没有太多事情的话，过几天就和他回去看看爷爷。关于我小时候的那件事，实际上老人一直对我心存内疚。说完，父亲挂断了电话。放下电话，我看了看左手的手腕，手腕处依然清晰地留着两块细小的伤疤。

毕竟人已经老了，我想我也应该回去看看他了。想到这里我给父亲回了个电话，我告诉父亲，让他回老家的时候顺便接上我。

三天之后，父亲开车来接我。我和父亲也有半年多未见了，半年的时间已经使年过五十的父亲显得苍老了很多。其实我并非不愿意回家看望他们，只是因为我手腕上的伤。

因为前几天下过一场秋雨，下了高速之后，车子一直在泥泞的山路上颠簸，我和父亲一直沉默不语。或许是这种气氛太过压抑，父亲欲言又止地说道："沐洋，你……最近还好吗？"

我当然知道父亲话里的意思，他所谓的好吗是指我手腕上的伤口。我勉强从嘴角挤出几丝微笑说道："好多了，已经有几个月没有发作过了。"

接着车里又是一阵沉默，过了一会儿，父亲递给我一支烟，自顾自地点上大口地吸了一口，放慢了车速说道："你心里是不是一直在责怪他？"

父亲的话让我心头一颤，恨一个人最深的程度也许就是完全将这个人遗忘掉吧。我没有说话，抽了一口烟然后将头扭向车外，车外是一座绵亘的高山。

"其实他一直在想办法弥补。"父亲淡淡地说道。

我不置可否地从鼻孔中"哼"了一声，然后继续注视着窗外，泪水从眼眶流了出来。

"爸，关于他，你知道多少？"我忽然问道，父亲的身体也是微微一颤，其实我知道父亲甚至我的亲爷爷对他的了解都少得可怜，没人知道他是从什么地方来的，听别人说他来的时候正好是一年的秋季，他便是穿着那件黑色的棉袄，身无他物，只有一个黑色的小盒子，那盒子有手掌大小，挂在腰间。他来到这里便留了下来。

"沐洋……其实很多事情你不知道！"父亲叹了口气说，"这些话如果我告诉你，你一定会觉得是天方夜谭，但确实是真的。"

"呵呵。"我笑得有些轻蔑，不相信这个世界上会有什么事情会让我觉得是天方夜谭。

“他之所以会留在村子里，并不是因为他无家可归，而是村子里的人不让他走。”父亲咬了咬嘴唇说道。

父亲的这句话倒是出乎我的意料，原本我一直以为是他死皮赖脸地不肯离开这里，谁知真相竟然是这样的。

“可是……可是这是为什么啊？”我疑惑地望着父亲，父亲将车停下来，然后示意我走出车子，此时已经是深秋，再加上刚刚下过秋雨，外面还是有些寒意。父亲靠在车门上扔给我一支烟，自己悠然地点上之后指着我面前的一座山说：“沐洋，你看见前面的那座山了吗？”

我不解地望着父亲，然后顺着他手指的方向望去，面前是一座贫瘠的高山，在山腰处密密麻麻地排列着无数白色的墓碑，掩映在荒草之间。

“看到那山上的坟墓了吗？”父亲接着说道。

“嗯……”我诺诺点头道。

“那些坟墓一共有两百七十七个，这两百七十七人都是死于一个月之中。”父亲又猛地吸了口烟说道，“死于尸变。”

“尸变？”我不无震惊地重复着这两个字，不可思议地望着父亲，心想难道这个世界上真的有尸变这种事吗？

“你很难相信吧？”父亲淡淡地说道，我连忙点了点头，等着父亲的下文。过了良久父亲才缓缓地开口，在后来的半个小时里我听得瞠目结舌，几乎不敢相信这是从父亲的口中说出来的，因为父亲是个从不说谎的人，所以他的话我必须相信。但是这件事又太不可思议。

事情发生在民国时期，为了补充部队的兵力，各路大小军阀四处抓壮丁，当然老家北蒙亦未幸免。这些军阀除了抓壮丁之外，还要大肆搜刮一通，如果地上没有，这些军阀老爷就要挖坟掘墓。

当然他们绝不会像盗墓贼一样手法温存，不管是多么坚不可摧的墓穴，几斤炸药下去也会炸出个大窟窿。北蒙本是一个极其贫穷的山村，可是这小山村里却有片很大的墓地，村里人称之为四十四冢。

军阀抓完壮丁之后，便将目光锁定在了山上的那块墓地。说来，这块墓地应该算得上是风水宝地，三面环山，一面临水。而且这片墓地生长着郁郁葱葱的垂柳。不知那些垂柳究竟是什么品种，即便是在盛夏时节，柳树林中也罕有飞虫。

村子里的人每每经过那片坟地便觉得一阵阵恶寒从墓地之中传来。

因此村子里的人对这块墓地敬若神明，除了清明、冬至，绝不敢轻易踏入半步。

而当军阀听到这块墓地即便是在盛夏亦没有蚊虫，便更加好奇，心想在这墓地之下必定藏着什么珍稀宝贝。于是带着一百多人将这块墓地团团围住，三五成群地开始挖掘。这山村的墓穴并不像显贵之墓那样，有诸多的机关暗道和一层层防盗设施，只不过是个土包上面放几块石头，简陋得连墓碑也免了，有的甚至连石块都没了。挖掘这样的墓穴连炸药都省了。

士兵们工作得很卖力，进度也很快，从清晨到傍晚仅仅用了不到一天的工夫，其中的四十三座墓穴都已经被打开了。可是让他们惊讶的是那四十三座坟里面竟然空空如也，别说是什么珍稀宝贝了，他妈的就连腐烂的尸骨都没有。

这更让军阀对这片坟地感到好奇了，究竟是谁在这个地方埋了如此之多的空冢呢？这些空冢应该都是疑冢，为的是隐藏其中一个真正的坟墓吧。而且这片墓地名叫四十四冢，现在只挖出来四十三冢，那么最后的那个坟墓在什么地方呢？

军阀头目一方面吩咐士兵在这边柳树林中四处挖探槽，迫不及待地想找到最后一个墓穴的下落；而另外一方面，他找来北蒙村里的老者逼问他们最后一个坟墓的下落。可是这儿虽然叫作四十四冢，也只是从祖上便是这样叫下来，谁也不曾真正查过究竟有多少个坟墓。

谁说军阀都是酒囊饭袋？要说这个军阀还真是有些手段，他忽然发现不但是这片墓地非常怪异，就连墓地之中的柳树也种得颇为诡异。看上去似乎杂乱无章，但是细算之下便不难发觉，相邻两树之间的距离都大致相同，全部是五步的距离，而所有的疑冢都正好夹在两树之间。他环顾了一下四周，忽然将目光停在了不远处的一块空地上。

只有那两树之间的空地没有疑冢，只是地上已经被士兵挖出了几个半米深的探槽。军阀头目望了一会儿，便下令让几个士兵过来从那个探槽挖下去。

开始挖掘之时已经是傍晚，军阀头目下令在墓地点起火把做饭，自己却一直蹲在探槽旁边观察着里面的变化。

话说几个士兵挖掘了半个时辰有余，探槽已经扩大到两米宽、一米多深，手中的铁镐却忽然像是碰到了什么坚硬的物什一般，发出一声沉闷的“砰”声，生铁做成的镐头竟然断成了两截。

军阀头目大喜，一下子跳入探槽之中，拿过一支火把想看个究竟，谁知当他看了之后不禁一惊，眼前是镐头留下的深深的坑槽，半截镐头插在槽中，露出白色的生铁牙子。他命人将半截铁镐取出，谁知那半截铁镐竟然如同镶在了坑槽之中般纹丝不动。

下面究竟是什么东西，竟然能有如此力道？他好奇心大起，立刻吩咐多来几个人将半截镐把拔出来，只是细看那被拔出来的半截镐把的尖端只有一些红色干燥的泥土，根本没有预想的白色的金属划痕。

这里面究竟是什么东西？想到这里，他叫人拿来炸药，管它下面是什么呢，就算是钢筋水泥也难以承受这炸药的威力不是？炸药被放入其中，点燃之后，一群人便远远地躲到了后面。

在一声巨响之后，探槽内扬起一片红色的沙尘。军阀头目连蹦带跳地向探槽跑去，可是当他跑到探槽前面的时候，脸上的表情从喜悦一下子变成了惊讶。

眼前的情景是这位军阀头目无论如何也不曾想到的：红色的沙尘散尽，探槽下面的红色土层竟然只炸出了水桶大小的一个小坑。

“娘的，这土还真够硬的。”他狠狠地道，“再炸……”说完几个工兵跳入探槽，不一会儿工夫，又是一声巨响，这次的响声比刚刚大了很多，想必是增加了火药的分量。

又是一阵红色的沙尘，军阀头目再次走到探槽旁边，刚刚的那个洞口此刻被炸出了有缸口大小。他蹲在探槽旁边，抓起一把被炸出来的红色土块，凑近火把细观，并未看出有任何特别之处，可是不知为何会如此坚硬，生铁都会折断其中。

“再炸一次。”军阀头目将手中的土块扔到一边，点燃炸药，他的目光死死地盯着前方五十米之外的探槽。在一声沉闷的“砰”声之后，军阀顿然觉得脚下的地面猛然颤抖了一下。

他心知一定是打开了缺口，于是三步并作两步奔到探槽处，果不其然，探槽下面出现了一个深坑，一阵幽幽的冷风从洞口扑面而来。军阀头目大喜，立刻命人取过火把，抽出佩枪，叫来两个北蒙的村民，威逼他们先行进入洞穴之中。

他们进入之后，军阀头目带着两个士兵一起拿着火把走了进去。这墓穴并不是很大，面积仅三十平方米左右。墓室之中很干净，没有盗墓的痕迹，但是里面也没有什么珍稀宝贝。在这墓穴的最里面有一口红色的棺椁。

此棺椁坐北朝南，比常见的棺椁大了一圈，棺椁外面则用厚厚的红色黏土包裹着，在红色包层的外面是几根已经褪了色的由红色绳子交织而成的网状的结构。

“司……司令。”跟在身后的一个士兵颤颤巍巍地说道，“这个棺椁咱们不能动啊！”

“嗯？”军阀头目正看得出神，扭过头拧紧眉头问道，“你看出什么端倪了？”

“司令，你看看上面的红色绳子，好像是为了防止发生尸变的尸体从棺椁之中逃出才特制出来的。”士兵说着咽了咽口水，一脸惊惧地说道。

“哈哈，老子怕天、怕地，就是不怕什么僵尸！”说着他掏出佩枪“啪啪”两枪精准地打在绳子上，绳子应声而断。

“多叫几个人进来，我倒是想看看这里面藏的是他妈的什么怪物。”说完自己转身走了出去，因为并未在墓穴之中发现什么值钱的东西，因此他便想打开棺椁以解心头之恨。

墓穴不大，太多的人施展不开。军阀于是下令将洞口再炸得大一些，然后将那口棺椁抬出来。

忙了整整一夜，在天明的时候十几个士兵终于将那口古怪的棺椁抬了出来。军阀头目命人将棺椁表面的那层坚硬的红色黏土制成的包层去掉，接着一口红色的棺椁终于出现在了所有人的面前。

虽然不知道这口棺椁的具体年代，不过让人惊讶的是这口红色棺椁上面的红漆竟然保存得非常完好，一种诡异的红在棺椁上流淌，让人有些心神不宁。

军阀冷笑了几声，然后命人将棺椁打开。士兵们心存敬畏，所以都不敢用力，过了良久棺椁还未打开。军阀大怒，几个士兵这才使出蛮力，将棺椁一下子撬开了。移去上面沉重的棺盖，顷刻间一股异香从棺椁内飘出。

军阀三步并作两步奔向那口怪异的棺椁，他在距离棺椁一米有余的地方，忽然停住了脚步，他的腿像是被注入了铅一样再也走不动了，眼睛死盯着棺椁的外沿——在棺椁的外沿处竟然搭着一只手。

从远处看那应该是一个女人的手，白皙细嫩。可这恰恰是军阀恐惧的地方，毕竟这是一具尸体，虽然具体的年份不详，但是粗略算起来，应该至少有百年之久了，而里面的尸体竟然没有腐烂。

军阀下意识地按了一下腰间的佩枪，咽了咽口水，停顿了片刻，扭过头朝一个士兵使了个眼色，命他去看个究竟。可是面对如此怪异的事情，是人都会腿软。那士兵灵机一动，到身后拽过来一个村民，用枪指着他的脑袋。“你……”然后指了指前面打开的棺椁说道，“去看看。”

村民虽然也害怕，但是迫于无奈，他还是缓缓地向那口敞开的棺椁走了过去，他伫立在棺椁前面表情复杂地望着里面的尸体，却是一句话也不说。

“里面有什么？”军阀憋不住问了一句。

“老总，一具女尸。”村民指着棺椁说道。

军阀迈开步子走到棺椁前面，不禁喜形于色。在那口巨大的红色棺椁之中躺着一个女人，女子一身素装，身上缠着几圈细细的红线，长发披肩，双眼微闭。可怪异的却是这女子的双手一直向上伸着，似乎在死前挣扎过一般。而刚刚落在棺椁外沿的便是女子的左手。

军阀环着棺椁绕了两圈，将里面的女子打量了个遍，想看看这女子身上究竟有什么宝物，以至于尸体竟然经历百年而不腐烂。可是找了半晌却发现女尸身上甚至连一枚戒指也没有。

他命人将尸体从棺椁之中抬出来，放在旁边事先铺好的草席上，然后进入棺椁中，想看看里面是否有暗格机关，或许藏着什么神秘的物什。可是他始终是一无所获。军阀头目有些恼怒，将女尸身上的衣服一一剥落。

素衣落尽却依旧未找到一点儿值钱的物件，眼看天色渐晚，军阀头目命人将赤裸的女尸放在草席上，便开始生火做饭，准备第二天带着队伍离开。

当时虽是秋季，但是山上的树木也湿潮异常，此时军阀头目忽然想到丢弃在附近的那些空棺椁，虽然没有值钱的物什，不过劈柴引火还是可以的。

四十四口棺椁很快消弭在了熊熊大火之中，吃饭时这军阀头目越想越气，忽然想到了一个发泄的办法——分尸。

那具该死的尸体让他们大费周章不说，还白白在这里耽搁了两日有余，于是命人将那具尸体抬过来，一不做二不休，给它来个大卸八块。

几个士兵得令之后便向那具尸体停放的地方奔去，他们的驻地离女尸停放的地方本也不远，可是几个士兵却迟迟未曾归来，这不禁让军阀头目等得有些恼火。他霍地站起身来：“你们几个跟我走，娘的，这几个兔崽子抬具尸体还磨磨叽叽的！”

说完之后身边的几个士兵一同站了起来，可是军阀的步子刚迈开，忽然耳边传来了一声惊呼，那惊呼之声正是从女尸停放的地方传来的。他立刻抽出佩枪。

那声惊呼转眼间消失在了深山之中，几个士兵面面相觑，脸上都是惊惧的神情。正在此时更多的士兵从营帐中跑了出来。

“刚刚那声音是从什么地方传来的？”

“娘的，是不是见鬼了？”

“这鬼地方指不定还藏着什么鬼东西呢。”

聚集在一起的士兵七嘴八舌地议论着，而军阀头目却拧住了眉头，他缓缓地将手枪退回到枪套中。可恰在此时，从尸体所在的方向传来了“啪啪啪”几声枪响，那声音在山谷之间不停地回荡着。

刚刚的聒噪一下子平息了，所有人都惊恐地向那个方向望去。军阀头目再次掏出枪，然后高声道：“集合，全他妈的给我集合！”

一声令下，部队立刻集结了起来，与此同时又是几声枪响。军阀头目心想一定是发生什么事情了，部队很快集结在了一起。他跑在最前面，所有的士兵都荷枪实弹，随时准备打一场遭遇战。

他们刚刚走出驻地，却发现一个身影歪歪斜斜地向这个方向走来，白花花的月光遮住了他的半张脸，不过从衣着上不难看出应该是刚刚去抬尸体的那几名士兵之一。

他的枪挂在身后，身上应该是受了重伤，一步一跌地向这边走过来。军阀头目加快了步子，两步奔到士兵的前面，那士兵一下子倒在了他的怀里。

“怎么了？和你去的那几个人呢？”军阀头目急切地问道。

“死……都死了！”士兵气若游丝地说道。

“怎么死的？”军阀头目怒喊道。

“猴子……猴子。”士兵含糊不清地说道，军阀头目听得清楚，但是心里却糊涂了起来，北蒙地处北方，别说猴子了，连根猴毛也没有，他怎么会忽然冒出来这么一句？

“你他妈的说什么？猴子？”军阀头目拼命地摇晃着那士兵，可是那士兵却早已经昏厥了过去。军阀头目见状对后面的队伍大吼道：“把他抬走，一定给我把他救活了！”

说罢他握着枪带着部队向四十四冢奔去，远远地，一阵新鲜的血腥味便扑面而来。他心里一沉，握枪的手已经沁出了汗。他带着队伍硬着头皮走进四十四冢，他向四周打量了一番，远近几具尸体横七竖八地平躺着，刚刚平躺在草席上的那具赤裸的女尸早已经不见了踪影。

刚刚的那几个人都死了？此情此景让所有人都屏住了呼吸，一个二百多人的队伍竟然鸦雀无声。正在此时，军阀头目忽然听到一阵“咔嚓咔嚓”的声音，他循着声音传来的方向望去，在距离自己四五十米的地方似乎蹲着一个人，月光之下他分明看到那人背对着自己，身上穿着一件黑色的皮袄，他的头一起一伏，似乎在做着什么。

他会是谁？肯定不是幸存下来的士兵，那他会是谁呢？军阀头目心中忖度着，正在此时旁边的副官忽然高喊道：“前面的那个人，转过身来，不然就开枪了！”

他的话音刚落，便听到身后的队伍发出齐刷刷拉枪栓上膛的声音。前面的那个人显然是被这声音震住了，停住了手上的动作，却并不回头。

“妈的，你听到了没有？再不转过来老子开枪了！”说着副官举起手枪瞄准了前面的那个人。

正在此时，军阀头目感到自己的腿忽然被什么东西抓紧了，他猛然一颤，连忙低下头，谁知正是其中的一个士兵，刚刚只是昏迷了过去，却并未死透。

“跑，跑！”那士兵虽拼尽全力，可声音却依旧是含含糊糊。

“什么？”军阀头目大声说道。

“跑……”士兵声嘶力竭地喊道，这次所有人都听得清楚，只是他的话音刚落便听到队伍后面又传来几声惨叫。

军阀头目转过身的时候，发现后面早已经乱作一团了。

“发生了什么事？”军阀头目高喊道，他的话音刚落，身后忽然传来了几声枪响，他大急，快步向后面的队伍奔去，一边跑一边高喊着，“都别乱，都别乱！”他希望队伍能恢复平静，但是惊慌失措的士兵哪里还能顾及那么多，保命要紧。

当他跑到队伍尾端的时候，队伍早已经散乱不堪了，他看见十几个人无力地趴在地上，身上的衣服全部被抓破了，但是却没看到是什么东西所为。

正在此时，一个黑影忽然从眼前闪过，那黑影像是个半大孩子，身形很像是一只成年的猴子，它飞快地从一旁的柳树上飞身下来，直击下面一个仓皇逃命的士兵。那士兵应声倒地，接着在地上打起滚来，一会儿身体开始剧烈地抽搐，挣扎了片刻便不再动弹。

他正看得出神却没有注意到此时自己已经是身处险境，只听耳边忽然传来一阵呼呼的风声，军阀头目这才猛然醒过来，不过为时已晚，那黑影已经接近了自己。人的求生欲望往往能创造奇迹，他闪电般地转过身，然后照着身后的那只“猴子”就是一枪。那“猴子”的反应极快，身形微变竟然躲开了，不过却也击不中军阀头目了。

那军阀头目见势头不对连忙撒腿就跑，混迹于人群之中。慌乱的人群被“猴子”截成了几段，军阀头目带着的有五十个人左右，他们跑出几里路之后累得气喘吁吁，浑身大汗淋漓。军阀头目确定那“猴子”没有跟来才下令就地休息。

说来也巧，那天正好天降大雾，黑色的迷雾竟然令五米之内看不清楚彼此。一行人休息了片刻却也迷失在了北蒙的深山之中，如果按照原路返回又怕碰到那种“猴子”。于是留下几个人守夜，其他人就地休息。

却说军阀头目睡得正酣，忽然惊闻几声枪响，他一激灵，霍地从地上爬起来。此时才发觉身边的人都已经被枪声吵醒了。枪声是从前面传来的，而且听那声音似乎越来越近。

难道是自己人遭遇了“猴子”的袭击？想到这里他立刻带着所剩无几的人去增援，但是因为大雾弥漫看得并不是很清楚，走了半刻钟，忽然大雾之中闪过几个黑影，接着又是几声惨叫。

那一定是猴子，想到这里他命令士兵立刻开枪抵御，在一阵嘈杂的枪声之后，眼前的黑影终于不见了。

过了一会儿，东方开始放亮，他们想那些“猴子”也许已经回去了，于是向来时的方向走，准备回到驻地。谁知走出五十步有余却发现前面竟然躺着成片的尸体，那些全部是自己士兵的尸体。

更加让他感到不解的是，那些士兵全部是中弹身亡。他不禁心头一寒，难道昨天晚上看到的黑影会是这些士兵吗？他命人检查了所有的尸体，确实都是死于自己的枪口，一共有七十六人。

他迫不及待地向驻地赶，可是经过四十四冢的时候却发现昨晚死去的几个士兵都已经变成了白骨，身上的肉和内脏都不见了，他没有停留，回到驻地的时候已经有一部分士兵提前回来了。他找来随军的军医问明昨晚上受伤士兵的伤势，军医说那个人一直高烧不退，人时而清醒，时而迷糊，而且伤口已经开始溃烂，普通的消炎药根本不管用。

听了军医的话，他二话不说便向那个士兵的营帐跑去，那个士兵正躺在床上说着梦话："放过我，放过我，不关我的事情。"

军阀头目一个巴掌打在士兵的脸上，他恍惚地醒了过来望着军阀头目，脸上的肌肉微微抽搐了几下，然后淌出了眼泪："司令，他们死得好惨啊！"

"你们昨晚遇到了什么？"军阀头目按住士兵的胳膊说道，"还有，那些'猴子'是从什么鬼地方来的？"

"我也不知道，我们按照您的命令去抬那具女尸，只是当我们到达四十四冢停放尸体的地方时，却发现尸体早已经没了踪迹，正要往回赶，忽然从一个挖开的墓穴中蹿出一个像猴子一样的怪物，它的速度极快，没等我们反应过来已经有两个人倒下了。我见势不妙，立刻转身往回跑，可是那个东西却紧追不舍。"说到这里士兵咽了咽口水，接着说道，"随行的人一个接着一个地倒下，甚至来不及发出一声尖叫。正待那个东西向我扑来的时候，我回身开了一枪，它似乎很恐惧枪的声音，一下子消失了。我不敢怠慢，继续向前跑，忽然那东西从我前面冲了出来，没等我反应过来它便咬伤了我的左肩。我抽出刀子用力地挥舞着才将那东西吓跑，接着我就见到了你们。"

"原来如此。"军阀头目若有所思地说道。

当天，军阀头目带着部队离开了北蒙，可是在他们离开后的一周，北蒙便发生了惨案，每到深夜，那种像猴子的东西便会神不知鬼不觉地出现在别人的屋子之中，然后杀死里面的人。短短的一个月竟然死去了二百多人，很多人准备离开北蒙。

就在这时候我爷爷来了，他叫潘俊，来的时候正好是秋天，他穿着一件黑色皮袄。当他得知村子之中发生的事情之后便告诉村里人，那些长得像猴子一样的怪物叫皮猴。这种东西本来生活在深山之中，以腐肉为食。但是因为连年的战乱，死人无数，很多尸体来不及掩埋便腐烂了，便容易招来皮猴。

但是令他感到怪异的是，皮猴虽然长相暴戾，却很少主动攻击人类，除非……后面的话他没有说，而是来到了四十四冢。当他看到四周的树木的时候，脸上惊现出一丝喜悦的神情："原来是这样。"

后来他告诉村长，那四十四冢里有四十三座应该是疑冢，只是为了那第四十四冢。那冢里应该藏着一具女尸，女尸身穿素服，身上缠绕着红线，而且不会腐烂。

村长闻之大喜，他未曾得见，却说得如此详细，一定是深知其中的缘由。

爷爷说那尸体是个不祥之物，之所以经年不腐并不是因为身上有何奇珍异宝，而是因为那具尸体的身上有一条虫，这虫寄生在死尸身上才会有如此奇异的现象。这种虫是皮猴的天敌，每遇见这样的尸体皮猴就会发狂，因此才会主动攻击人。

现在皮猴之所以总是留在村子之中不肯走，是因为那具尸体应该就藏匿在村子里面。

村长当下骇然，从未听说世界上有如此离奇之事，原来那所谓的尸变竟然是因为一条小小的虫。村长虽然自己想不明白其中的缘由，却向我爷爷打听如何可以将那具尸体找到。

爷爷叹了口气说道："我已经找了它很多年了，我有办法，但是你们所有人必须都听我的。"

于是当天晚上，村子之中所有的女人都被爷爷聚集在了祠堂里，男人手执明火守在外面，无论里面发生任何事情绝不可轻易进入。祠堂的门打开着，每个女人手中握着一炷香，香不可离身。一切准备停当之后爷爷躲在了祠堂的房檐之上。

话说前半夜一直很平静，一直到午夜过后，忽然爷爷从房梁上跳了下来，对外面大喊道："关门！"

早已经守在门口的男人们立刻将祠堂的门关上了，然后爷爷让所有的女人站成一排，当时我亲奶奶即将临盆，他从左向右数，村中的女人原本有四十五人，但是那时却多出来了一个。

爷爷走到其中一个女子旁边笑道："你出来吧！"

那女子面貌清秀，一身素衣，她对着爷爷冷笑却并不说话。爷爷猛然抽出一把短剑，那女人反应也快，向后退了几步避开了。

爷爷向那女人步步紧逼，女人似乎想抓住一个人做挡箭牌，却每每遇到其他人手中所握的香便又缩回了手。正在此时奶奶忽然临盆，剧痛让她手中的香一下子掉了出去。那女子手疾眼快，一下子扑向了奶奶。

说时迟那时快，虽然爷爷手中的短剑亦是很快，但终于还是落在了后面，在那女子抱住奶奶的瞬间，爷爷的短剑也刺入了女子的身体。转眼间那女子的皮肤便变得皱巴巴的，头发也变得如雪一样苍白。

“唉，还是迟了一步。”爷爷叹息道。

后来爷爷告诉村长这虫已经钻进奶奶的体内，这虫遇见热血会立刻休眠，直到人过世之后才会苏醒，因此那些皮猴便不会嗅到这虫的气味，也不会再来骚扰了。不过这虫可能会随着婴儿传给下一代，因此每个孩子都要在出生之后检验一下这虫究竟在谁的身体里。村长担心这虫会再次作乱，便留下了爷爷。

听完父亲的话，我似乎有些明白了。

“走吧，马上就到老家了。”说着爸爸扔掉手中的烟蒂，打开了车门。此处距离老家只有十几公里，但是道路却崎岖难走，一路颠簸不停。

北蒙实际上并不偏僻，但一直都很贫穷，直到2004年，一群外乡人来到北蒙，带来了很多设备，他们在北蒙的地下发现了大量的矿藏，一时间北蒙附近的居民像是忽然迎来了久违的甘露。

接下来便是大型机械的进驻，大大小小的矿山像雨后春笋一般出现在了北蒙，这个历来平静的山村仿佛一夜之间变得喧嚣了起来。穿着各色工作装的工人行走于北蒙的乡间路上。

车子很快驶入了北蒙，可是让我吃惊的是记忆中的那些房子此时早已是断壁残垣，几个挖掘机正在卖力地对那些还屹立着的房子发着淫威。

“爸，这是怎么回事？”我指着前面问道。

“唉，明年也许北蒙就不存在了。”父亲叹了一口气，然后踩了一下油门，“这里正在拆迁，北蒙很快就不存在了。”

父亲的这句话让我的心里忽然涌起一阵淡淡的忧伤。北蒙，也许这是我最后一次见到你了。

爷爷住的房子在北蒙的最里端，院子不大，用低低的石块混合泥土的矮墙围住，门口有一口井，井口向外呼呼地冒着寒气，小时候每每走到这口井旁，我总是有种不祥的感觉。

父亲将车停在门口然后走下车来，他轻轻地推开木门，便听到几声鸡叫。门打开了，这时候一个老人推开房门走了出来，那便是我的爷爷——那个神秘的老头。此刻他披着一件黑色的棉袄，嘴里叼着一个火烟袋。

“你们回来了？”爷爷说着向我们的方向走来，不过显然爷爷已经老了，他步履蹒跚，脸上浮现出我从未见过的微笑。

爷爷带着我们走进屋子，屋子很简陋，一个土炕，几个红色的不知什么木头做成的柜子，还有一个破旧的沙发，除此之外便再无他物。

坐在炕上，爷爷给我和父亲倒上两杯茶，一阵淡淡的清香扑面而来。爷爷坐在我们的对面简单地寒暄了几句之后便对父亲说："你先出去走走，我有话要单独和沐洋说。"

父亲点了点头，望了我一眼，然后推开门走了出去。

爷爷轻轻地咳嗽了几声，然后娓娓地说道："沐洋，我今天和你说的你都要记清楚。"

我听得莫名其妙，但还是点了点头。

"你听说过驱虫师吗？"爷爷问道。

我连忙摇了摇头。驱虫师？我听说过风水师、相学师，但是这驱虫师究竟是什么呢？

"孩子，其实天下的虫有成千上万种之多，但是所有的虫却又都逃不出五行，即金木水火土。"爷爷说得很淡然，"我们一般人所见到的虫大多属木，而且这类虫对人没有什么伤害。而另外四种却不同了。"

"哦？"对昆虫这种离奇的分法之前我闻所未闻，即便现在听起来也觉得新鲜。

"听懂了？"爷爷面露喜色。

"好像……还不是特别懂！"我犹豫着说道。

"哈哈！"这是我第一次看到爷爷这样大笑，之后他站起身来走到旁边的木柜旁，小心地打开柜子，瞬间一阵清香从柜子里传出来，那种香味很怪异，但确实很香。不一会儿工夫，外面的几只公鸡开始聒噪起来。

爷爷在柜子里翻了半天之后拿出一个小木盒，那个木盒通体乌黑，看上去油油滑滑的，那种清香便是从这里散发出来的。他将木盒放在我的面前，说道："沐洋，这里面的虫便是属土的。"

我更加好奇，这属土的虫究竟会是什么样子呢？

"这里面的虫会土遁，在土里很难将其抓到，但是却因为五行相生相克，它最忌讳的便是木，因此将其放在木盒之中便不会逃走。来，你打开看看。"爷爷说着将眼前的木盒向我推了推。

我犹豫了一下，咽了咽口水，轻轻地打开木盒。我看见一枚鹌鹑蛋大小的五色卵出现在盒子之中，但奇怪的是刚刚那阵古怪的香味却淡了很多。

“这虫子遇到木就会蜷缩起来，在外面形成一层厚厚的壳，但是一旦遇到土，这层壳就会在短时间内消失掉，然后变成虫。”爷爷说着躬下身子从地上抓起一点土小心翼翼地放在盒子之中。

我圆瞪着眼睛盯着盒子里的那条虫，不一会儿的工夫，那虫的身体竟然微微地颤抖了两下，开始我以为那是自己的幻觉，不久那虫颤抖得越来越厉害，几分钟之后只听一声轻微的“咔嚓”声，身上的那层壳竟然裂开了。

这简直太不可思议了，一个粉色的脑袋从里面钻出来，却明显没有眼睛，它快速地将身上剩余的壳全部吃掉，变得像一只胖胖的粉嫩的蚕宝宝。

“这就是……”我惊异不已地说。

“对。”说着爷爷按住那条虫，然后将盒子里面的土倒了出去，只见那条虫的身体如同受到了刺激一般快速地紧缩在了一起，不一会儿工夫，身上的皮肤竟然又变成了一层坚硬的壳。

“太神奇了，为什么我之前不曾听说过呢？”我喜不自胜地望着爷爷问道。

爷爷叹了一口气说道：“今天我叫你来就是想告诉你一些关于我和这些虫的事情。”

“关于您？”我惊呼道。

“嗯，那些记忆尘封了几十年，我想如果再不说出来，恐怕自己就没有时间了。”爷爷说得有些苍凉。

“这一切应该从那年夏天的那个死囚讲起。”爷爷长出一口气，然后点上一支烟说道。

02

新疆世家，火族皮猴谜

民国三十二年，生于一个中医世家的潘俊，时年十九岁。他从小深受中医思想的熏陶，虽然年纪不大，却颇有几分见地，更因八岁时开的一记奇方救活袁世凯身边一员大将而闻名遐迩，当时京城之人都以潘爷称之。

潘家不但精研中医药道，更兼有一门不外传的绝学，那就是用虫。坊间传言，令潘家最初在京城中站稳脚跟的并非医术，而是虫术。

而且这虫术也颇为玄妙，如果用得好，不但可以救死扶伤，还可以寻龙断穴，但是规矩也是极重。传授之人必须是处子之身，必须具备阴阳眼，必须……各种各样的传闻伴随着虫术的神秘应运而生。

于是潘家便成了一个极其神秘的家族，天南海北想学虫术的人络绎不绝，但是最后都是撞了一鼻子灰，虫术究竟是什么，谁也不知道。

再说潘俊，围绕着他有诸多传言，其人也颇为神秘。他总是一袭黑装加身，一年四季皆是如此。据说，这也是驱虫师的一个规矩。

这年五月的一天，天气异常闷热，午后潘俊正在小憩。忽然管家匆忙跑来叫醒了他，说是前堂有几个警察来找他。

潘俊虽然年龄不大，却也城府极深，在人际关系上游刃有余，与警察局也颇有几分交情。他穿上衣服来到前厅，两个警察点头哈腰地说道："潘爷，今天我们是奉命来接你去见一个人的。"

"呵呵，你们也知道我的规矩。"潘俊的规矩极重，他有三不救。第一是日本人不救，第二是前清宫中之人不救，第三是姓冯的人不救。

“潘爷放心，这人绝不是您规矩上的那三种人。”警察赔笑道。

潘俊笑了笑，然后站起身在两个警察的陪同下坐上了车，可奇怪的是那辆车竟然是驶向京师第二监狱的。潘俊有些惊讶地说道：“为何到这里来？”

一同前来的警察赔笑道：“潘爷有所不知，这位冯……”他刚说到这里却硬生生地咽了回去，接着说道，“这位爷现在在死牢里。”

“死牢？是个囚徒？”潘俊更加惊异，行医这么多年还是第一次兴师动众地为一个囚犯跑到监狱里来。

“呵呵，不瞒先生说，这人确实是个囚徒，而且是个死囚。”警察嘿嘿笑道。

“他所犯何罪？”潘俊问道。

“这个……”警察想了想，凑在潘俊的耳边说道，“据说是通敌……”

通敌？潘俊想着，这个死囚究竟是何人，他又是如何被定成通敌罪的呢？实际上潘俊对于当时时局十分不满，他仇视日本人，因为自从这群禽兽来到中国之后，所到之处无不烧杀抢掠，难道这个人是和日本人私通吗？

如果不是日本人，那么应该就是八路吧，虽然他不相信当时的政府，但是却也极少接触八路，所听闻的也只是坊间的传闻。他还有着一种谁也不帮，且与谁也不结怨的中立想法。

不过也暗下决心，如果是私通日本人，自己就送他一程；如果是八路，那么还是会帮的。

车子出了德胜门，穿过一条名为功德林的旧路，向京师第二监狱驶去。这所监狱的前身是我国第一个劳改机关，名叫北京模范监狱，直到民国三年才正式改成京师第二监狱。车子在第二监狱的门口停下。

潘俊走下车子，前面是一个红色的大门，门上写着“京师分监”四个大字，两个警察与门口的守卫交涉一番后，跑到潘俊面前说道：“潘爷，您里面请……”说着伸出手礼让潘俊。

潘俊虽然只有十九岁，但是老练沉稳，大场面也见得多了，因此依旧面无表情。可是当他刚一脚踏入监狱大门，里面就传来了一声凄惨的惊呼，他猛然一颤，停顿两秒，然后长出一口气迈了过去。

在进门的院落之中摆放着一个绞架，几个吊儿郎当的狱警正端着枪看着几个犯人，黑白相间的牢房让潘俊觉得有些压抑。

他不忍多看，跟着前面的警察径直向里面走去。监狱是采用双扇面形及十字暨丁字形式建造的，除了一个病监之外，其余十六监按照天、地、玄、黄、宇、宙、洪、荒、日、月、盈、昃、辰、宿、列、张十六字依次编名。而警察带着他走向的却是天字号牢房。

这天字号牢房的“天”取自于《千字文》首句“天地玄黄”的第一个字，用以比喻第一、第一号之意。天字一号牢房那里面关押的人应该是罪大恶极者，但仅仅是罪大恶极却也不一定就安排在天字号牢房之中，还要有一个特别的身份。

这时，警察已经带着他来到了天字号大牢门口，牢门紧闭，一扇窗子也没有，只在门上有一道缝隙，这边是平日里狱卒送饭的地方。

“潘爷，您稍等。”说着警察叫来狱卒打开了牢房的门，瞬间一股淡淡的香气传了出来。潘俊眉头微颦，嘴角轻轻抽动了一下说道：“里面究竟是什么人？”

“潘爷，这……”警察一副为难的表情。

“哼，我说过不见姓冯的人，你不知道吗？”说着潘俊拂袖便要离开，警察连忙双手作揖挡在潘俊的前面。

还未等警察开口，里面朗声道：“潘爷，既然来了，就进来谈谈吧，现在我已经是阶下囚了，你如果想报仇的话，现在就可以。”

这句话让潘俊的血脉贲张，他紧紧地咬着牙，握着的拳头发出“咔嚓咔嚓”的声音。

“怎么？大名鼎鼎的潘爷竟然没有这个胆量？”里面的人挑衅道。潘俊长出一口气说道：“潘家世代只会救人……”说罢抬腿便走。

谁知刚走出几步，一个人忽然出现在了潘俊的面前，潘俊抬起头与来人四目相对，不禁心头一沉，他怎么会出现在这里呢？

眼前之人姓方，叫方儒德，五十岁出头，方脸，浓眉，小眼，身体微微发福，穿着一身西装，手中拄着文明棍。他站在潘俊面前清了清嗓子说道：“潘爷……”声如洪钟，气度不凡。

“方警长，您怎么会来这里呢？”潘俊心下狐疑，虽然平日与他有些交情，却深知此人绝非什么善类，真真是个无利不起早的奸商坯子。

“潘爷，为何刚来就要走呢？”方警长语气上调，一双小眼睛贼溜溜地乱转。

“啊，您是知道我有三不救的规矩的，里面的人应该是姓冯的吧。”潘俊丝毫不惧，“这姓冯的人我是绝不会救的。”

“嘿嘿。”方警长笑了笑说道，“今天不是让你来救人的，只是让你和他谈谈。”

“谈谈？”潘俊有些惊讶，却不明白其中的意思。

“这个死囚点名要见你。”方警长的话音刚落，只听牢房里的人朗声道：“方胖子，你丫忒无能了，老子想见的人你一个都找不来，找来了却又留不住。”

他的话音刚落，潘俊注意到方警长脸有怒色，却极力压制住，然后摆出一副笑脸说道：“潘爷，您看如果您今天走了的话我也算是名声扫地了，所以……”

潘俊知道如果今天不答应他的要求，他以后势必会来找碴儿，于是点了点头说道：“好吧。”但是心中却大为不解，为何他会如此听命于这个死囚？

“那您请……”方警长说完带着潘俊来到敞开的牢门前，里面的香气更加浓郁，已经到了呛人的地步了。

牢房里黑乎乎的，只有一盏昏黄的煤油灯放在一张木桌子上，借着微弱的光亮依稀可以看清一个人被几条锁链锁在墙角，衣服早已经破烂不堪了。

“方胖子，你出去，我要和潘爷单独谈谈！”里面的人大喊道。

“好，好，好！”方警长这几句“好”的语气中带着几分谦卑，似乎里面的人并非犯人，而是自己的祖宗。

方警长命人退了出去，然后将天牢的门关上。潘俊站在囚徒的面前，一言不发地望着他。过了一会儿，囚徒朗声大笑起来：“哈哈哈，我当潘爷究竟是个什么样的人物呢，原来不过是个半大小子而已。”

“呵呵。”潘俊冷笑道，“你找我不只是为了羞辱我吧？”

“你应该知道我是谁吧？”男人停止了大笑说道。

“有这种怪异香味的还会是谁，只能是冯家的人。”潘俊的语气依旧冷冰冰的。

“哈哈，看来你还没有忘记当年那件事啊！”男人朗声大笑道。

潘俊像是被激怒了一样，双手握紧，发出“咔嚓，咔嚓”的响声，然后猛然抬起头死盯着眼前的男人，那样子似乎要将这个男人撕得粉碎。

“来吧，如果你想报仇的话那就趁现在……”男人大声说道，“不过在你杀我之前我要告诉你一个秘密，这个秘密你听了之后一定会大为吃惊的。”

“我不想知道你说的什么秘密，我只想杀了你。”潘俊从牙缝里说道。

“如果我告诉你其实你父亲并不是死在我的手上而是自杀的呢？”男人调侃

般地说道。

“什么？”潘俊顿时觉得头脑一阵阵眩晕，他绝不相信自己一直崇拜的父亲会是死于自杀，“不，你以为我会相信你的鬼话吗？你才是真凶，这是我亲眼所见。”

“哈哈，果然应了你父亲的那句话，他知道你是绝不会相信我的话的，幸好他告诉我一句话。”男人的声音忽然压得很低，然后像是在耳语一般低声地说了句什么。

潘俊的身体猛然一颤，不可思议地问道：“你，你是怎么知道的？”

刚刚那人所说的正是潘家驱虫术的要诀，潘俊一直以为这要诀除了他已经过世的父亲之外，便只有他知道了。谁知今天竟然在这天字号的死牢从死对头的口中听到了这段口诀。

“这几句口诀的分量我想你我都清楚，如果你的父亲是我杀的，我又怎么可能知道这几句口诀呢？”那男人语气平和地说道。

“可是，可是我亲眼看到我父亲是死在你的手里的。”潘俊的脑子一时有些混乱，刚刚的那个打击对于他来说无异于晴天霹雳。

“那是你父亲拜托我和他演的一场戏。”那人长叹了一口气说道，“如果不是这样的话，你又怎么可能成为潘家的顶梁柱呢？”

“你什么意思？”潘俊惊讶地问道。

“唉……”那个人长叹了一口气说道，“这件事情我本来答应你父亲在你过了五十岁才能告诉你，不过现在我只能提前告诉你这件事的真相了，否则恐怕我不会再有时间了。”

“真相？”潘俊忽然感到力气像是被抽干了一样。

“是的，真相，关于驱虫师的秘密。”那人一改之前那副玩世不恭的嘴脸说道，“驱虫师因虫的不同分为金木水火土五个派系，虽然都是驱虫，但是每个派系的规矩又迥然不同。潘家属于木系，木系家族所驱之虫都属于常见的种类，虽然其中也有极少的一部分可用于害人，但是主要功用是祛除伤者身上的病患。可是如果想要真正掌握这种驱虫术却要经过一个极其特别的环节。”

“特别的环节？”潘俊重复着。

“嗯，一个特别而残酷的环节。”冯姓男人幽幽地说。

“是什么？”

“虫——祭——”冯姓男人一字一字地说道。

“虫祭？”潘俊仍然重复着。

“那是自从有了木系驱虫师之后就开始流传的一种古老的沿袭方法，只有这样才能让下一代的驱虫师真正领悟到土系驱虫师的真谛。所谓虫祭，就是用自己所豢养的木系灵虫杀死自己，再将这条虫传给自己的后人。”冯姓男人幽幽地说着。

潘俊的身体猛然一颤，确实，在父亲临终之前曾经将一个金属盒子交给了自己，盒子之中是一只蓝色的蛹。

“可是为什么当时我看到的却是你的匕首刺入了父亲的胸口？”潘俊像是忽然来了精神似的说道。

“唉，这就是你父亲的可敬之处。我和你父亲有数十年的交情，但是因为我是土系驱虫师，两系向来势不两立，所以我们的交往一直不被外人称道。他本想亲自将一身的本事传授给你，可是怎奈他忽然发现自己身患绝症，于是写信给我，要我一定将潘氏一族的驱虫术教给你。为了能让你尽快地掌握所有的驱虫术，你父亲故意让你看到是我杀死了他，实际上当我赶到的时候你父亲已经将匕首刺入了胸口，世界上没有任何一种力量能比仇恨更让人上进了。”冯姓男人说完之后叹了口气。

“这么多年我一直在暗中帮你锻炼你的驱虫术，为了让你尽快掌握木系的驱虫术，我给你设置了层层障碍，一方面让你实际运用木系驱虫术，一方面加深你对我的仇恨。你确实不负众望，小小年纪就已经成了响当当的人物。”

“怎么会是这样？怎么会？”潘俊一直摇着头不肯相信冯姓男人所说的话，但是事实却正如他所说的，也由不得他不信，那木系驱虫师的口诀如果不是父亲亲口所说，任凭外人如何逼问父亲，他都绝不会透露半个字出去的。

两个人都沉默了，天字号牢房一时间只剩下了死一般的沉寂。

“你究竟犯了什么罪？我一定会救你出去的。”潘俊忽然咬着嘴唇狠狠地说道。

冯姓男人摇了摇头，冷笑了两声说道：“这个世界上没人能救得了我，我今天叫你来除了要告诉你这件事之外，还有另外一件事要和你说，这件事关乎所有人的命运。”

“关乎所有人的命运？”潘俊心想他这句话是不是有些言过其实了。

“至少是所有驱虫师的命运。”冯姓男人义正词严地说道。

“我不明白。”潘俊心想，五大派驱虫师本来就是明争暗斗，恨不得别的派系全部灭亡，只剩下自己，又会是什么事情能关乎五大派系的命运呢？

“唉，其实这件事我也只是知道个大概而已，而且这一时半刻我也讲不清楚，所以你要去找一个人，这个人姓金，是金系驱虫师家族的君子，叫金无偿。现今在琉璃厂开了一个名叫恒源斋的古玩字画店，你去找他，他会将内中的事情全部告诉你的。”冯姓男人说道。

“金系驱虫师？”潘俊虽然知道五大派别，但并不是很了解。

“对，这金系一门主要是研究驱虫术中的金石之术，用于防御。早些年这金系一门主要服务于皇家，而他们的驱虫术多用于墓葬之中，为了防止盗墓，除了机关暗门之外，这毒虫之术往往杀伤力更强。”冯姓男人说道，“你快去找他吧，内中详情他会告诉你的。”

“那您呢？”潘俊问道，“我绝不会看着您就这样送死的，我出去一定上下打点把您救出来。”

“唉，别费周章了。今天如若不是我答应方胖子帮他老父亲寻一处好风水穴位，恐怕也见不到你。顺便告诉你，我叫冯万春。”他说道。潘俊心想原来方儒德之所以对他如此客气，原来是有求于他啊。

“来，你到我这边来我告诉你一件事。”

潘俊闻声走到冯万春身边，冯万春在他耳边低低地说了几句，潘俊脸色大变：“前辈，这怎么使得？”

“没有什么使不得的，想我冯家土系驱虫师也许是看过太多的阴宅，以至于遭到天谴，竟然没有子嗣，而膝下的几个徒弟……唉，但是这驱虫之法却绝不能在我这一代失传。”冯万春本是个四五十岁的大老爷们儿，说到自己的痛处不禁潸然泪下。

“那……好吧，我只记下口诀，如果以后见到你们冯氏其他的后人，一定将这口诀传授给他。”潘俊说道。

“嗯，嗯！”冯万春点了点头，接着对潘俊诉说口诀。

“你可记清楚了吗？”冯万春有些不放心地问道。

“嗯，记清楚了。”潘俊说，五大家族的规矩虽然迥异，但是这口诀却是一脉相承，有很多相通之处，再加上潘俊天生聪颖，因此记忆这些并不是什么难事。

“只是，前辈，难道土系驱虫师没有灵虫吗？”潘俊奇怪地问道。

“有，不过……”他欲言又止地说道，“不过现在却不能给你。”

“这是为何？难道您不信任我吗？”潘俊疑惑地说道。

“不，你有所不知啊，这土系的灵虫寄生在驱虫师的体内，一定要驱虫师死后三个月才会离开驱虫师化成蛹。”冯万春说道。

半个时辰之后，潘俊走出了京师第二监狱，他站在监狱的门口，回想着冯万春最后说的几句话，暗下决心，不管付出什么代价也一定要将冯万春救出来。

可是他却万万没有想到，就在他探望冯万春的时候，危险已经一步步地向他逼近了。

潘俊离开京师第二监狱之后，方才接他来的车已经停在那里等待着他了。他坐在车里，心中一直盘算着如何才能将冯万春救出来。可是问起究竟所犯何罪之时，他却一直支支吾吾，似乎有什么难言之隐。至于警察开始所说的“通敌”，那也一定是假的，就连当事人都难以启齿，这些人又如何能知道，不过是以讹传讹罢了。

“潘爷，我们是送您回府邸吗？”警察谄媚地说道。

潘俊一下子愣住了，过了一会儿才缓过神来，他向窗外望了望说：“去琉璃厂……哦，不，还是先回家吧！”

“好，好，送潘爷回家！”警察大声对司机说道。

“对了，潘爷，你见到那个天牢里犯人的样子了吗？”警察忽然在他耳边喋喋不休地说着，“这厮按说也真是个高手，据说当时在东北抓他的时候费老大劲了，这家伙快赶上燕子李三了，飞檐走壁的，而且不知是用什么暗器，伤了我们十几个兄弟。要说这汉子也确实是讲义气，最后若不是抓了他的老婆，从她口中得知他的落脚点提前埋伏，恐怕还真是没人能抓得住他。”

“呵呵，是吗？”潘俊的语气依旧冷冷的，不过即便是这种语气也给了警察很大的鼓励，毕竟面前的人是大名鼎鼎的潘俊，平日里就算是求爷爷告奶奶也不一定能见到呢。今天竟然能和他搭讪，于是警察的兴致一下子被调动了起来。

“千真万确啊！”那警察极其确定地说道，“不知道他发的是什么暗器，比子弹还他妈的快，嗖嗖两个黑影，两个兄弟就倒地不起了。更离奇的是，那些被伤的兄弟身上竟然找不到伤口。”

潘俊微微笑了笑，心想眼前这仁兄做警察亏了，应该去说评书，刚才说的就像是他亲眼所见一般。

“潘爷，你说这还不够离奇的吗？据说他被五花大绑地押解过来的时候，竟然还伤了我们两个弟兄。于是到了天牢就用铁链将他的胳膊腿全都锁死了。”警察说得津津有味。

潘俊心想：虽然他的话有些言过其实，却也有些是真的，比如他见到冯万春的时候他全身确实绑着锁链，只是所谓的“暗器”，应该是土系驱虫师的某种技法吧。

车子在北京城中辗转了半个时辰，此时天色已晚，忽然司机猛然刹住了车，警察不偏不倚地撞在了前面的椅子上，头上瞬间冒出来一个包。

“你他妈的是怎么开车的？”警察一边揉着自己的脑袋，一边怒骂道。

“你看前面……”司机指了指前面，潘俊和警察一起向前面望去，此时他们已行至潘家宅门前面的巷子之中，路上没有行人，只是在前面依稀站着一个像猴子一样的东西。

“那……那是什么？”警察的声音发着颤。

潘俊脸色阴沉，他清楚地看到前面的那东西分明是皮猴。父亲曾经告诉过他，虽然大家都说驱虫师，但是此虫并非通常意义上的昆虫，就像老虎本是野兽却被称为大虫一样。它涵盖的意义极广，比如火系驱虫师便有一种虫，形状如猴，且行动极快，平时性情温和，但是遇到土系驱虫师则会被激怒，变得暴戾异常，叫作皮猴。

但是火系的驱虫师一直生活在新疆的沙漠之中，也有人说他们生活的那地方正是《西游记》里的火焰山，怎么会忽然出现在这里呢？

这时，“咣”的一声巨响从车顶传来。

“车顶上有人？”警察惊呼着。潘俊却显得格外平静，朗声道：“是新疆欧阳家的世兄吗？”

“呵呵，呵呵……”一个女子的声音竟然从车顶上传了过来。

怎么会是个女子的声音？潘俊不禁有些诧异。

“请问车上的可是欧阳家的后人？”潘俊朗声喊道。

“嘿嘿，你出来看看不就知道了吗！”车上的女子爽朗地说道，听声音不过十七八岁的样子。

潘俊心想木系向来与火系没有往来，倒也没有什么过节，应该不是来找碴儿的。想到此处，潘俊轻轻地推开车门，警察畏畏缩缩地紧握手中的佩枪，额头上早已经渗出了白毛汗。

潘俊倒是不慌不忙，然而左脚刚踏出车门，瞬间一个黑影从车顶飞了下来。潘俊连忙将脚抽回车里，脚一踏上车沿，一纵身从车里飞将出去。

这一纵身竟然跃到三米开外，潘俊的身子还未站稳，便觉得一阵冷风迎面而来，从形状上看，女子掷来的应该是一枚流星球，如果此时潘俊直起身子，就会被那枚流星球击中。他连忙变换身形，向一边倾倒，一只手早已经伸出支住地面，然后手臂一用力，人竟然又跃出三五米。

此时女子从车顶翻身下来，站在潘俊面前。潘俊站稳身子才得以看清眼前女子的模样，女子身穿一袭碎花的布衣，扎着辫子，一双大眼睛笑眯眯地盯着潘俊，看上去十八九岁的样子，手中果真握着一枚拳头大小的流星球。

"你究竟是谁？"潘俊面不改色地问道。

"姐姐，你跑得可真快啊！"一个男孩从巷子深处跑出来，看样子只有十五六岁，他跑到女孩面前气喘吁吁地说道，"姐，你跑这么快做什么？"

"是你跑得慢好不好？"女子反驳道。

"咦？他是谁？"男孩忽然注意到了站在眼前的潘俊，上下打量着他，过了一会儿小声地说道，"姐，这就是爷爷要找的那个人吗？"

"嗯，应该就是他。"女孩说道。

"看起来……看起来怎么这么单薄啊？"弟弟对潘俊的身材十分不满意，或许在他的印象中驱虫师都应该是身材魁梧之士。

"肯定是他。"姐姐很确定地说道。

"我觉得不像，老姐你是不是搞错了？"弟弟再次打量了潘俊一番说道，"要不我试试他？"

"我刚刚已经试过了。"女孩的话刚一落，谁知男孩早已经出手，男孩子的动作非常快，而且未出手之前不动声色，这是潘俊始料未及的。待他反应过来的时候，那男孩子的手早已经到了近前。

潘俊下意识地将手按在腰间，正在此时忽然一个黑影从他身边闪过，那男孩子的手停在了半空中。

"住手。"说话间一个老者按住了男孩的手，"怎么这么无礼？"

男孩将手从老者的手中抽出，吐了吐舌头，淘气地笑了笑说道："爷爷，我只是试试他，你瞧他那副单薄的样子一点儿也不像驱虫师。”

“你懂个屁。”老人火气冲天地说道，“要不是我刚刚出手及时，这会儿你的小命都没了。”

“咦？真有那么厉害？”小男孩惊讶道，一会儿又轻蔑地说道，“爷爷别灭了自己士气，长别人威风啊。”

“你……”老头儿的脾气也真够火暴，伸手便要打那孩子，潘俊急忙道：“前辈是不是来自新疆的欧阳前辈？”

老人的手停在半空中，原本一脸的怒色转眼间消失殆尽，大笑道：“我就是欧阳雷火，你是潘俊吧？”

潘俊连忙拱手道：“原来您就是雷火前辈。”他早从父亲那里听闻这个欧阳雷火是火系的传人，人如其名，脾气火暴，一点就着，所以人称“火雷子”，今日一见果然有那么一股子火药味。

“别那么客气，今天我就是来找你的。”欧阳雷火说话不会拐弯抹角，他直奔主题，“而且给你带来了一个好生意，你愿不愿意做？”

“晚辈愿闻其详。”潘俊说道。

“别前辈晚辈的，现在你是木系的君子，自然和我是平辈的，哪来的那么多客套。”欧阳雷火口中的“君子”是对五系当代传人的尊称，却是依照祖规而来，现在几个家族的人丁早已大不如前了，所以这种称呼也便渐渐消失了。

“愣着干什么，不能让我们站在街上谈生意吧？”欧阳雷火见潘俊不说话，便毫不客气地说道，“你家不就在前面吗？咱们到里面说。”

“好，那您请。”潘俊这个“请”字还未出口，只见欧阳雷火已经大踏步向潘俊宅门的方向走了过去。身后的男孩笑嘻嘻地看了潘俊一眼，紧紧地跟在爷爷的后面，而那个女子在走过潘俊身边的时候拍了拍他的肩膀，轻声道：“身手不错……”

他们三人走在前面，刚刚停在巷子里的警车却迟迟未敢善动，因为此时皮猴依旧在盯着那辆车。

“奎娘。”走出几步的女子朗声道，“过来。”

她的话音刚落，只见那皮猴像是一道黑色的闪电一般快速地跟了上去。

潘俊走到警车前，掏出几块大洋说道：“麻烦二位了，这点儿钱给二位打斤酒压压惊。”

车中的两位已经吓得快尿裤子了，刚刚的那个警察牙齿打战地说道：“潘……潘爷，您……您确定没事吗？要不要兄弟们叫些人来？”

“不必。”潘俊说着将几块大洋塞进了他的手中，之后转身向回走。

“什么？日本人？”潘俊一下子拍案而起，朗声道，“我宁可救猪狗也不会救这些日本畜生。”他的声音中带着愤怒，这种愤怒在整个大厅中回荡着。

“为什么？”欧阳雷火语气中也不无怒气。

“这些日本畜生在中国做过什么好事？我真不知道您为何要救这样一个畜生！”潘俊冷冷道。

“潘俊，我告诉你，我敬你是木系的驱虫师才低三下四地求你，要不然老子我早就杀了你了。”话说这欧阳雷火也是颇有些意思，本来是求人，对于一般人好言商量还唯恐不及，他却比谁都横。

“你就算杀了我，我还是那句话，不救就是不救。”潘俊虽然年纪轻轻，而且深知中庸之术，在乱世之中明哲保身，但在大是大非面前也绝不含糊。

“你他妈的再说一次？”欧阳雷火此时已经是拉开了架势。潘俊嘴角上扬轻蔑地笑了笑，接着一字一顿地说道：“不——救！”

这可把火雷子气炸了，他“啪”的一掌拍在了桌子上，桌子应声被拍出了一个大窟窿，正在此时，刚刚的女孩连忙跑了过来说道：“爷爷，爷爷，您先别动怒，您把话说清楚再问问潘俊哥哥是不是要救啊。”

“我……”火雷子还要挣扎，却被孙女阻拦住了，坐在椅子上，脸憋得通红，不停地喘着粗气。女孩走到潘俊前面说道：“潘俊哥哥，其实我也知道你仇恨日本鬼子，现在全中国谁都恨不得将这些禽兽剥皮抽筋，但我们之所以要救这个人，确实是事出有因啊！”

潘俊双目微闭，心中默念定心经，让自己的心绪平稳下来，然后说道：“那你说说原因吧！”说这句话的时候，潘俊想：今天我已经因为冯万春破了自己的规矩，难道还要再破一次吗？

原来这火系驱虫师早在明朝初年便衍生出两个派别，虽然都是欧阳家族，但是这两个家族却有着本质的区别。一支是欧阳雷火家族，以豢养皮猴为主，强调加强自身修养，皮猴作为辅助，生活在新疆吐鲁番盆地中部，据说是在《西游记》中的火焰山附近；而另一支则远走海外，他们更注重控制，将对皮猴的控制发挥到了极致，据说定居在日本富士山附近。

虽然均是火系欧阳氏一脉，但是几百年来却一直因为家族的秘宝争夺不休，最后双方终于再也经不起内耗，争斗从擂台转到了谈判桌上，经历了数月的商量之后终于决定，这秘宝由两个家族轮流保管，百年替换一次。

在火系家族看来，秘宝在谁的手中，那么谁就是火系正支。几十年前秘宝回到了新疆的欧阳家族，刚刚过去四十年，谁知几个月之前一群神秘人物来到了新疆。

这群日本人以科考的名义来到了新疆，但是明眼人一眼就能看出来，他们一行有两百多人，其中有一百多人是军人出身，他们的所谓科考完全是掠夺。一个月前的一天夜里，十几个人偷偷地潜入欧阳家，趁着夜色偷偷摸进欧阳家族收藏秘宝的密室之中。

幸好被值班的徒弟发现，尾随而至。可正当他想叫人的时候，忽然一只皮猴出现在自己的眼前，那只皮猴比自家豢养的大了一圈，而且凶猛异常，口中吐着恶臭。未等他惊呼一声便遭到了皮猴致命一击。

当其他人发现死者尸体的时候已经是半个时辰之后了，然后欧阳世家的人立刻聚集在了一起，他们打开密室。这欧阳家族极为重视秘宝，因此密室之中机关重重，别说是外人了，就算是欧阳家族的入门弟子擅自进入也会当场毙命。但是就是在这种机关的保护下，密室之中除了秘宝，其他所有的东西竟然像是未曾移动过一样，那些人巧妙地躲过了所有的机关。

而且更加奇怪的是，为了防止秘宝被盗，欧阳家还仿制了三个一模一样的，如果不是欧阳家的人无法分清哪个是真哪个是假，并且秘宝下面也有机关，如果不先关掉，必定会死于非命，可是密室之中竟然没有留下一点儿痕迹，而且那些仿造品也纹丝未动。

对方的意图很明显，就是奔着秘宝而来的，而且欧阳家族的密室数百年来都未曾改变过，这人能如此熟悉，一定是欧阳家内部之人，再看小徒弟的致命伤竟然和皮猴所致伤口形状完全一样，伤口上有中毒的迹象。

欧阳雷火是个粗中有细的人，虽然平日脾气暴躁，但还是一眼便看出这是那队日本人所为。因此带着人连夜追赶，那些人并不是很熟悉“火焰山”的地形，竟然无意之中走到了一处山谷之中，兜兜转转却走不出去。正好被欧阳雷火这族人沿着脚印追上，一场恶战在所难免。

半个时辰之后，十几个日本人纷纷倒地，但是因为欧阳雷火出手太重，这群狗日的又禁不住几下，倒下的基本上立时毙命，只有一人拿着秘宝向山谷之中跑去。欧阳雷火世代生活在“火焰山”附近，自然对地形比谁都熟悉，他知道前面是一条死路，便也不急于追他，稍作休息之后带人前去。

到了山谷的尽头竟然发现那人平躺在地上，一直跟在那人身边的皮猴早已经死了。欧阳雷火在那人身上寻找半天却没发现一点儿秘宝的痕迹，他不禁火冒三丈，猛然发现这人竟然还有脉搏，但是脉搏非常微弱。

为了寻找秘宝的下落他便将这个日本人带回到家中，请了当地名医，但是所有人都摇头不已，这人是中毒了，却不知道是什么毒。最后一个名医说京城潘家应该有能医治这种毒的办法，于是他们一行人不分昼夜地来到了北京，此刻那个日本人被徒弟们放在客栈之中。

听完这些话，潘俊踌躇了一下，然后抬起头看了看欧阳雷火，说道：“也罢，今天就让我再破一次例吧！你们把那个日本人带到我的后院，我叫家人打开后门。”

“后门？”女孩子疑惑地问道。

“呵，他们配走正门吗？”潘俊说着拂袖离去。

两个时辰之后，欧阳雷火一行人等在潘俊后宅的一个小屋门口，欧阳雷火不停地踱着步子，不时向内中张望，那个日本人已经被抬进去有一个多时辰了，他本来性子就急，这次从新疆专程来到北京就是想知道这个日本人究竟能不能被救活。

“啊……”忽然屋子里传来一声惨叫。欧阳雷火立马走上前去，正在此时潘俊也推开门，眉头紧锁地说道：“他应该没有什么大碍了。”

“啊，谢谢。”欧阳雷火属狗脸，说变天就变天，方才还准备对潘俊拳脚相加呢，此时脸上却堆满了笑意。

“不过……”潘俊的话让欧阳雷火的笑容僵在了脸上。

“不过什么？”欧阳雷火追问道。

“哦，没什么，他没事了。我一会儿开个方子给他，服下之后三天之内就能苏醒过来。”潘俊娓娓道，“我给你们在这里安排了客房，早点儿休息去吧！”说完潘俊头也不回地走了，他表面冷静，可是心里早已经乱作一团了。怎么会这样？怎么会这样？

03

祸起萧墙，青丝惊现世

回到自己的房间，潘俊从衣袖之中掏出一枚钢针，这枚钢针细得如同头发丝一般，一般人根本无法察觉到，在烛光下那枚钢针闪烁着淡蓝色的光。他仔细地看了看，然后又从自己的腰间拿出一个小盒子，那个盒子比手掌还小一点，他将盒子打开，内中并排摆放着十二根与那根一模一样的钢针。

这种钢针有个别称叫“青丝”，正是取自李白《将进酒》中“君不见高堂明镜悲白发，朝如青丝暮成雪”一句。因为这钢针细如发，柔如丝，再加上表面上淬了木系家族专用的毒药，在光线之下显出蓝绿色，故此得名。

前面说到木系驱虫师主要是行医救人，但是也有几件致人死命的法宝，这青丝便是其中之一，一般藏于腰间，盒子内有一个小小的机关，轻轻按动，一根青丝便会悄无声息地击中对方。

这盒子也经过前辈人的改造，既可单发，又可连发。而内中的十二根青丝所淬之毒又有六种，每两根的毒性相同。这毒药来自六种虫子，依照清朝六部命名为“春、夏、秋、冬、天、地”六虫。毒性也各不相同，这里就不过多解释了。

而那个日本人所中之毒正是这冬虫之毒，中毒者不会死去，但是会长久地昏迷下去，就像是冬眠一样，直到吃下解药为止。

可是这种毒药历来只有木系的潘家才会配制，而且这种青丝也属于独门暗器，怎么会出现在那个日本人的身上呢？潘家现在会制造这种毒药和使用这种毒药的人除了自己也没有别人了，难道这世界上还有别人也会吗？

潘俊百思不得其解，却也很难入眠，今天一下午发生的事情太多了，潘俊忽然觉得自己的生活一下子被打乱了。他需要时间好好整理一下思路。

于是他走进了卧室中的密室里，这是一间只有十几平方米的小密室，密室的正前方挂着一幅祖先的画像，下面的八仙桌上摆放着香炉，他坐在蒲团上，这是他从小养成的习惯，内心一旦纷乱起来就回到这里来清静一下，让自己平静下来。

天牢中的冯万春，突然到来的欧阳雷火，还有冯万春口中的住在北京琉璃厂的金系传人，一直在他的脑海中盘旋着。最后他做了一个决定，明天到琉璃厂去会一会那个金系的传人，还要从他的口中弄明白究竟是什么事情会关乎所有驱虫师的命运。

正在这时只听“砰”的一声，然后听到外面有人大喊道：“你是什么人？在这里鬼鬼祟祟的！”那声音正是欧阳雷火的孙子。潘俊站起身，缓步走出了密室，然后将密室的门锁好，毫不慌张地推开门。

门外此刻已经聚集了六七个人，其中有欧阳雷火和他的孙子，还有几个家丁。站在他们中间的是一个二十岁左右的年轻人，这个年轻人轻蔑地扫视了眼前的那些人一眼，双手交叉放在胸前，一副满不在乎的样子。

“你还是不说是不是？”这会儿说话的是欧阳雷火，他见年轻人还不回答，猛然挥起拳头向少年身上打去，这一下如果打在年轻人身上，即便不能打死，也要打个半残。千钧一发之际，潘俊两步抢上前去，伸手一把挡住了欧阳雷火的拳头。

欧阳雷火拳头的力道大得惊人，可竟然一下子被潘俊死死地抓住了。欧阳雷火显然觉得不可思议，站在一旁的孙子也不禁“咦”了一声。

“欧阳前辈，我们先问明白这个人的身份再打也不迟。”潘俊说着松开了欧阳雷火的拳头，扭过身对那年轻人说道，“你是何人？为何深夜到访？”

年轻人眉头一皱，上下打量着眼前的潘俊，然后说道：“你可是潘爷？”

潘俊点了点头道：“正是。”

年轻人一听便“扑通”一下跪在了地上，泪水一下子从眼眶中涌出来。

年轻人这个突如其来的举动让在场所有的人都是一惊，欧阳雷火扭过头望着潘俊，可潘俊也是一头雾水，他本来习惯了深居简出，再加上现在世道太乱，基本上足不出户。他看过的病人也寥寥无几，眼前这个年轻人为什么要给自己下跪呢?

“你是？”潘俊思索无果，问道。

“我是冯师父的徒弟，子午。”年轻人说到这里竟然哭了出来，“师父在被捕前曾经告诉我，如果他被捕了，可以来找潘爷。在师父被抓捕后的第二天我就从哈尔滨出发了，走了几天才到北京。”

“哦？你师父被抓捕的时候你知道？”潘俊惊讶道。

“是的，我就在师父身边。”年轻人抹着眼泪道。

“你先起来随我进屋再说。”潘俊说着挥手散尽家丁，然后带着子午走进了自己的卧室。欧阳雷火愣在原地，这时潘俊停下步子，清了清嗓子对欧阳雷火说道：“您要不要跟进来一起听听？”

“好。”他回答得干净利落，然后对孙子说，“你去看住那个日本人。”事实上潘俊说那个日本人最快也要三天之后才会苏醒过来，现在就是不看着也不会逃走，但是因为有了上次在山谷中的教训，此时他再不敢有丝毫的懈怠。

男孩听到之后立刻点了点头，小跑着向日本人所住的屋子奔去。

子午坐在潘俊卧室的椅子上，潘俊对他说道：“子午，这位是新疆火系家族的欧阳雷火前辈，你应该叫世伯的。”

子午连忙站起身来作揖道：“世伯。”

欧阳雷火闷声闷气地“嗯”了一声，之后望着潘俊说道：“他是谁的弟子？”

“冯万春。”潘俊淡淡地说道。欧阳雷火一听哈哈大笑道：“原来是那个小子的徒弟啊。”潘俊瞥见子午听到别人称自己师父“小子”的时候眉头皱了皱，显然很不愿听。

“嗯？你刚才说他被捕了，怎么回事？”欧阳雷火问道。

“我也只是知道他现在被关在京师第二监狱的天字号牢房之中。”潘俊说着扭过头望着子午问道，“子午，你师父被捕的时候你就在他旁边是吗？”

“嗯，嗯，”子午连忙点头道，“师父是一周前在回家的路上被一群日本人伏击的。当时他见势头不对，于是告诉我们分头行动，他引开日本人，让我逃生来找您，并把这个交给您。”说着子午从口袋中拿出一张纸条递给潘俊。

潘俊展开纸条，上面写着：琉璃厂，恒源斋，金无偿。潘俊看完之后将纸条递给了一旁的欧阳雷火，欧阳雷火看过之后皱了皱眉头。

“你知不知道那些日本人为何要伏击你们？”潘俊问道。

“我也不清楚，可是我早就有一种不祥的预感了。”子午自言自语般地说道。

“什么预感？”欧阳雷火抢在前面问道。

“很不好的预感，师父好像一直行踪特别诡秘，很多事情就连我也不知道。”子午说道。

“行踪诡秘？是从什么时候开始的？”欧阳雷火大声问道。

“三年前，三年前师父去了一趟吉林，从那里回来之后他就像是变了一个人一样。晚上经常被噩梦吓醒，他解散了门徒，只留我一个人在他的身边，而且他总是自言自语地说自己在赎罪，即便付出生命也是值得的。”子午的话让潘俊颇为好奇。

“你师父有没有说过他是在为什么事情赎罪？”潘俊的话一说完，便瞥见欧阳雷火瞪了自己一眼。

“不知道，师父从来不说这些。最近这段时间他好像和一个姓贾的汉奸来往很密切。”子午说到这里，只听欧阳雷火“啪”地一拍桌子站了起来：“这狗娘养的臭小子，竟然和汉奸勾勾搭搭，就算是死一千次也是活该！”

“您先别急躁，事情还没有弄清楚。”潘俊最后一个字还没说完就听欧阳雷火大声说道：“还不清楚？这狗日的小子一定是和他们分赃不均，最后狗咬狗。”

“不，绝不可能，师父不是那种人。”子午站了起来横眉冷对地说道。

“你懂个屁啊。”欧阳雷火毫不客气地说道，“他就是一个土匪坯子。”

“你不能这样说我师父。”说着子午已经拉开了架势。

“怎么着？兔崽子，你还想和我过两招？”欧阳雷火握紧拳头怒道。

“好了。”潘俊第一次吼道，“我相信冯师父绝不是那种人，其中一定还有什么隐情。昨天我在大牢中见过冯师父，他也曾告诉我去找纸条上的人，他说这件事关乎所有驱虫师的命运，我想这件事还是从长计议吧。”

送走他们二人之后东方已经显出了鱼肚白，潘俊站在窗口，心中却久久不能平静，他无论如何也不相信冯师父会和汉奸同流合污，也许所有的答案都能在这个金无偿的身上找到吧。

他狠狠地握紧拳头，手中的那张纸被他揉成了碎片，一点点从指间飘落。

忽然一声巨响从东边传来，那正是琉璃厂所在的方向。潘俊手微微一颤，剩下的纸片全部从手中脱出。欧阳雷火闻声赶到潘俊卧室前面喊道：“你听到刚刚的那声巨响了吗？是不是打仗了？”

潘俊未开口，因为一种不祥的预感已经袭上心头，他推开房门走了出去，正好与急匆匆的管家潘璞撞了个正着。潘璞四十多岁，身材魁梧，皮肤黝黑，是个山东汉子，他见到潘俊的时候已经是气喘吁吁。

“怎么了？刚刚那声巨响是怎么回事？”潘俊问道。木系潘家一直崇尚中庸，做事讲究的是不急不躁，泰山崩于面前也会岿然不动，但是今天潘璞的举止却很出乎意料。

“少爷，刚刚我经过琉璃厂的时候忽然听到一声巨响，之后燃起了大火。”潘璞此时长出一口气说道，语速渐渐平缓了许多。

“是哪家店铺？”那种不祥的预感在一分分加重。

“好像叫什么恒源斋。”潘璞的话让潘俊的心一下子沉入了水底，果然不出所料，确实是恒源斋。

“走，我们去看看！”潘俊说着便要向外走，谁知潘璞却拦住了他道：“少爷，还有一件更怪异的事情，在恒源斋刚刚发生巨响之后，那些日本人和警察像早已经准备好了一样忽然冲了出来，现在他们已经将琉璃厂围住了。”

潘俊心里说这哪里是好像，他们一定是早就准备好了。

潘俊最后决定派潘璞前去打听消息，自己和欧阳雷火坐在客厅中等候。潘俊闭目养神，不停地思索着，而欧阳雷火却没有那种闲情逸致，一直不停地在他面前踱来踱去，偶尔停下来似乎想要对潘俊说什么，最终还是咽了回去。

潘璞回来的时候是正午时分，他一脸茫然地摇了摇头道：“听人说，那家店铺已经化为了灰烬。”

“那有没有人逃出来啊？”潘俊问道。

“全都烧光了，从里面拖出五具尸体。”潘璞说道，“那家人被灭门了。”

潘俊叹了一口气，一句话也没说便回到了房间里，金无偿究竟知道什么秘密呢？他思索着。下午的时候他又将潘璞派了出去，想打听一下这家人是否还有亲戚，但是警局对此事却始终讳莫如深。

转眼三天过去了，那个日本人终于苏醒了过来，欧阳雷火非常高兴，口中一直不停地称赞潘俊医术高明，但是潘俊心里却更加疑惑，那根青丝究竟是怎么出现在这个日本人身上的呢？

“爷爷，他不说话。”女孩见爷爷和潘俊进来之后脸色绯红地说道。

“妈的，不管怎么样都要撬开他的嘴，不然我怎么对得起老祖宗啊？”欧阳雷火说着便气冲冲地冲了进去，一把抓住那个小日本的领子道，“你他妈的把秘宝放在哪里了？”

那个日本人却微闭着眼睛，摆出了一副视死如归的架势。

“你说不说？”欧阳雷火真的急了。这时那个日本人睁开了眼睛，恰好看见眼前的潘俊，脸色立时变得煞白，圆瞪着眼睛，接着用一口不流利的汉语说道：“他……他，就是他抢走的。”

欧阳雷火一下子愣住了：“你他妈的说什么？”

“就是他用那种暗器打中了我，拿走了……秘宝。”日本人指着潘俊说道。

欧阳雷火忽然想起了什么，这青丝他是知道的，对几种毒的迹象也大致了解，他恍然大悟一般扔下那个日本人，然后竖起眉毛走到潘俊面前道：“青丝呢？”

正在此时只听“砰”的一声，那日本人竟然撞在了墙上，一股鲜血全部喷在墙上。欧阳雷火和潘俊都是一惊。

欧阳雷火抢上前去，伸手去探那日本人的鼻息，不过为时已晚，他是抱着必死的决心用尽全力撞上墙壁的，此时早已经气绝身亡了。欧阳雷火眉头紧皱地望着潘俊说道：“死了！”

潘俊一动不动地立在原地，他始终不明白为何这个日本人在临死前说打伤他的是自己。

“把你的青丝拿出来给我看看。”欧阳雷火伸出手道。

潘俊抬起头望着欧阳雷火微微笑了笑道：“如果是我做的，我会承认的。”说完转身便要离开，谁知欧阳雷火已经抢上一步，同时伸出手去抓潘俊的领子，潘俊像是后背长了一双眼睛一样，身体向左倾半寸，恰好躲过了欧阳雷火这一击。

欧阳雷火虽然一击不成却已经抢在了潘俊的前面挡住了他的去路。站在旁边的几个人都看傻眼了，都担心这两个人动手打起来。

“你想要怎样？”潘俊冷冷道。

“交出秘宝。”欧阳雷火圆瞪着铜铃般大小的眼睛说道，“否则，今天我们之间一定有一个人要横着出这个门槛。”自从上次潘俊为了救子午挡下了自己那一拳之后，欧阳雷火便已经知道潘俊虽然年纪轻轻，但是功夫不在自己之下，再加上有青丝的帮助，真的动起手来，自己未必能占上风。

“呵呵，我连火系欧阳家的秘宝究竟是什么样子都不知道，如何会拿你那秘宝？”潘俊着实觉得这老头儿也忒冲动，简直到了不可理喻的地步。

欧阳雷火的拳头渐渐地松了，他觉得潘俊所说的话也不无道理。

“盗宝之事发生在一个月前，是吗？”潘俊问道。

“嗯，是的。”欧阳雷火的孙子点头道。

“那时候我正在上海拜谒一位京剧大师，这一点潘璞也可以做证，我又怎么会有时间去新疆呢？”潘俊说话间下人已经叫来了管家潘璞，潘璞站在旁边说道：“确实如此，我们当时正在拜谒京剧大师梅兰芳先生。”

“但是……”欧阳雷火始终不明白那个日本人最后为何无缘无故地诬陷潘俊，甚至不惜以自杀作为代价。

“我一定会调查清楚，给您一个交代的。”潘俊的声音柔和了下来。

“哼……”欧阳雷火拂袖扭过头去。潘俊看了几秒，轻叹了一声走了出去。

“少爷。”刚刚走出去，潘璞在潘俊的耳边低声说了几句什么，潘俊听了之后眉头微皱，嘴微微张开了。

“你确定吗？”潘俊问道。

“没错，有人曾亲眼看到他今天出现在万利赌坊。”潘璞说道。

“万利赌坊？”潘俊疑惑地问道。

“少爷您有所不知，这家伙是个十足的赌徒，一天不赌几把手就会痒。”潘璞说到这里笑了笑。

“好，不管怎么样一定要把他找来，也许能从他的口中打听到一些关于金家的事情。”潘俊说完像是想起了什么，接着道，“你到账房去取点儿银子到警察局上下打点一下，看看能不能探听出一些关于冯万春所犯案子的消息。”

“冯万春？”潘璞大惊失色地问道，因为在他的记忆中杀死老当家的就是冯万春，因此潘俊才在那“三不救”之中加上了一条“姓冯的不救”，所以此时听潘俊说要打听冯万春案子的时候有些吃惊。

“唉，其中很多事情等你回来我再慢慢告诉你吧，记得多带些银子，就算不能救出冯爷，至少也能让他在监牢里少受点儿罪。”

“少爷放心吧，我这就去。”说罢潘璞风风火火地走了出去。潘俊站在院子里仰望着头顶上墨黑色的天空，一时间竟然不知道出口在哪里。欧阳家盗宝案如何会牵涉到自己，而冯万春又是因何入狱？这些问题在他脑海中不停地盘旋，而最让他头疼的还是那个关系到所有驱虫师命运的秘密，也许只有找到金家的后人才能知道吧。

整整一个下午，欧阳雷火都不曾踏入潘俊院内半步。而潘俊站在一张核桃木雕花方桌前面，桌子上摆着“荣宝斋”的湖笔徽墨，潘俊提起笔，笔走龙蛇，在铺着的宣纸上写下了“无为”二字。

傍晚时分潘璞才回来，他走进潘俊的房中低声说道：“少爷，人找来了。”

“让他进来吧！”潘俊说着放下手中的笔，又看了看宣纸上的那两个字，然后将挽起的袖子落下，走到前堂。一会儿工夫潘璞带着一个人走了进来，那个人比潘璞矮了一大截，右手缩在袖子里，看长相似乎是个中年人，但是身材却像个孩子。

“哎哟，潘爷……”那人见到潘俊连忙谄媚道，“早知道是潘爷找我，您只要知会小的一声就行，何必还亲自派大管家去找我呢？”潘俊看得明白，听得仔细，这人虽然生的是个侏儒，却圆滑世故，巧舌如簧。

“呵呵，你是金顺？”潘俊微微笑道。

“对对对，小的就是金顺，潘爷叫我顺子就行。”本来这金顺就是个侏儒，此时再点头哈腰，更是显得矮小了。潘俊坐下，一伸手示意金顺也坐下，他这才坐到椅子上说道：“潘爷今天找小的有什么吩咐？”

潘俊清了清嗓子道：“你可知道你师父在琉璃厂的堂口发生了火灾，一家人惨遭灭门？”

潘俊一面说着，一面观察着金顺，只见金顺的脸色丝毫没有异样，只是耳朵轻微抽动了几下，然后又满脸堆笑地说道：“知道，知道，这件事前几天传得满城风雨，怎么会不知道呢？”

“我看你根本无动于衷啊！”潘俊说着端起茶碗。

“潘爷，你有所不知啊，早在十五年前老头子就把我逐出师门了。”说着金顺伸手一指缩在袖子中的右手，他右手的五根手指似是被人齐刷刷切断一般。

潘俊看得触目惊心，奇怪道：“这是为何？”

“唉，怪只怪我这嗜赌如命的恶习啊。那是民国十七年的一个深夜，正当我赌瘾发作手痒痒的时候，忽然遇见个老乡，那个老乡是当兵的，当时在孙殿英的部队里。他问我愿不愿意做笔买卖，我当时答应了，您知道我师父属于金系驱虫师，专攻毒虫金石类的机关，而皇帝陵寝的这些机关都是金氏一门所为，所以对墓葬中的情形极为了解。我当时也是头脑发热，谁知去了才知道是盗东陵。可是已经退无可退了，我也只能硬着头皮干。后来这件事不知怎的被师父知道了，于是砍掉了我右手的几根手指并把我逐出师门了。”金顺说完长叹了一口气。

“原来是这样。”潘俊恍然大悟般地说道。

“我想潘爷今天找我来不只是问这件事吧？”金顺道。

“嗯，我是想问你师父在这世上是否还有别的传人。”潘俊早已经想好，如果金无偿还有传人的话，那么这个传人很有可能会知道一些秘密，至少应该比自己知道得多。

金顺想了想说道：“师父确实还有一个传人，是我的师弟，叫金银。虽然师父将我逐出了师门，但是我们两个还是有些来往的，三年前他回到了河南老家。”

“哦？”潘俊像是看到了一丝曙光，“知道他的具体地址吗？”

“嗯，只是……”金顺一脸难色地搓着手。潘俊当然明白他的意思，然后招手对潘璞说，“去给金爷取点儿银子。”

潘俊口中“银子”两个字刚一出口，金顺的笑立刻又挂在了脸上道：“潘爷，这……这怎么好意思呢？”

“你拿着吧，如果能找到金银的话，我还有重赏。”

“那我谢谢潘爷了，嘿嘿。”他收起银子接着说道，“他一直生活在河南安阳的侯家庄，只是一般人见不到他。”

“这是为何？”潘俊问道。

“呵呵，潘爷您有所不知。”金顺眯起小眼睛笑道，“金系驱虫师历代都是侏儒，而且因为制造毒虫金石对身体影响颇大，所以一般不会有子嗣，因此金系驱虫师的后人大都不是血缘至亲。驱虫师年轻之时便行走各地，寻找下一代驱虫师的人选，而且师父一生只收两位徒弟，最后从中选择一人继承。”

“嗯，我曾听父亲大略说过一些。”潘俊点头道。

“我这位师弟也是侏儒，他有严重的眼疾，见不得光，一见光眼睛就会生疼，在暗处及夜里却能看得清楚，因此一直只身生活在地洞之中，昼伏夜出。”金顺的话让潘俊恍然大悟。

“原来如此。”潘俊道，“那如何才能找到他？”

“这个却也不难，但是恐怕一时间也难以学会。”金顺说着从衣袖之中拿出一只翠绿色的蟋蟀，那只蟋蟀看上去像是用翡翠雕琢而成，做工却极其精致，乃至于胡须、翅膀的纹路都如真的一般，徐徐然纵身而起。

“这个是……”潘俊好奇地站起身来，细细观察着眼前的那只翡翠蟋蟀，管家潘璞也极为好奇。

“这便是金系驱虫师的宝贝之一，叫明鬼。”金顺笑着说道。

“明鬼？”潘俊重复道。

“对，金系驱虫师最早出自春秋墨家的一个旁支，对于金石之术颇有一些见地，再加上祖辈善于观察虫豸，因而成了金系驱虫师。这‘明鬼’二字也是取自墨家的思想之一。”金顺虽然其貌不扬却有一副极好的口才。

“哦，这明鬼如何驱使？”

“这个说简单也简单，说困难却也当真有些难度。”金顺说着轻轻在明鬼的身上不轻不重地敲击了三下，一会儿工夫，那明鬼竟然动了起来，在桌子上转着圈，而且发出类似蟋蟀一样的“吱吱”声。这让在场的潘俊、潘璞都为之一震。

虽然早知五大驱虫师家族各有绝活儿，但是从未想到金系家族的驱虫术精妙如斯，简直到了出神入化的地步。

“这明鬼的驱使之术是根据敲击的次数、方位以及力度的不同而定的，次数好掌握，但是这力度和方位确实需要些时日才能锻炼出来。”金顺说着又在明鬼身上敲了一下，那明鬼的动作便戛然而止了。

“果然是名不虚传啊！”潘璞大声说道。

“呵呵，这还只是雕虫小技、冰山一角而已。”金顺说到这里不禁有些得意，不过那种得意的神情只在他的脸上停留了一刻便被一种黯然神伤的神情取代了。

“用它可以找到你的师弟是吗？”潘俊问道。

“嗯，我会将驱使之法告诉潘爷，只要到时候潘爷依法而行，它便会带你找到师弟，不过他是否会见您只能看你们的缘分了。”金顺说着在潘俊的耳边低语了几句。

潘俊暗暗将其记在心中，待金顺走了之后回到房中，依法而试，可那明鬼却纹丝不动。如此数次之后，潘俊无奈地坐在椅子上，此刻他只能望明鬼兴叹了。

“潘俊哥哥，你做什么呢？”一个女孩的声音传进了潘俊的耳朵，潘俊抬起头，正是欧阳雷火的孙女。这几天发生的事情很多，潘俊都未曾询问这女孩子的名讳。

“哦，原来是你啊！”潘俊为避免尴尬故意什么也不称呼。

谁知那女孩却笑道：“潘俊哥哥还不知道我叫什么吧？”

“啊！”潘俊含糊地回答道。

“欧阳燕云。”女孩朗朗说道。

潘俊点了点头说道：“记下了。”

“嘿嘿，这个是……”欧阳燕云望着桌子上的明鬼说道，“明鬼？”

“哦？你认识？”潘俊诧异地说道。

“嗯，小时候父亲曾经给过我一只，那是母亲在离开之前留给我的最后一件东西，她说如果有一天我想她的话，就可以用那只明鬼去找她。不过后来那只明鬼被父亲发现了，他一气之下将那明鬼藏了起来，后来我和弟弟寻找数次也没有找到那只明鬼的下落，直到家族秘宝被盗之后，爷爷在勘查密道的时候才发现了那只被父亲藏起来的明鬼，原来他将明鬼藏在了收藏秘宝的密室中，因此我和弟弟到处都找不到，后来那只明鬼一直被弟弟带在身上。”欧阳燕云说着拿起那只明鬼细细地观察着，眼睛里渗出一些晶莹的东西。

“你母亲是……”潘俊问道。

“呵呵。”欧阳燕云微微笑了笑说道，“潘俊哥哥，你的这只明鬼和我的那只很像，应该也是用来寻人的吧？”她故意岔开话题说道。

“是啊。”潘俊心想欧阳燕云果然是内行，“你知不知道怎么用？”

“我倒是会用，但是每只明鬼制造出来的作用都不一样，而且驱使的方法也不一样。如果知道它的驱使方法的话应该没问题。”欧阳燕云说着轻轻叩击了两下明鬼的身体，那明鬼竟然真的动了起来。

“刚才那人告诉了我，只是我不是很明白。”潘俊眉头微蹙。

“哥哥不妨说来我听听。”欧阳燕云说道。

“嗯。”潘俊想了想说道，“宫三，商二，角一。”

欧阳燕云听完之后微微笑了笑，之后在那只明鬼身上轻轻敲击了几下，只见那明鬼竟然颤抖了两下，从后背上伸出一对翠绿色的翅膀，在地面上盘旋了几下之后向门口飞去。欧阳燕云纵身追上它之后，将那只明鬼抓在手中，又轻轻地叩击几下，明鬼又恢复了原状。

“哦？欧阳妹妹，你是如何做到的？”潘俊确实惊讶。

“潘俊哥哥，这个并不难。”欧阳燕云将明鬼放在桌子上说道，“刚刚哥哥的口诀之中不是有宫、商、角嘛。这是古代的五声音阶，古人将音阶分为宫、商、角、徵、羽，又与五行方位相联系，即中、西、东、南、北。也就是说要分别叩击明鬼中间三次，西边两次，东边一次。”

“那力度呢？”潘俊问道。

“这又是神妙之处了，还是因五声音阶而起。古人将五声与五脏相联系，脾应宫，其声慢而缓；肺应商，其声促以清；肝应角，其声呼以长；心应徵，其声雄以明；肾应羽，其声沉以细。所以宫声要慢一点，商声要连续地快一点，角声则最慢。”欧阳燕云解释得很清楚。

“我试试看。”潘俊按照欧阳燕云的方法轻轻叩击，叩击完毕，明鬼竟然真的飞了起来。

“太神妙了，金系家族的机关果然非同凡响啊。”潘俊不禁有些佩服发明明鬼之人，竟然将五行音律结合得如此完美，而这还仅仅是冰山一角。

“欧阳姑娘，你母亲是不是金系的传人？”潘俊忽然问道。

“这……”欧阳燕云眉头微锁，过了一会儿才点了点头道，“嗯，我母亲确实姓金。”

“这就难怪了。”潘俊若有所思地说道，“那她现在在何处？”

“在我三岁那年，母亲就离开了家。”欧阳燕云长出一口气说道，“已经十几年了，不知道她是否还在人世。”

“对不起啊，欧阳姑娘，提起你的伤心事了。”潘俊抱歉地说道。

“其实也没什么了，已经过去这么多年了，早已经淡忘了。”欧阳燕云说着笑了笑，那双大眼睛显得十分可人。

“对了，等我用完这只明鬼，你就用它去找你母亲吧！”潘俊看了看摆在桌子上的明鬼说道。

“哈哈。”欧阳燕云笑道，“哥哥你还不知道，每只明鬼只能完成一个任务，它只能带着我们去找之前设计到里面的那个人。”

潘俊恍然大悟地点了点头。

“潘俊哥哥，你的父母呢？”欧阳燕云问道。

“我母亲在我八岁那年就过世了，父亲在我十岁那年也因为……”潘俊又想起在天字号牢房中与冯万春的对话了，“因为我死去了。”

“原来潘俊哥哥比我还惨。”欧阳燕云坏笑着说道，“那哥哥有没有心仪的女孩啊？”

“啊？”潘俊一惊，脸瞬间变得绯红，却不知道如何作答。

“啊什么啊？”欧阳燕云有些生气地说道，“是不是哥哥你已经定了亲事？”

这句话让潘俊的脑海中闪过一个女孩的身影，他的心头一甜。

“那就是没有了？”欧阳燕云见潘俊半天不说话，于是笑嘻嘻地说道，“那真好啊！”

“什么真好？”潘俊一下子愣住了。

“没什么，潘哥哥你早点儿休息吧。”说着欧阳燕云蹦蹦跳跳地向门口走去，轻盈得真像只燕子，快到门口的时候她忽然扭过头说道，“我相信哥哥不是抢走秘宝的坏蛋。”

她这几句话让潘俊有点儿摸不到头脑，待她走了之后，潘俊将那只明鬼收了起来，缓缓地走进密室之中，坐在蒲团上，他的心却无论如何也安静不下来，脑海中一直不停地浮现出欧阳燕云的笑脸。

04

古店失火，金家惨灭门

时间刚刚过了午夜，忽然传来了一阵吵闹的敲门声，潘俊的身体微微颤了颤，那声音是从后门传来的，这么晚了会是谁呢？潘俊走出密室，刚到正厅，只见管家潘璞急匆匆地跑了进来，对他低低地耳语了几句，潘俊的脸色大变。

“把他们带到我的卧室来吧！”潘俊说完，潘璞便迈着小碎步跑了出去。

月色阑珊，今晚又将是一个不眠之夜。

一会儿工夫，三个大汉在潘璞的带领下来到了潘俊的卧室。潘俊注意到中间的那个汉子面色铁青，额头上都是豆大的汗珠，嘴唇发白。

“快将他放在床上。”潘璞指挥着另外两个汉子说道。

那两个汉子很听话地将重病的汉子放在床上之后便走到潘俊的面前，两个人一个三十岁左右，大个，头发蓬松，目光炯炯有神，另外一个二十岁上下，看起来要瘦小一些。两人来到潘俊面前竟一起跪下。

“潘爷，求您救救我们大掌柜。”那三十岁左右的男人声音里不无哭腔。

“你们先起来吧。”说着潘俊不紧不慢地走到躺在床上的那个汉子身边，将汉子的袖子撸起来，他抓起那汉子的手，那汉子的手上生满了一层厚厚的茧子。他缓缓地将那汉子的手放下之后说道：“你们是做什么的？”

“我们是跑码头的，这是我们家掌柜的，路上不知得了什么病，开始一会儿昏迷，一会儿清醒的。找了很多名医都束手无策，多方打听才知道您能医治各种疑难杂症，所以就来找您了。”三十岁左右的汉子说道。

潘俊扭过头又看了看汉子的脸，将其眼皮翻起，眉头微蹙，又将汉子上身的衣服脱下，他的身上有数块大大小小的伤疤，在胸口的地方有一处红色的伤口，此时已经溃烂，但并不是利器所伤。

看罢之后潘俊站起身来，缓缓地走到正厅前面坐下。两个汉子四目相对，一时间不知道这潘爷心里打的什么算盘。两个人走到潘俊面前试探地问道："潘爷，我家掌柜的还有救吗？"

潘俊点了点头道："他不是得病，是中毒。"

这句话让两个大汉面面相觑。

"而且中的是尸毒。"潘俊站起身来挥了挥手说道，"你们把他抬走吧。"

"潘爷，您不是说能治好我们家掌柜的吗？出多少钱我们都愿意。"说着那三十岁左右的大汉从衣服里掏出一个黄色的包袱，然后将其放在潘俊旁边的桌子上，发出一阵金属的响声，之后快速地打开，几根金条、数颗珍珠立刻呈现在眼前。

"呵呵，你也太小看我潘某人了。"潘俊冷冷地说道，"人抬走吧！我不能医治这个人。"

"为什么，潘爷？"那人问道。

"如果病人连自己的真实身份都不肯以诚相告的话，我想我也不能真心为他去医治，那么还不如不治的好。"潘俊冷冷地道。

两个汉子又是面面相觑，脸憋得通红却始终是一句话不说。

"潘爷，潘爷果然是名不虚传。"那声音是从床上传来的，几个人都转过头，只见刚刚昏迷的男人已经醒了过来，他说道，"既然潘爷如此说那你们抬我走，不要给潘爷添麻烦。"

两个大汉还要对潘俊说什么，只是看到潘俊此时已经将脸扭到了一旁，两个人一声叹息之后走到床边，背起那个大汉就要往外走。

快到门口的时候中间的汉子说道："虽然我们是土匪，但是我们从未做过任何伤天害理的事情，我们对付的那些人都不是什么好人。"说完两个人将那汉子抬了出去，没走出几步，潘俊忽然朗声道："留下来吧！"

潘璞闻言立刻抢到门口对前面的人大喊道："少爷同意你们留下来了！"

两个大汉连忙背着中间的汉子走了回来，中间的汉子从那个三十岁左右的汉子身上吃力地爬下来，晃晃悠悠地走到潘俊面前，潘俊抬起头时正好与那汉子四目相对，那个汉子浓眉大眼，两腮微微凹陷，只是目光非常坚毅。他忽然跪在潘俊面前道："潘爷，我姓孙，孙石。是老龙山的掌柜的。"

"哎，你们把他抬到床上去吧。"潘俊挥手道，然后将潘璞叫到跟前，对他轻轻耳语几句，潘璞脸色大变。

"好，我知道了，少爷。"说完潘璞大踏步走了出去。潘俊让另外的两个汉子到门口守着，然后走到孙石面前，将他的衣服剥开，露出那个已经开始溃烂的伤口。

"孙当家你是什么时候中的这毒？"潘俊一面小心地用酒擦拭着孙石的伤口，一面看似漫不经心地问道。

"呵呵，前几日我带着手下十来个兄弟在街上闲逛，忽然一阵寒意，回去之后就一病不起了。"孙石龇着牙说道，显然酒精起了作用。

"您平时没有得罪过什么人吧？"潘俊站起身拿出几枚银针，刺入孙石的几处穴位，孙石顿然脸色苍白，眉毛立起，整个人都挺直了，过了半刻忽然"哇"的一声吐出一口黑血，那黑血如同一块血豆腐一般。

潘俊见状立刻将银针拔出，孙石这才长出了一口气，像是虚脱了一般躺在床上，额头上都是豆大的汗珠。

"孙当家是行伍出身吧？"潘俊站起身来说道。

"是啊，参加过淞沪会战，失败之后就离开了部队。"孙石仰着头望着房顶，似乎在回忆往事一般。

"看得出来，刚刚我用针的时候刺入的是你身上最疼的穴位之一，若是一般人早已昏死过去了，不过你却挺了过来，甚至连哼都不哼一声。真是大丈夫啊！"潘俊言语之中不无赞美之词，虽然他受到家规影响不问世事，却也难以掩饰住一腔热血和对英雄的怜惜之情。

"过奖了，其实谁能想到闻名京城的潘爷竟然是个二十岁左右的小伙子啊，真是江山代有才人出啊。"孙石这句话确实是诚心诚意，潘俊笑了笑不再谦虚，然后走到地上的那块"血豆腐"旁边说道："孙当家想不想看看是什么让你如此难受？"

"哦？"孙石有些惊讶，难道这便结束了？

只见潘俊不知从何处拿来一根长长的银针，然后轻轻地将那一块"血豆腐"打碎，只见其中竟然出现了一个豆粒大小的虫子。

那虫子通体黝黑，如若不仔细观察会误以为是一个血块。

“这是……”孙石疑惑地问道。

“尸虫。”潘俊将那尸虫按在地上然后站起身来，眉头紧锁地说道，“应该是他们没错。”

“谁？”孙石惊慌地问道。

正在此时一个冷冷的声音忽然从外面传了进来：“呵呵，潘爷果然是有些见地，竟然能一眼就看出来。”

孙石一惊，连忙向潘俊望去，只见潘俊微微地笑了笑，一副胸有成竹的样子。

“啪”的一声，门被踹开了，走进来的竟然是那个二十岁左右的汉子，只见他走进房间立在潘俊面前。孙石脸色苍白地望着眼前的人，过了片刻才叫道：“小武子？”

那个年轻人听了冷冷地笑了笑。

“孙当家，他不是你认识的那个小武子。”潘俊冷冷道，随后他的手轻轻地摸到腰间。那汉子手疾眼快，手中轻轻一抽，一个大汉从门外翻了进来，倒在了地上。地上的那大汉正是一同而来的三十岁左右的汉子，此时他手上像是被东西捆绑着，口中塞着一块布，支支吾吾却说不出话来。

“你究竟是谁？”孙石说着便要摸枪。

“孙当家，如果你不想他死得那么快就别动。”那人说话冷声冷气，之后抬起手来，手中分明有一根细丝，那细丝正牵在另外那个汉子的脖子上。

“我是来找潘爷的。”那人望着潘俊，嘴角上扬。

潘俊冷笑了两声，然后缓缓地走到椅子边坐了下来：“如果我没有猜错的话你应该姓时吧！”

“潘爷果然是好眼力。”那人轻轻地笑了笑。

“如果我猜得不错的话，孙当家身上的毒是你下的。”

“嗯，没错，他身上的毒确实是我下的。”那人显然有些得意。

“粗糙的手法，卑劣的伎俩。”潘俊毫不客气地说道。

“哦？似乎潘爷也是在刚刚才知道的吧！”那人脸上露出一丝不屑。

“呵呵，其实你暴露得实在是太多了。”潘俊站起身来，“孙当家身上的尸毒名叫地员，因为土系驱虫师受农家思想的影响极深，而地员的名字也是来自农家的著作。如果是土系驱虫师下的地员，那中者必死，而且死者的身上不会出现伤口。只有那些根本就没有用过地员的人才会在伤者身上留下如此大的伤口。再加上这下毒的位置也与土系驱虫师的手法不同，更像是水系驱虫师下蛊的手段。”

“呵呵，这么说你早就发现了？”那人的话中已经有了些许的愤怒。

“是啊，我刚刚看到孙掌柜的伤口就已经断定你是水系的驱虫师，之所以最后我要留下孙当家的，也是不明白你为何要对他下毒手，你的目的是什么？”潘俊望着眼前这个汉子，此刻他已经有些局促不安了。

“我的目的……”他的话音刚落，身形已经开始向前移动，“杀你——”最后这两个字随着他的动作已经变得飘忽了起来。

他已经迫近眼前，但潘俊却纹丝不动，只见那人手中不知何时又多了一根如蚕丝一般的细丝，向潘俊的眼睛飘过来。就在这时，一个人忽然从房顶落下来。那汉子隐约觉得头顶一阵发冷，连忙躲闪。

落下的不是别人，正是管家潘璞，原来潘俊在看出“小武子”是假的之后便告诉潘璞如此这般。因此潘璞在出去之后便爬到了房梁上面，待“小武子”一旦暴露便出奇兵以制胜。

潘璞手中握着一柄桃木短刀，虽然是桃木所制，却因刀锋上沾有虫毒，因此也具有一定的杀伤力。

“小武子”身形微动，谁料潘璞早已经料到，刀势随即跟上。“小武子”虽然身形灵活但还是年轻缺少实战经验，刚刚的那一躲已经露出破绽，潘璞见机一刀戳在“小武子”的脊背上。

“小武子”顿时感觉身上一阵恶寒，瞬间从脊背到脚下都像是结了一层冰一般，身体再也无法动弹。

“少爷，你看如何处置他？”潘璞收刀入鞘问道。

潘俊缓缓地走到“小武子”面前，看了看，然后将手摸进他的头发之中，潘璞一惊，然而，很快潘俊就从“小武子”的脸上摸下一张人皮面具。

面具落下——竟然是个女孩子，这女孩子二十岁上下，虽然此时表情凶悍，却依旧掩饰不住她的漂亮。

“你叫什么名字？”潘俊将人皮面具放在桌子上问道。

“要杀就杀吧，哪来那么多的废话。”虽然是一介女流但是说话却有几分男人的气质。

“我为什么要杀你？只是我不明白你为什么要杀我而已。”潘俊说着坐在一旁，潘璞和孙石两个人都看愣了，明明跟在孙石身边的是一个二十岁上下的汉子，何以瞬间变成了一个女孩？

“呵呵，少假惺惺的，你杀我母亲的时候为何不手下留情？”女子恶狠狠道。

“什么？”潘俊简直有些不相信自己的耳朵，短短几天之内自己已经是第二次被人诬陷了。

“如果我猜得不错的话，你一定是水系湘西时家的后代吧？”潘俊从女孩手中抽过那条白色的细丝，握在手中，然后轻轻一抖，细丝断裂成数段，刚刚躺在地上的三十岁左右的汉子“哎哟”一声，然后长长地喘了一口粗气，原来他一直被那细丝勒住脖子，大气也不能喘，此时总算是解脱了。

“呵呵，是又怎么样？”女孩从鼻孔中“哼”了一声。

“你怎么说你的母亲是我杀死的呢？”潘俊问道。

“青丝，只有你潘家才有青丝吧！”女孩大声地喊道。

“怎么又是青丝？”潘璞不由得问道，然后扭过头望着潘俊，只见潘俊从口袋中掏出一颗药丸递给潘璞说道：“让她吃了，放她走吧！”

“少爷？”潘璞望见潘俊摆了摆手，那女子吃了解药之后收起细丝，也不道谢，大踏步走到门口又回头说道：“我还是会来杀你的。”

“呵呵！”潘俊笑了笑，其实他的心里在想另外一个问题：关于青丝，究竟世上还有谁会用？

“潘爷，实在不好意思，给你带来了这么大的危险。”孙石抱歉地说道。

“算了，其实你之所以受伤也是她为了接近我而已，如果不是她打伤你的话她怎么能来到潘府呢？即便可以进入，也不能近距离地接触到我，所以她是用你作为诱饵的。”潘俊的话让孙石恍然大悟。

“孙当家你不用多想，在这里安心静养几天应该就无大碍了，幸好她用这毒的手段不甚高明，不然恐怕我也不能救你！”说完潘俊开了两道药方递给潘璞，让他交给孙石并照方子抓药，自己却走到了院子之中。

这几天连续发生的事情让潘俊多少有些措手不及，之前老死不相往来的几大家族的人似乎忽然之间都出现了，而且都与自己有点儿关系，他隐隐地感到在这些事情的背后有一只黑手在操纵着一切，只是一时之间却又找不到一点儿线索。

青丝——打伤那个抢走欧阳家族秘宝的日本人的是青丝，杀死时家女主人的还是青丝。这世界上除了自己之外究竟还有谁会用青丝？凶手用青丝杀人的目的何在呢？

“金家。”欧阳雷火的声音从潘俊身后传来。

“什么？”潘俊扭过头望着欧阳雷火，“您说什么金家？”

“青丝。”欧阳雷火说道，“据我所知，我们这几大家族的秘器虽然各有不同，但是最早都是来自金家。”

“欧阳大叔，我怎么从未听说过啊？”潘俊有种闻所未闻的感觉。

“我也是刚刚睡不着想起来的，可能这件事连你的父亲都不知道。那应该是数百年之前的事情了，因为我们和金家的渊源极深，才有幸知道其中的一些隐情。”欧阳雷火说到这里神色有些黯然。潘俊心想，也许欧阳雷火口中所说的渊源极深应该指的是欧阳燕云的母亲吧。

“那么说金家还有人会用青丝？”潘俊此时有些混乱，金家人在那场爆炸之后已经被灭门了，剩下的只有金顺和金银两个人了，难道这会使用青丝的就在这两人之间吗？

“应该是的。如果这个人真的不是你，就一定是金家的人。”欧阳雷火虽然这样说，但对潘俊还是充满了怀疑。

“现在金家只剩下金顺和金银两个人了，一定就在他们两个之间。”说罢潘俊叫来了潘璞。

“带我去找金顺。”潘俊说着回到房间穿上衣服，潘璞点了点头，就在他们二人准备离开的时候，子午忽然追了上来道：“小世叔，我也和你们一起去吧！”

潘俊顿了顿，然后点了点头。

他们离开家的时候已经是午夜时分，走出巷口，街上却还偶尔有几个酩酊大醉的醉汉。他们一行人脚下如风，潘璞深知对于赌徒来说是没有白天黑夜之分的，所以径直向万利赌坊走去。

却说这万利赌坊位于天桥附近，与有名的八大胡同只有一街之隔，因为此处鱼龙混杂，而且赌徒之中大多数也是好色之徒，所以赌坊的生意相当好。他们到来之时虽然已经是深夜，但是万利赌坊依旧是灯火通明，人声鼎沸。

各种各样的人出入赌坊，由于潘璞年少的时候便陪同老主人走南闯北，世面自然见得不少，他让潘俊在门口等候，自己孤身一人进入赌坊。潘俊对里面的气氛也颇为反感，便也没有推辞。

大概一炷香的工夫，潘璞从里面走出来，对潘俊摇了摇头，然后快步走到潘俊的身边说道："不在，金顺是这里的常客，听里面人说自从我把他叫走之后他就再也没有回来过。"

"你知道他住在什么地方吗？"

"不知道，听说金顺这个人一直行踪诡秘，没人知道他究竟住在何处。只是坊间称他这个人一般晚上出来，到天明之时便悄悄离开，至于住在哪里确实没人知道。有人倒是说他住在郊外的荒坟那里。"

"难道他也和金银一样生活在地下？"潘俊疑惑道。

"小世叔，如果他生活在地下的话我倒是有办法找到他。"子午插嘴道。

"哦？"潘俊和潘璞对视了一下，而后，扭过头望着子午，只见子午信心满满地说道，"只要他在方圆一里的地下，应该是没有问题的。"

"嗯，那好，明天我们就去找金顺。"潘俊拍了拍子午的肩膀说道。

回到潘府，各自回到房间休息。潘俊有些放心不下孙石的伤势，便又起身来到孙石的房间，此时孙石已然睡下，潘俊来时，一直陪在孙石身边的大汉猛然惊醒，潘俊连忙对他做了一个噤声的动作，然后看了看孙石的脸色，似乎已经恢复了红润，之后才点了点头，正要转身离开，孙石忽然醒了过来："潘爷……"

潘俊微微笑了笑说道："我来看看你的伤势。"

"有劳潘爷挂怀了。"孙石拱手道，"我的伤几天能好？"

"少则三五天，多则半个月就能痊愈。"

"其实……其实我此次来找潘爷还有一件事相求。"说着孙石从口袋中拿出一封信，潘俊疑惑地接过那封信。

潘俊看了看那封信，又看了看孙石，之后将那封信递给孙石，说道："这……"

"唉，潘爷，其实这件事我也是受人之托，那个人曾经对我有过救命之恩。"孙石收起信，"我这次来北京也是为了这件事，跑遍了京城的几家药行，可是……"

潘俊点了点头。

"我知道这件事对于潘爷有些为难。"孙石还要说什么却被潘俊打断了。

"这件事我应下了，只是要稍等两天，毕竟你们需要的药材太多，而且这些药材是日本人明令禁止的货物。"潘俊说着长出一口气。

"您不想知道我这药是送给谁的吗？"孙石好奇地问。

“呵呵，你出钱，我出药，至于你的药究竟运到何处与我何干？”说完潘俊缓缓地走出了孙石的卧室。其实凭着潘俊的聪明就能猜到，国军要的是钱，真正需要药品的是在深山中抗日的八路。虽然说起来轻松，一个出钱，一个出药，但是日本人现在对于药品的控制极其严格，稍有不慎就会惹来杀身之祸。

潘俊连夜叫来了潘璞，将这件事告诉了潘璞，潘璞一脸惊慌道：“少爷，这……如果走漏了风声会惹祸上身的。”

“唉，我又何尝不知啊。但是我已经打定主意了，你照我说的这几天把药品办全，然后送到郊外的宅子去，那信上写着他们会派人去取药的。”潘俊说完挥了挥手让潘璞出去，他要自己静一静。

第二天一早潘璞便去置办药品，而潘俊在子午的陪同下来到了城外的西郊坟地，这里位于北京城外十里的地方，潘俊听人说经常看到金顺早晨在此处消失。

潘俊和子午下了马车走进坟场，夏天的坟场恶臭无比。现在的世道很乱，黑社会、日本人，各种势力聚集在此，每天都有人神秘地消失，几天之后总会出现在这里。很多尸体来不及掩埋，在盛夏时节早已经腐烂了。

两人下车之后，子午向四周望了望说道：“小世叔啊，金顺一定是个变态，生活在这种鬼地方。”

“呵呵，子午，我们能找到他吗？”潘俊此时还不知子午究竟有何招数能找到生活在地下的金顺，不过看他一副信誓旦旦的样子，心中却也有底。

子午坏笑了一下，然后从口袋中拿出一个小盒子，将那个小盒子打开，里面装着的东西如同一卷蚊香一般。

“子午，这是什么？”潘俊望着那盒子里面的东西说道。

“嘿嘿，小世叔，你就瞧好吧！”说罢，子午将“蚊香”点燃，一股青烟缓缓地冒出，不过令潘俊诧异的是，那烟竟然没有气味。子午手捧着盒子和潘俊一起向坟地深处走去。

香烟袅袅，虽然烟柱很细，但是在微风之中竟然一点儿不乱，而且虽然那香没有味道，但是刚刚恶臭的腐尸味竟然也荡然无存了。

子午的步伐缓慢，在坟墓间兜兜绕绕，忽然潘俊发现那烟倾斜了一下，子午的眼睛放亮，立刻加快了步子，本来一直向上的烟柱全部向前倾斜了下去。

“嘿，有门儿。”子午开心地说道。又走了数十步之后，子午在一座长满荒草的坟墓前面停了下来，烟柱竟然全部向下倾斜了。

“小世叔，那个人应该就在这下面。”说着子午收起那个盒子揣进怀里。

“可是咱们怎么进去？”潘俊又有些为难了，面前这座坟墓看上去应该有几十年了，上面长满了荒草，甚至还有胳膊粗的灌木。他环顾了一下四周，根本找不到入口。

“小世叔，我倒是有办法逼他出来。”子午说着坏笑了一下，又拿出一个小盒子，这个盒子较之前的要小很多，潘俊有些好奇这家伙的口袋中还有什么宝贝啊。

他打开盒子，里面像是一层猪油，但是气味异常清香，与当初在冯万春身上闻到的味道一模一样。

“子午，这个是什么东西啊？”潘俊问道。

“小世叔，我们土系驱虫师总是与尸体打交道，为了防止尸毒和尸虫，就特别制作了这种香料。这种香料如果涂在身上的话，尸虫避之唯恐不及，不过如果点燃之后，那么尸虫就会聚集过来。”说着子午已经将那东西点燃了，然后放在墓碑前面，不一会儿便发出一阵恶臭。

“这是怎么回事啊？”只一会儿工夫潘俊便隐约听到墓地里传来了金顺的声音。

“嘿嘿……”子午坏笑，“小世叔，你就瞧好吧！”

他的话音刚落，只见眼前的墓碑开始晃动了几下，然后墓碑“啪”的一声倒了下去，满脑袋是土的金顺像个小鬼一样从墓碑下面的洞口里钻了出来。他一面出来一面不停地拍打着身子。

“这些该死的东西是从哪里来的？”他不停地咒骂着，几条小小的虫子从他的身上弹落下来，在地上蠕动了几下之后钻进了泥土里。

“金顺……”潘俊说道，金顺此时已经在脱衣服了，他忙不迭地抬起头看了一眼潘俊，眼神中闪过一丝惊惧的神情，之后立刻转身向荒草丛中跑去。子午的反应很快，他紧跟着跳入了草丛之中。

金顺没跑出几步便被子午逮住了，子午虽然身体相对瘦弱但力气不小，半拉半提地将金顺带到潘俊的面前。

“金顺，你跑什么啊？”潘俊冷冷道。

金顺低着头想了一刻，然后抬起头脸上显出谄媚的笑容说道：“嘿嘿，潘爷，刚刚我没睡醒，以为是讨债的债主呢！”

潘俊躬下身子贴近金顺的耳边说道：“知道青丝吗？”

“不知道，不知道！”金顺像是准备好了一样地说道，迫不及待地将自己和青丝划清界限。

“真的不知道是吗？”潘俊说着给子午使了一个眼色，子午会意，然后稍一用力，将金顺的胳膊弯到了头顶，金顺“哎哟，哎哟”地叫个不停。

“现在你想起来了吗？”潘俊冷冷道。

“潘爷，潘爷，你饶了我吧，我也是迫不得已。”这时子午将他的手微微松开了，金顺才说道，“几个月之前是有一个人来找过我，用重金从我的手上买走了几根青丝。”

“你卖给他几根？”

“五根，只有五根，因为做青丝的材料很特殊，那个人第一次来找我的时候我就和他说我不会做，即便会，做青丝的材料也很难找。他当时告诉我只要我能做，材料他会找给我，他走之前给我留下了两根金条。过了大概一个月的样子，他又来了，带了材料，不过那些材料只够制造五根青丝的。所以我就给他做出来了。”金顺低着头说道。

“你还记得那个人的样子吗？”

“那个人很神秘，每次找我的时候都是青龙帮的独眼龙来联系我。我见到他的时候也是在一间小黑屋子里，根本就看不清楚他的脸。”潘俊听金顺所说的话并不像是假话，于是让子午放开他，金顺舒展了一下胳膊。

“看来只能去找独眼龙了！”子午道。

“呵呵，独眼龙早就死了，我们交易完之后我本想答谢独眼龙，谁想到那天晚上独眼龙就被人发现吊死在了万利赌场的门楼上。而且这几天我一直觉得好像有人在跟着我，所以我就回到了这里。”金顺说着向四周望了望，“不知道怎么搞的，刚刚一群尸虫忽然爬了进来，我才迫不得已钻了出来。”

“你还有什么事情没有告诉我的？”潘俊问道。

“这……”金顺低垂着脑袋说道，“我记得师父生前曾经提到过一些关于秘葬的事情。”

“秘葬？”潘俊第一次听到这个词，他感到很好奇。

“是啊，我师父曾经说过这个秘葬与五个家族驱虫师手中的宝贝有关。而且五个家族驱虫师的宝贝都是出自金系驱虫师之手，因此金系家族对于这个秘葬知道得多了一些。”金顺的话正好与牢狱之中的冯万春所说的话契合。

“嗯，冯师父也曾经说过让我去找你师父，他告诉我你师父知道一个天大的秘密，这个秘密关乎所有驱虫师的命运，也许指的就是这秘葬吧！”潘俊若有所思地说道。

“只是我知道的只有这些，可能我师弟金银知道得要多一些，因为师弟是金系的正宗传人。”

“嗯，我一直在怀疑你师父之所以会遭遇不测，便与这件事有关。”潘俊说着向四周望了望。

正在此时金顺发出“哇”的一声惨叫，潘俊和子午不约而同地向金顺的方向望去，只见金顺双眼微闭，脸上竟显出一丝不可思议的表情。

“金顺？”潘俊一个箭步冲上去抱住了金顺，顿时感到金顺的身体在剧烈地抽搐着，嘴唇发黑，口吐白沫，正是中毒的迹象。潘俊连忙给金顺把脉，几秒钟之后潘俊的脸色骤变，这怎么可能？

他放开金顺的手腕，快速地在他身上摸索着，忽然他在金顺后脖颈的地方停住了，小心翼翼地将金顺翻转过来，子午眼睛大睁地望着潘俊。

只见潘俊的手指在金顺的后脖颈处游走，忽然停了下来，然后轻轻地将一根细丝状的物什从中抽出来，那竟然是青丝。

潘俊将那根青丝拿在手中，然后放在鼻间闻了闻说道：“这是青丝之中毒性最强的一根，见血封喉。”

“小世叔，难道你也没办法救他吗？”子午问道。

“这种青丝本来也很少用，一般是驱虫师在万不得已的时候留给自己的，因此根本就没有解药。”潘俊说着向四周望了望说道，“青丝发射的距离有限，究竟是谁能在如此短的距离神不知鬼不觉地杀死金顺呢？”

“小世叔，你是说那个杀手应该还在附近？”子午说着来了精神，一脸兴奋地向周围打量着，眼神中露出一丝渴望。

“别找了，咱们先把金顺埋了吧。”潘俊不让子午找自有道理，如果一个人能在这么近的距离发射青丝，而自己却毫无察觉的话，这个人一定是个高手，现在再找恐怕也无济于事了。

子午点了点头，自潘俊从欧阳雷火的手中救下他之后，他似乎对这位与自己年龄相仿的小世叔非常敬重，他隐隐地觉得眼前的这个人是那么与众不同。

若是按照子午的想法，就将金顺的尸体丢弃在这里得了，反正这里也是一个乱坟岗，不过见潘俊一副严肃的面孔，子午本来的想法就此打消。

“小世叔啊，我看咱们还是将金顺放进他生活的这个墓穴里面吧，省得我们另外挖了，而且现在咱们也没有工具啊！”子午看了看洞口，虽然不大，却正好能容得一个人进入。

“嗯，你说得有理。”说罢潘俊便向洞口走去，子午走上来笑眯眯地说道：“这种粗活儿还是由我来吧。”

接着他坐在地上，将双腿探进洞口，潘俊和他对视了一下，子午点了点头，然后继续向下探着身子，一会儿工夫整个人都已经进去了。

潘俊在上面等了好一会儿，子午却在下面一点儿动静都没有，他不禁有些焦急，他唯恐金顺在下面安置了什么机关会对子午不利。

“小世叔，您要不要进来看看？”过了好一会儿子午才从里面发出闷声闷气的声音。

“怎么了，子午？”潘俊对着洞口喊道。

“简直太不可思议了，小世叔您还是进来看看吧！”子午言语间掩饰不住兴奋，这也让潘俊大为好奇，究竟金顺所居住的墓穴里藏着什么东西以至于子午如此兴奋呢？

潘俊不管表现得多么老成，他毕竟还是个二十来岁的孩子，好奇心也很重，再加上见识了明鬼的精妙之后，对于金系驱虫师更加好奇，于是也学着子午的样子，缓缓将身子探进那个洞口。

虽然洞口看上去不大，但是内中空间却完全超乎潘俊的想象。子午扶着潘俊落定之后环顾了一下四周，这个墓穴下面竟然有两间房子大小的空间，墙上挂着不下十盏煤油灯，将这个房间照得如白昼一般。

中间有几张桌子，上面散落着一些齿轮和玉器下脚料，还有一些奇形怪状的工具。

“小世叔，你看看墙上的那些图纸。”子午指着墙上挂着的一张张泛黄的图纸说道。潘俊顺着他手指的方向望去，墙壁上挂着数张图纸，第一张图纸的顶端竟然写着“青丝”二字。

潘俊快步走了过去，拧住眉头望着图纸上的制作工艺，虽然他一直在极力按捺着内心的惊讶，但是依旧惊异地叹了一口气，图纸上的青丝制作工艺与自己青丝的制作工艺一般无二。

第二幅画则是“明鬼”，虽然他对机械并不熟悉，但是这张图他还是看懂了个大概。

第三幅画上写的是“三千丈”，图上画着一根长长的白色细丝，潘俊一下子便想起了水系时姓女子所用的那个兵器，再看下面的介绍：三千丈，名字取自李白的诗句“白发三千丈，缘愁似个长”。此兵器看似软鞭，实则为剑，剑身重四两三钱，选取瓯越之地秦溪山中的上等铁矿，经过二十几道复杂工序制造而成。

“小世叔，这秦溪山我听着怎么这么熟悉呢？”子午若有所思地说道。

“哦，相传当年铸剑大师欧冶子想要给越王勾践制作一把战场上决胜的利器，为了寻找上等的材料遍访名山大川，最后到了龙泉的秦溪山，见到此处郁郁葱葱，七口如北斗排列的井清冽见底，旁有湖十数亩，曲径幽静，是铸剑绝佳之地，而且在此处发现了正在寻找的铁矿砂，因此铸造出龙泉剑。”潘俊一面说一面看着画面上的工艺，不禁大为惊叹。

“小世叔，你知道得可真多啊。”子午对这位小世叔更多了一分钦佩。不过潘俊却被墙上的画深深地迷住了。

“啊？你说什么？”潘俊过了良久才反应过来。

子午笑了笑，然后继续向前走去，当他走到金顺的床边的时候，脸色大变，他禁不住向后退了几步，一个踉跄倒在了地上，潘俊连忙扭过头望着子午：“你怎么了？”

“小世叔，你看床上的那个……那个……”子午颤颤巍巍地指着床上的物什说道。

潘俊三步并作两步走到子午身旁，向他所指的方向望去，金顺的床上盖着一床厚厚的棉被，一条雪白的手臂从被子中伸出来，手指纤细，指甲上染着桃红色的指甲油。

“是个女人？”潘俊与子午对望了一眼，然后轻轻地掀开被子。

一个女人上身赤裸着趴在床上，长长的头发上挂满了鲜艳的头饰，女子的背部中了一刀，殷红的鲜血汩汩流出，似乎是刚死去不久的样子。

“小世叔，这个女子的穿着像是个青楼女子啊！”

“是啊，难道是被金顺所杀吗？”潘俊隐隐有种不安的感觉，恰在此时子午忽然愣住了，他一把拉住潘俊向洞口走去。

“怎么了，子午？”潘俊见子午一脸严肃地拉着他便问道。

“有十六个男人，除了一个五十岁左右，剩下的人年龄应该在二十岁上下，脚下穿的应该是靴子，每个人都背着枪，正在向咱们的方向包抄过来。”子午的耳朵微微地动了动。

子午的话音刚落，只听外面的脚步声忽然嘈杂了起来。“里面的人听着，慢慢地走出来。”这声音潘俊非常耳熟，应该是警察局局长方儒德，不过他怎么会忽然出现在这荒郊野外的乱坟岗呢?

“报告警长，这个人已经死了。”一个年轻的警察朗朗地说道。

“地洞里的是什么人，给我举起手慢慢地出来，不然我就不客气了啊！”方儒德话虽如此，不过却只是围在外面迟迟没有动静。

“小世叔，咱们怎么办？”子午小声在潘俊的耳边问道。

“别慌，我应付。”说罢潘俊高喊道，“方警长，你今天怎么这么闲啊？”

“咦？”方警长必定也是诧异万分，“这声音是潘爷吗？”

“对，是我。方警长怎么会这么有闲工夫跑到这个乱坟岗来啊？”潘俊一面说一面向四周打量着。

“唉，娘的，刚刚接到上峰的命令，说这里有命案发生，非要老子亲自跑一趟，潘爷您怎么会在这里呢？”方警长骂骂咧咧地说道。

“上峰的命令？”潘俊疑惑道，然后看了看子午，转头又看了看床上的那具女尸，一种不祥的预感袭上心头。

“嗯，来人，下去把潘爷拉上来。”方警长是个老奸巨猾的人，他命人下来一方面想拉潘俊上去，另一方面也想看看这墓穴之中究竟发生了什么!

方警长的话音刚落，潘俊见到一个警察的半个身子已经从洞口伸了进来。

“小世叔，怎么办？”子午说的当然是床上的尸体了，只是潘俊心中却在想着另外一个问题：他们上峰是如何得知这里会有一具尸体的?

“静观其变。”

一个警察从上面落下来，然后拍了拍身上的土，正了正帽子，满脸堆笑点头哈腰地向潘俊走来：“潘爷，嘿嘿，您老怎么会在这里呢？”

潘俊笑了笑，这时候另外一个警察也从洞口钻了进来，那个人对潘俊点头哈腰，说道：“爷，要不要我们先把您抬出去？”

“也好！”潘俊淡淡道。这时候那个警察立刻蹲在洞口，然后说道：“潘爷，您请……”

潘俊点头之后扶着那个警察的肩膀，身子探出了洞口，此时洞口的人已经伸出手在拉他了。他稍一用力便从洞中爬了出来。

“呵呵，潘爷，您还没说怎么会在这里呢！”潘俊刚刚出来，方警长便走上前，一面帮忙拍打着潘俊身上的土，一面说道。

“呵呵，因为这个人。”潘俊指了指地上躺着的金顺的尸体说道。

“哦？”方警长看了看那具尸体说道，“潘爷知道他是怎么死的吗？”

“是一把淬了毒的暗器。”潘俊的话还未说完，只听下面的两个警察惊呼了起来。

“警长，里面真的有一具尸体，是一具女尸，确实是前几天潇湘馆失踪的烟柳姑娘。”

“你们确定吗？”方警长又确认了一下。

“嗯，是她，而且好像刚死不久。”下面的警察颤颤巍巍地说道。

方警长扭过头，脸一下子拉了下来，上下打量着潘俊，然后对左右说道：“来人，把潘俊给我绑了。”

潘俊简直不相信自己的耳朵，一脸迷惑地望着方儒德问道：“方儒德，你想做什么？”

“嘿嘿，潘爷，对不起您了，可能您还不知道，最近出现了一个连环失踪案，失踪的全都是八大胡同里的窑姐，半个月的时间已经失踪了十几个，而这潇湘馆的烟柳就是那些失踪的窑姐之一。今天既然在这里发现了她的尸体，而且潘爷也在这个墓穴之中，我想您是说什么也逃脱不了干系的吧？”方儒德绝对是一张狗脸，说变就变，刚刚还是一副谄媚相，此刻便是横眉冷对了。

“慢着，我可以做证，我和小世叔来的时候那个女人就已经死了，和我小世叔一点儿关系都没有。”子午拦在前面说道。

“哼，你还是先考虑下自己能不能择干净吧。连他给我一起绑了。”方儒德狠狠地说。

“把女尸抬出来。人先带到车里去。”方儒德说完，两个警察推了潘俊一把，潘俊冷笑了一声。

坐在车里，子午凑到潘俊的耳边说道：“小世叔，这群人究竟想做什么？”

潘俊看了一眼子午，眉头轻轻敛起："究竟是谁通知他们的呢？"

"什么？"子午不解地问道。

正在此时车门忽然打开了，司机和方儒德分别从两边坐了上去，方儒德坐在副驾驶的位置上扭过头说道："潘爷，嘿嘿，您先别生气，这件事情究竟是谁做的，我们回到警局查查自然就清楚了。"

方儒德还是很识时务的，在没有弄清楚状况之前，他绝不会轻易得罪潘俊，因为潘家究竟有多大的势力是谁也不知道的。他只知道不管是国军还是小日本都对潘家毕恭毕敬，可究竟是什么原因却无人知晓。

潘俊冷冷地笑了笑，之后将头别向窗外。此时天已经阴了起来，六月的天果然是孩子的脸，说变就变，刚刚还阳光明媚，可是转眼便阴云密布，狂风骤起，豆大的雨点砸在车窗上，发出"噼啪"的响声。

暴雨打在马路上腾起蒙蒙的水汽挂在玻璃上，车里的气氛死气沉沉的。方儒德扭过头递给潘俊一支烟说道："潘爷，您要不要试试？"

潘俊摇了摇头，正在此时车子忽然停了下来。方儒德身子一斜头撞在了玻璃上，脑袋上顿时隆起一个血包。他揉着脑袋，然后一巴掌打在了司机的头上："你他妈的会不会开车？"

"不不不……不是，方……方……方警长，是，是他们前面的车先停下的。"这司机竟然是个口吃，方儒德向前看了看，果然前面的那辆车不知为何停了下来。

"他奶奶的，怎么回事？"方儒德骂骂咧咧地揉着脑袋。子午坏笑着说："小世叔，是不是有人来救咱们了？"

可是潘俊心里却清楚，根本没有谁知道他们会来这里，又怎么会有人来救他们呢？

"你，下去看看前面出什么事情了。"方儒德等得有些不耐烦了，推了推坐在身边的司机说道。

"警警警……警长，我，我，我……"那个司机结结巴巴地说道。

"你他妈的什么你！"说完方儒德一脚将司机踹了出去。司机刚一出去，只见前面那辆车的四个车门倏忽全部敞开了，四个穿着警服的人齐刷刷地从车里倒了出来。

汩汩的鲜血从车里流淌出来，结巴司机见此情景一下子钻进了车里，战战兢兢地说道："警警警……警长，他，他，他们……"

"闭嘴，老子知道都死了。"方儒德此时脑门儿上出满了汗，他轻轻地掏出佩枪，盯着眼前的动静。

潘俊也被眼前的景象惊住了，究竟是谁杀的那几个警察呢？子午悄悄地在潘俊的耳边说道："小世叔，是咱们的人吗？"

潘俊摇了摇头，他实在想不出这会儿谁会来救他。说话间一个人从那辆车子里下来了，他穿着一件黑色的夜行衣，蒙着面，手中握着一把极其普通的短刀，步伐稳健，一步步地向这边走来。

方儒德举起枪向那个人瞄准，可是一道白光闪过，短刀脱手而出，直接穿透了车窗，刺入了方儒德的手臂，枪应声落地，方儒德疼得直"哎哟"。

"潘爷可在？"那人朗朗说道。

潘俊凝望着雨中的那个人，在脑海中思索着是否在什么地方见过他，可是最终还是没有答案。

"潘俊潘爷可在？"那人大喊道，声音中已经有些不耐烦了。

方儒德手臂颤抖着作揖道："爷，您答句话吧！"

潘俊将被捆绑的手向前示意了一下，方儒德连忙说道："快，快点儿给潘爷把绳子解开，你个笨蛋。"

司机听完之后连忙将潘俊手上的绳子解开，潘俊推开车门走了出去，其实他心里也很好奇这个人的身份，他为何会忽然出现在这里，为何又知道他在车里。

"我就是潘俊。"潘俊的声音很沉，那人听到之后快步走上前来上下打量着潘俊，之后点了点头，从衣袖中抽出一件东西放在潘俊的眼前，潘俊看到那物什，眉头轻轻地皱紧："你是……"

那个人做了一个噤声的动作，然后在他的耳边低语了几句，潘俊一面听，一面点头，车里的人不明所以，早已经看得傻了。

"呵呵，我不会这么做的。"潘俊听完冷冷地笑了笑。

"潘俊，这笔交易对你来说很划算。"那个人争辩道。

"也许吧，但是我绝不会接受的，好了，您还是请回吧，我不是商人。"潘俊说着便转身向车里走去，那个人愣在原地，忽然一把短刀从袖口抽出。正在此时，潘俊忽然说道："如果你想杀我就趁现在，不过那笔交易我是绝不会做的。"

那个人知道潘俊能察觉到他出刀，绝不是一个可以轻视的对手，于是笑了笑说道：“哈哈，我知道，总有一天你会来找我的，我们走着瞧。”说完那个人转身向雨雾中走去。

潘俊停了几秒钟，然后拉开车门坐了进去，方儒德此时已经将插在手臂上的刀拔了出来，正在缠绷带，他扭过头忍着疼从脸上挤出一点儿笑容说道：“潘爷，这人是谁？”

“开车。”潘俊说完靠在车窗上，关于那个黑衣人的记忆一点点地从心底翻涌出来。

结巴司机本也好奇地将头扭过来想听个究竟，谁知方儒德吃了个哑巴亏，正发愁这口气没处撒呢，正好与结巴司机四目相对，方儒德伸出手刚抬起来却发觉阵阵作痛，结巴司机虽然口吃，反应却机敏，立刻躲开了，笑道：“警……警……警长，您小心点儿胳膊。”

说完之后立刻发动了车子，绕过了前面的车子，然后径直向警察局驶去。

05

地遁之术，神农助逃生

警察局是一座灰色的三层建筑，门口停着几辆黑色的老式轿车。方儒德带着潘俊走进警察局，形形色色的人在警察局中急匆匆地忙碌着。

“方警长，您受伤了？”一个警察问道。

“妈的，路上出了点儿事情，折了四个弟兄。来帮我把这两个人分开放在两个审讯室里。”说完方儒德指了指潘俊和子午。

“小世叔……”子午虽然比潘俊小不了一两岁，但是阅历却远不及潘俊，潘俊点头道：“没事，跟他们去吧！”

审讯室不大，推开门便闻到一股浓烈的酒精味，在一张巨大的木椅子后面是各色的刑具，潘俊顿了顿，然后轻轻笑了下，款款走进屋子，坐在了椅子上。送他进来的人锁上审讯室的门之后便走开了。

潘俊对于屋子里的摆设毫无兴致，最让他感到迷惑的还是那个黑衣人。是的，那个黑衣人给潘俊看的是一个牌子，那张牌子上写着“君天”二字。记得父亲在临终的时候曾经和他说过，如果有人持这块牌子找到他的话，一定要听清楚他说什么。

那个人在潘俊的耳边所说的话，让他觉得不可思议，那是绝不可以接受的。即便做了亡国奴，也不能失掉潘家的信仰，这是潘俊一直以来的想法。虽然他不倾向于国内的任何派别，但是对小日本却极度愤恨。

等了半天，依旧没有人来。潘俊忽然想起冯万春在天牢中曾经将土系驱虫师的秘诀告诉了他，此时也算是闲来无事，倒不如细细想想，以免以后忘记。

土系驱虫师的能力很大程度上与灵虫有关，而且极其注重的是研习者自身的体质。潘俊本来就聪明，再加上从小练武，因此不知不觉竟然将冯万春的秘诀领会了几分。

正在这时审讯室的门忽然被推开了，潘俊猛然清醒了过来，进来的两个人他并不认识，那两个人穿着一身便装。他们低声说道："潘爷跟我们走吧！"

潘俊站起身说道："你们是什么人？"

其中一个人微笑着走到潘俊面前，上下打量着他，然后用一口蹩脚的汉语说道："小世叔，请您跟我们走吧！"

日本人？这是潘俊的第一反应，这个人竟然是个日本人，那他为何要如此称呼自己？忽然他恍然大悟，这个人一定是火系驱虫师迁往日本那一支的后裔。

"你是火系驱虫师的后裔？"潘俊有些不可思议地望着那个年轻人说道。

"小世叔，果然好眼力。"那个日本人接着道，"我叫松井赤木，您还是跟我走吧，我是绝不会伤害您的！"

潘俊虽然对日本人的印象不好，却也想知道这些日本人究竟意欲何为，便点了点头道："我还有一个朋友。"

"小世叔，放心吧，您的那位朋友我们会安排将他放出去的。"

"我想现在就见见他！"虽然松井赤木这样说，但潘俊还是放心不下。

"好，我立刻叫人安排。"松井赤木伸手招呼另外一个人，在他的耳边嘀咕几句之后，那个人点头跑了出去。

"你是怎么知道我在这里的？"潘俊问道。

"呵呵，小世叔，皇军进城这么久，但是从未骚扰过贵府吧？"松井赤木狡黠地笑了笑。潘俊确实也很好奇，小日本似乎从未去过潘府，甚至潘家的产业与之前相比没有受到丝毫影响。

"是因为你？"此时潘俊终于找到了答案。

"没错，小世叔，在所有驱虫家族之中我早听闻木系驱虫师最崇尚中庸之道，而且我们也算是远亲，怎么能骚扰小世叔呢？"松井赤木的汉语极其蹩脚，虽然是谄媚的话，但是听起来却让人心里还是备感难受。

说话间，子午已经被带来了。他见到潘俊眉开眼笑地说道："嘿嘿，我就知道小世叔一定会有办法的，对了，小世叔，他们是什么人啊？"

潘俊拍了拍子午的肩膀说道：“你先回潘府等我。”然后搭在子午肩膀上的手臂稍稍用力，子午虽然一副孩子脾气却也是机警得紧，他立时明白了潘俊话里的意思，然后点头道：“噢，我知道了小世叔。”

且不说子午是如何回到潘府报信，只说潘俊走出警察局，坐上一辆黑色轿车，那辆轿车一直驶向东城的旧宅区，这里的居民早已经被赶走，像是一片空城区，他们在一座三层的公寓前面停了下来。

“小世叔，下车吧。”松井赤木说着推开车门先走了下去，之后将潘俊的车门打开说，“请吧，里面有人在等着你！”

潘俊走下车，此时已经是傍晚，因为下过一场雨，此时正是彩霞满天，彩霞之中的这座公寓显得格外庄严，三层的黑色建筑，外面是高高的铁栅栏，街道上则一个人影也没有，潘俊略作犹豫，之后迈步走了进去。

潘俊推开门回头望了望，松井赤木点了点头，潘俊冷笑了一下之后走进了这座森严的公寓——北平东交民巷零公馆。

虽然是盛夏时节，这零公馆之中却让人觉得背后一阵阵发冷，因为在门里面横竖摆着几个钢制的绞架。黑色大理石台阶，汉白玉的护栏，似乎隐藏着一股淡淡的寒气。

潘俊迈过那十三节台阶，刚刚走到正厅门口，正厅的门竟然被缓缓打开了。在客厅的沙发上坐着一个六十出头、精神矍铄、穿着一身唐装、面带微笑的老头儿。他见到潘俊立刻站起身来，说道：“哈哈，想要见一眼传说中的潘爷真是不容易啊！”

这个老者的汉语很流利，但是隐约还是能听出一丝杂音，应该也是个日本人。

“您是？”潘俊故作疑惑道。

“素闻潘爷聪明过人，怎么会猜不出我是谁呢？”他说的话不无道理，其实潘俊在车里已经猜出了大概，这个人应该是火系驱虫师另外一个分支的君子。

“呵呵，如果没猜错的话应该是火系的世叔吧！”潘俊笑了笑。

“世侄果然聪明。”老者眯着眼睛笑笑，其实这句话纯属客套，然后伸出手示意潘俊坐下，潘俊点头坐在他对面的沙发上。

“不知您今天找我来有何事？”潘俊开门见山地说道。

潘俊说完，只见老者挥了挥手，然后对旁边的人说道：“上茶。”转而对潘俊说道，“世侄，不忙，你刚刚来，先喝杯茶我们慢慢谈。”

说话间一个日本女人迈着小碎步将一套精致的茶具小心翼翼地放在他们面前的茶几上，老者挥了挥手，那个日本女人鞠躬退了下去。

“我叫松井尚元。”他很随和地说道，伸手拿起水壶轻轻地将热水倒进茶壶里，“世侄可知茶道？”

“略知一二。”潘俊深受道家思想的影响，而茶道又兼收了儒、佛、道三家的思想精华，怎么可能不知？“茶道兴于唐朝，盛于宋、明，而衰于清。”

松井尚元点了点头：“这茶道自南浦昭明禅师传入日本，到千利休禅师将其兴起也历经了将近三百年，讲究和、敬、清、寂。虽然最早的茶类著作《茶经》源于中国，但日本茶道更胜一筹啊。”

潘俊闻之冷笑了两声说道：“所谓的和、敬、清、寂，不过是唐朝茶道的遗风而已，其主要框架仍是来源于中国。”

松井尚元脸色微变，倒也能镇定自若：“我们火系驱虫师因为自身的关系，所以火气比较大，因此我经常研习茶道，也算是修养身心的方式吧。”

“呵呵，火气大并非坏事，只是如果胸中有戾气，将杀人越货作为安身立命之道，无论什么茶道也无法修养这样的身心的。”潘俊冷冷地说道。

“哈哈，世侄似乎对日本人极为不满啊！”松井尚元此时已经完成了洗茶的步骤，正准备将剩下的茶叶放入茶壶之中。

“呵呵，您有什么话就直说吧，如果没事的话我想我还是走吧！”说完潘俊霍地站起身来，正在这时一个黑点儿忽然在他的眼前一闪，一阵凌厉的冷风从脑后袭来，潘俊心知不妙。只见松井尚元嘴角微微上扬，得意地笑了笑，手中的茶叶全部倒入了茶壶之中。

潘俊身形微动，可那长丝已经以迅雷不及掩耳之势迫近，他下意识地将手放在腰间，正在此时松井尚元的手指微微抖动了一下，一片茶叶飞起，正好与那个黑点儿相撞，黑点儿的方向立刻偏离了。

只见那黑点儿又迅速地被收了回去，此时潘俊才发现原来那黑点儿竟然就是三千尺，而那个姓时的女孩就站在自己的面前，她怎么会出现在这里呢？

“世侄，我想咱们还是坐下来谈谈吧！”松井尚元说着给潘俊面前的茶杯倒满。潘俊收起青丝，坐在沙发上。

“这位你应该熟悉吧！”松井尚元举起茶杯，自斟自饮道，“她是水系驱虫师的传人，虽然是个女子，却也是巾帼不让须眉，是水系驱虫师的君子，叫时森森。”

“我们交过手了。”潘俊冷冷地说道，瞥了一眼时森森，只是此时见到的时森森与先前见到的模样却又大不相同，完全是两张脸。

“是不是很好奇？”松井尚元似乎能读懂潘俊的心理，“水系驱虫师善用易容之术，因此极少有人知道她们的真实长相。”

潘俊虽然知道水系驱虫师的君子历代都是女子，却不知道还有如此一说，因此也感到奇怪，虽然知道眼前的时森森并非她的真容，却依旧感到了一股凌厉的寒气。

她一双眼睛圆瞪着潘俊，三千尺早已经藏于无形之中。

“你究竟想要得到什么？”潘俊厉声道。

“你知道的一些东西。”松井尚元喝完茶站起身来说道，“我想知道的是土系驱虫师还有木系驱虫师的秘诀。”

“呵呵……”潘俊冷笑道，“看来你是找错人了。”

“世侄啊，你放心，我不会私自研习你们各家的秘诀的，我只是不希望这些绝技失传而已。”松井尚元将手放在兜里走到潘俊面前道，“皇军之所以没有对潘氏有任何行动，只不过也是为了保护秘诀而已。”

“呵呵，除非我死，否则你别想得到秘诀。”潘俊异常坚定地说道。

“世侄，我不逼你，你可以在这里考虑几天，我想终究你会明白的。”松井尚元这句话说得虽然稀松平常，但是手下的动作却极其敏捷，瞬间已经将手插入了潘俊的腰间，待潘俊反应过来的时候，装着青丝的盒子已经落入松井尚元的手中了。

“来人，带潘俊世侄休息去吧！”话音刚落，一直埋伏的几个日本武士从四周围了上来，将潘俊连拉带拽地推进了二楼的一间卧室之中，然后重重地将房门反锁上了。

这间房子的摆设很有西洋风格，只是窗子上都是用钢筋固定得很牢固，想要从这里逃出去委实不易。潘俊观察了一下周围的环境，然后将耳朵贴在房门上，听到脚步声渐行渐远之后总算是松了一口气。

他在屋子中徘徊着，暗自庆幸，多亏了冯万春的秘诀，否则后果将不堪设想。

虽然刚刚在审讯室只是默念了一会儿土系驱虫师的秘诀，他竟然惊讶地发现其中有一则指语，因为土系驱虫师主要是与土打交道，很多时候在地下用语言不能交流，则用一些特别的指语，刚刚在见子午的时候潘俊已经用指语告诉子午跟着自己，然后回去找管家潘璞来营救自己，否则任凭自己的本事再大也难以逃出此地。

潘俊坐在椅子上，将所有的事情都理了一遍，去找金顺，金顺被青丝暗杀，墓穴之中被杀的妓女，方儒德带着大批警察的忽然出现，接着是松井赤木、松井尚元，他似乎隐隐地感到自己已经不知不觉地坠入一个阴谋之中。

还有那个水系的君子时淼淼，她为何会与松井尚元在一起呢？而且潘俊感觉时淼淼似乎对自己充满了愤恨，这一切让潘俊百思不得其解。他缓缓地闭上眼睛，在心中默念《道德经》，每每他感到纷乱异常的时候，总是用这种方式让自己的心绪平静下来。

忽然一声尖叫传入了潘俊的耳朵，那是一个男人的尖叫声，他睁开眼睛环顾四周，那声音却荡然无存。但是当他再次闭上眼睛的时候，耳边又传来了那个男人的尖叫声，叫声中似乎还掺杂着声声鞭笞的声音。

“说，霍成龙在哪里？”一个男人恶狠狠地说道。

潘俊猛然睁开眼睛，那声音再次消失了，刚刚的那声音就像是一场梦一样，但是他却听得真真切切，而且这霍成龙潘俊是知道的，他是北平城第一大帮派青龙帮的老大。

那声音是从什么地方传来的？为何自己一闭上眼睛就能听到呢？他又尝试着闭上了眼睛，那声音再次传进了他的耳朵。

“我确实不知道我们老大去了哪里啊！”那个人奄奄一息地说道，“自从那天晚上您让我们炸了恒源斋之后老大就失踪了！”

这句话让潘俊惊出了一身冷汗，他猛然睁开眼睛，一时间竟然有些分不清刚才的声音究竟是梦境还是自己真的听到的。但是那句话他听得真真的，恒源斋原来是青龙帮炸毁的，而那个人口中的“您”一定是这件事的幕后主使，可是他究竟是谁呢？

“砰”的一声，潘俊的房门被一脚踹开了，他身体微微一颤，向门口望去，时淼淼此时正站在门口恶狠狠地望着他。

“潘俊，拿命来！”话音刚落，时淼淼已经纵身过来，细长的三千尺如同游动的光线一般，蜿蜒着向眼前迫近。潘俊向后退了两步，他虽不想和一介女流动手，不过心中却委实有些怵这三千尺的威力。潘俊刚刚离开椅子，那三千尺便“粘”上了椅子，只听“咔嚓”一声，椅子的靠背已经透了一个大洞。

潘俊向后退了退，下意识地摸了摸自己的腰间，瞬间他猛然醒悟，青丝已经被松井尚元拿走了。

时淼淼微微笑了笑：“别摸了，潘俊，我要为我母亲报仇。”最后“报仇”二字简直是从嘴角间咬出来的。

“时姑娘，我和你母亲无冤无仇，怎么会杀她呢？”潘俊说话间，三千尺已经向他的方向袭来，潘俊不得不继续向后退缩，因此他的声音也是断断续续的。

“青丝，她死于青丝，试问这世上除了你们潘家还有谁会用？”时淼淼根本不听他解释，仍然步步逼近。

青丝，又是青丝。潘俊不禁心中暗暗叫苦，在金顺被杀之前他确实认为这个世界上除了他以外没有第二个人会用青丝了，但是金顺的死却让他的这种想法彻底颠覆了，这世上确实还有人会用青丝。可是这么短的时间里想要和时淼淼解释这个连自己都疑惑的事情有些不可能，他只能一退再退，最后退至窗口，已经无路可退了。

“不管你相不相信，我告诉你这世上还有另外一个人也会使用青丝！”潘俊见时淼淼又挥起了手臂急忙说道，时淼淼一怔，柳眉微蹙，手上的动作也跟着停了下来。

“你说的是真的吗？”时淼淼似乎想起了什么。

“嗯。”潘俊点了点头道，“时姑娘是不是想起了什么？”

时淼淼沉吟片刻，忽然“啊”地大叫一声，抱着头蹲在地上，身体剧烈地颤抖了起来。潘俊站在一旁望着时淼淼，过了一刻钟，时淼淼才恢复了平静，她脸色苍白地望着潘俊。“我好像记得母亲遇害的前几天确实有一个二十岁左右的男人在我家附近闲逛，自从她遇害之后就再也没见过那个人。而且我在私下曾经打听过你的行踪，你当时确实在北平，可是这青丝却无法解释……”

“我想一定是那个人在幕后指使着这一切。”潘俊自言自语道，他猛然间想起了什么，“时姑娘，有一个问题，不知道你能不能帮我解答？”

“呵呵，不要以为我不杀你就可以和你成为朋友，那个人即便不是你，也与你们潘家脱不了干系。”时淼淼的冷言冷语一下子将潘俊准备说出的话噎了回去。时淼淼缓缓地向门口走去，在即将走出门口的时候，她扭过头说道，“你刚才的问题，为什么不说了？”

潘俊一愣，然后说道：“这间公寓里是不是有一个刑讯室？”

时淼淼也是一怔，然后点了点头说道：“你是怎么知道的？在地下室里确实有一间刑讯室，我也是最近才知道的。”

时淼淼淡淡地说完便离开了潘俊的房间。而潘俊却陷入了冥思之中，确实有一间刑讯室，那么说不定刚刚听到的那些话都是真的，可是自己是如何听到的呢？他又试着闭上了眼睛，只是此时再也听不到什么了，难道刑讯已经结束了？

潘俊瞬间做了一个决定，一定要到地下刑讯室去看个究竟。潘俊轻轻地将门拉开一道缝隙，然后从怀里掏出一块大洋扔了出去，大洋落在地上发出“啪啪”的声响，忽然两个日本武士从一旁的房间里冲了出来，两个人看了看地上的大洋，又对视了一下，然后回到了房间。

此时潘俊已经被严密地监视起来了，不要说到地下室去，即便是走出这个房间都很困难。他长出一口气，在房间里踱了几步，忽然计上心头。

看看时间已经接近晚上七点了，北方的夏天白天很长，所以七点的时候天才微微擦黑。七点一刻的时候潘俊的房门再次被推开了，一个仆人走了进来，他拎着一个食盒，走到潘俊面前的桌子旁边停了下来，然后小心翼翼地打开食盒，里面是一壶酒和一盘牛肉，还有两个小菜。潘俊的嘴角微微上扬。

一刻钟之后，仆人拎着食盒走出了房间，他将帽子压得很低，快步走下楼梯，整个公寓的客厅里空荡荡的，一个人也没有，他有些犹豫，四下打量着，一会儿工夫他的目光停在了一楼走廊的尽头，漆黑的走廊之后，尽头的房间发出微弱的淡黄色灯光。

仆人警觉地四下望了望，然后快步向前走去，走廊大概有五十米长，在接近走廊尽头的时候他隐隐听到了痛苦的呻吟声，于是他加快了步子。

走廊尽头房间的门半开着，仆人轻轻地推开门，里面亮着一盏昏黄的白炽灯，他向内中打量了一番，发现这个房间只有几平方米的样子，在房间的正中央竟然有一个地道入口，那呻吟声就是从入口处传来的。

仆人将手中的食盒放在门后，摘掉帽子，露出一张年轻英俊的脸，他正是潘俊。原来潘俊早已经打定主意，来个金蝉脱壳。他将帽子握在手中，小心翼翼地沿着台阶向下走。

地道里的空气很浑浊，刚刚入内便觉得有一股如烧焦的皮毛般刺鼻的味道，潘俊掩住鼻子，抓着帽子的手已经紧紧地握成了拳头，他知道如果这确实是刑讯室的话，一定会有人看守的。

他蹑手蹑脚地走下楼梯，躲在转角处向里面打量着，果然发现一个穿着日本武士服、脑袋上系着一块白布的日本人正拄着胳膊在睡觉，在他的一旁是一张铁椅子，老虎凳、辣椒水、烙铁、皮鞭，几乎所有的刑具应有尽有，在刑具的后面是一个狭小的囚笼，里面蜷缩着一个人，此时他正在小声地“哎哟，哎哟”呻吟着。

潘俊的暗器早已经被取走，恰好他看到在他面前半米左右的地方丢弃着一根木棍，他躬下身子，小心翼翼地捡起那根木棍，依旧小心翼翼地移向那个日本武士的身后，然后在他的后脑上轻轻地一击。潘俊虽然仇视日本鬼子，却因为行医济世多年，即便是对死敌依旧留下一分活口，因此他只是轻轻地击打。但这一下也是非同小可，因为正好打在了他的穴位之上，虽不至于要命，却也足以让他下半生离不开拐杖。

潘俊扔掉手中的木棍，走到那人面前问道：“你是什么人？”

只见那人的身体猛然一颤，连忙扭过头说道：“我都说了，我都说了！”

潘俊心想这个人一定是被打得不轻，蓬头垢面，身上血肉模糊，已经有些精神错乱了。潘俊躬下身子道：“我不是日本人，你究竟是谁？”

那个人定睛看了看他，不禁热泪盈眶道：“您……您是潘爷？”

潘俊当下有些奇怪，虽然潘俊名声在外，但是那时不同于现在名人的曝光率这么高，再加上潘俊向来深居简出，认识他的人自然是少之又少了，这个人怎么会认识他呢？

“你是？”潘俊疑惑地问道。

“青龙帮的霍十三。我曾经与您有过一面之缘，可是您怎么也会被抓到这里啊？”霍十三强忍着疼痛说道。

潘俊不置可否地点了点头道：“我问你一件事，你一定要如实回答我。”

霍十三警觉地点了点头：“潘爷您说吧，小的一定实话实说。”

“琉璃厂的恒源斋是不是你们青龙帮炸毁的？”

潘俊的话一出口，只见霍十三低着头一句话也不说了，过了一会儿才说道：“潘爷，这件事……这件事您是怎么知道的？”

霍十三的言下之意就是说炸毁恒源斋确实是他们所为，潘俊终于明白了方才自己听到的并不是幻觉，可是自己为什么能听得到呢？但现在不是想这件事的时候。

“真的是你们做的？究竟是谁让你们做的？”

“这……”霍十三低着头长出一口气说道，“是松井。”

即便霍十三不说，潘俊也能猜出个八九不离十，只是松井为何迟迟不对自己动手，而要先对金系驱虫师动手呢？

“你们帮他炸毁了恒源斋，为何他还将你关在这里呢？”潘俊步步紧逼地问道。

“潘爷有所不知，这事情是我们老大和松井事先谈好的，我们趁夜去了恒源斋，老大告诉我们将炸药安放好，然后自己去见了恒源斋的掌柜的，让我们在下面等着他的信号，谁知过了一个时辰老大还没有出来，这时候外面的日本人开始催了。无奈之下我便到楼上看个究竟，谁知我到了楼上之后却发现屋子里躺着五具尸体，两男三女。我大惊失色，以为老大遭遇了不测，然后将尸体翻转过来，谁知那些尸体没有一具认识的。就这么会儿工夫日本人点燃了炸药，可怜我们帮里的三四个兄弟都被炸死在里面了，我算是命大的，从窗口跳了出去，只是轻微摔伤，可是又被日本人抓到了。”霍十三说着揉了揉胳膊。

“你们老大失踪了？”潘俊眉头拧成一团。

“是啊，日本人一直在寻找我们老大的下落，可是我怎么知道呢！”霍十三一脸无奈地说道，“就是我现在也希望能找到老大。”

“对了，你还记得那几具尸体的样子吗？那两具男尸的身高如何？”潘俊忽然想起金顺曾经说过金系传人全部都是侏儒。

“身高？”霍十三不明所以，忽然他又豁然开朗般地说道：“对了，你瞧我这猪脑子，我听说恒源斋的掌柜的是一个侏儒，不过那几具尸体都是正常人啊。看来我们去之前他们已经早有准备了。”

潘俊点了点头。

“原来世侄你在这里啊？”不知何时松井尚元已经站在了潘俊的身后，他微笑着望着潘俊。潘俊站起身来说道：“是你指使他们炸毁恒源斋的吗？”

“呵呵！”松井尚元低着头笑了笑，将倒在椅子上的那个日本武士一把推到地上，然后自顾自地坐在椅子上说道，“金家的老头子实在是太固执了。唉……”松井尚元的脸上露出一丝惋惜的表情，“只可惜啊，只可惜那场大火没有烧死他。”

“你……”这些日本人能将杀人说得如此轻松着实让潘俊愤怒。

“世侄何必动怒呢？我听说木系驱虫师一直讲究无为，那些人的生死又何必介意呢？”松井尚元的语气平和得简直冷酷。

“你们究竟想要得到什么？”潘俊终于爆发了。

“秘诀，我已经说过了。”松井尚元与潘俊四目相对，目光虽然平静却隐含着淡淡的杀气。

“好吧。”潘俊屈服了，“你放了他，我会将秘诀告诉你的！”

“呵呵。”松井尚元站起身来大笑道，“唉，世侄你真是让我失望啊，交出秘诀就是为了这么一条狗，你难道不知道吗，青龙帮在北平做了多少杀人越货的勾当，为了这么一条狗你值得吗？”

潘俊何尝不知道呢，那个年代的北平，帮会、赌场、妓院、烟馆到处都是，这些帮会之中不乏一些人依附日本人，很多耸人听闻的谋杀案都是他们制造的。潘俊之所以做这个决定也有他的打算，毕竟他还是个中国人啊。

“我只要你的一句话。”潘俊正色道。

“来人，把这条狗放了吧！”他的话音刚落，两个日本兵走了进来，将牢笼打开，两个人将霍十三拖了出来。霍十三被打得不轻，现在双腿也只能蜷缩着。

“慢着。”潘俊挡在前面，然后躬下身子在霍十三的腿上摸了摸，霍十三的腿上不知是被用上了什么刑具，两条小腿都断裂成了几段，如果落到庸医的手上势必残疾终生。

“让我先帮他把骨头接上。”潘俊摸准了骨头的断口，然后他屏住呼吸抬起头对霍十三说道，“会有点儿疼。”

未等霍十三反应过来，潘俊已经下手了，只看霍十三的脸上剧烈地抽搐了一下，却没有喊出来。潘俊的手法老到，再加上速度极快，几秒钟之后他的两条腿已经接好了。

潘俊站起身来，从怀里掏出几块大洋塞进霍十三的手中说道：“拿着这些钱找个地方做点儿小买卖吧，离开这里之后你到我的店里拿几盒天宝丸，不出两个月就能好了。”

霍十三刚刚接骨的时候都没有出声，此时竟然淌出两行泪来。潘俊拍了拍他的肩膀，然后转身走出了刑讯室。

潘俊径直回到房间，此时房间里的仆人已经不在了。他脱掉身上的衣服，那身厨子的衣服穿在他的身上显得很不合体，这时候松井尚元走了进来。

“世侄，你准备什么时候将秘诀交给我？”

“给我三天时间吧，三天之后我会将你想知道的秘诀写出来交给你的！”潘俊背对着松井尚元说道。

“好，一言为定！”松井尚元嘿嘿笑道，“这三天世侄如果有什么需要，只要对外面知会一声，外面全天有人听候吩咐。”

潘俊冷笑了一声，所谓的听候吩咐不过是监视自己罢了，便也没有答话。松井尚元识趣地走了出去。

潘俊坐在那张已经破了一个洞的椅子上，回忆着经历的所有的事情，似乎所有的事情都与日本人有关，这些日本人真的只想要知道秘诀吗？冯万春所说的涉及几大家族命运的秘密究竟是什么呢？还有，为什么自己闭上眼睛的时候能听到地下刑讯室的声音呢？

忽然他想起了冯万春的秘诀，难道是自己已经在不知不觉中掌握了土系驱虫师的另外一项绝技——隔空听音？这种想法让潘俊有些激动，不过转念又有些愧疚，自己竟然无意之中偷窥了别人的绝技。

06

阴阳双鸽，传说桃花源

正在此时他的耳边传来了一阵窸窣的声音，那声音是从窗口传来的，潘俊一愣，然后缓步向窗口走去，他刚到窗口，一个黑影忽然从下面冒出来，潘俊下意识地向后退了两步。

“小世叔，我是子午。”潘俊这才看清，原来子午穿了一身夜行衣，用一块黑布蒙着脸，手中握着一柄短刀，煞有介事地贴在窗口边上。

“你是怎么进来的？”潘俊低声道。

“嘿嘿，小世叔你太小看我了，怎么说我也是土系驱虫师的传人啊，驱虫没学多少，但是这土系穿墙越户的本事还是学到了一两成的。”子午笑嘻嘻地说道，这小子虽然和潘俊年龄不相上下，却是一个十足的乐天派，似乎对于他来说什么事情都是轻而易举的。

“对了，潘璞呢？他来了吗？”潘俊询问道。

子午一脸难色地皱了皱眉头说道：“小世叔，我先把你救出来再说吧！”

“嗯？你有什么办法？”潘俊疑惑地说道。

“嘿嘿，小世叔，这么个铁栅栏倒还难不住我。”说罢子午一纵身爬到铁护栏上面，他在墙上游走如履平地，让潘俊委实惊讶了一番，活脱脱就是一只壁虎。

几秒钟之后铁护栏开始微微地颤动了起来，然后子午又快速地从上面爬了下来，在下面鼓捣了一会儿之后，整个护栏都被他拿了下来。

“小世叔，把窗子打开，帮我把护栏抬进去。”子午抓着护栏说道。

潘俊惊叹之余，连忙将窗子全部打开，和子午一起将护栏抬了进来。子午这时总算是进到了屋子之中。

“小世叔，咱们走吧！”说完子午首先跳出了窗子，潘俊走到窗口正疑惑怎么下去，忽然发现墙上竟然挂满了一些黏糊糊如同细丝般的东西。

子午此时已经将身子贴在了墙上，手上抓着那些细丝：“小世叔，你抓着这些细丝，学我的样子往下爬！”

潘俊试探着将身体从窗子里探出去，虽然这些细丝如同蛛丝一般，却极有韧性，竟然能承受住他一百多斤的重量，潘俊的动作虽然生疏，但是依旧从上面爬了下来。

落地之后，子午早已经将一块地砖掀开了，地砖下面是一个洞口，他不禁再次暗自惊讶，子午能在如此短的时间里挖出一条隧道。

“小世叔你走前面。”子午低声说道，警惕地环顾着四周。潘俊进入隧道，这隧道并不宽，只容得一人勉强进入，却已经足够了。隧道的四壁上也是黏糊糊滑溜溜的，他沿着隧道向里面爬去。

子午进入隧道之后将地砖盖上，很快便跟了上来。爬出五十米有余，前面忽然传来了清新的空气，空气中弥漫着水汽，潘俊向前爬了几米，忽然发现自己已经探出了隧道，下面是冰冷的井水，头顶上月光如华。

“嘿嘿，小世叔你小心哦，忘记告诉你了，尽头是个井口！”子午嘿嘿地笑道，“不过在旁边有一根绳子，可以爬上去。”

“好的。”潘俊摸了摸，果然在洞口旁边有一根绳子，潘俊抓着绳子，手臂稍用力便轻松地爬了上去。

他的手刚刚触摸到井口，一只手便紧紧地抓住了他，他的身体微微一颤，这分明是一只女人的手，潘俊刚想将手抽回来，谁知女子将他的手握得更紧了。

“潘哥哥，是我，欧阳燕云。”女孩朗声说道，然后手一用力便一把将潘俊拉了上去。潘俊被欧阳燕云拉出来之后向四周打量了一番，这是一个已经废弃的院落，低矮的围墙，破败的房子，在白花花的月光之下显得格外冰冷。

“燕云，你怎么回来的？潘璞呢？”潘俊环顾了一周却不曾看到潘璞的踪影，按理说发生这样的事情最着急的应该是潘璞才对。

欧阳燕云微微低下了头却并不回答，此时子午已经从井口爬了出来，他拍了拍身上的泥土说道：“小世叔咱们走吧！”

“等等，潘璞在哪里？”潘俊已经预感到有什么地方不对了，来接自己的是欧阳燕云却不是自己的管家潘璞，这究竟是怎么回事？

子午停住了，他长叹了一口气说道：“小世叔，车在外面，此地不宜久留，我们上车边走边说。”说完之后不由分说地拉着潘俊向门口走去。

打开门子午警觉地向四周望了望，然后拍了拍手，一辆马车立刻从巷角钻了出来，停在潘俊一行人面前。

“先上车，小世叔。”子午将潘俊一下子推上了车，接着是欧阳燕云，最后他自己也上了车。“快点儿离开这里！”子午对车夫喊道。

车子在一阵颠簸中快速地离开了巷子，坐在车里的三个人话都不多，潘俊想了想刚要开口，子午却抢在前面道：“小世叔，我离开警察局之后读懂了你的暗语，然后就一直尾随着来到了零公馆，知道那些人将你关在这里，于是我就立刻回到了潘家大院，谁知回去才知道已经乱作一团了！”

“什么？”潘俊不可思议地问道。

“你还是问问欧阳姑娘吧，这里的事情她应该知道得比我详细。”子午指了指一旁的欧阳燕云道。

“燕云，这究竟是怎么回事？”潘俊茫然地问道。

“潘哥哥，其实这件事也怪我爷爷脾气不好。”欧阳燕云抱歉地说道，“中午吃完饭后，弟弟就开始肚子疼，起初还只是一阵阵的绞痛，慢慢地痛感越来越剧烈，当我们知道的时候他已经疼得在地上打起滚来，脸色铁青，嘴角渗出血丝，暴汗如雨。”欧阳燕云回忆着，“他的身上、胳膊上生出很多红色的斑点，像是一朵朵桃花一般。”

“什么？你说他身上生出很多桃花般的红点？”潘俊打断了一下，不可思议地望着欧阳燕云。欧阳燕云点了点头，长出一口气。

“这是中毒，而且中的是心斋之毒，这种毒的毒性很诡异，如果中毒者是一个性格温文的人，几乎起不到任何作用；但是倘若中毒者本来性子火暴的话，那么毒性便会加强，严重者呼吸困难，甚至身上生出桃花状的红斑。”潘俊似是自言自语地说道。

“是啊，这是你潘家的毒药啊！”欧阳燕云平静地说道。

“对，木系潘氏一门不但思想倾向于道家，而且亲力亲为，他们希望所有的家人做到泰山崩于前而不动声色，因此便发明了这种叫作心斋的毒药。每一代的君子都要在三个月左右服食一次，这样一方面可以约束自己的心性，另一方面心斋对于心境平和者可以增强体质。”潘俊说完不禁大为不解道，“但是这种毒药只有我才有，况且知道的人也不多，你是怎么知道它的名字的呢？”

“是我爷爷最先发现的，本来他就怀疑当时是你盗取了秘宝，现在弟弟中毒了，而且是你们潘家秘不外传的毒药，因此爷爷立刻来了火气，叫来了管家潘璞叔叔，不由分说便是一拳。潘璞叔毫无防备挨了一记铁拳，当即被打倒在地，吐出一口血水，如果不是我拦着，想必爷爷会打死潘璞叔。”欧阳燕云的这句话让潘俊的眉头紧紧地拧在了一起。

“那现在潘璞在哪里？”潘俊恨不得立刻找到潘璞的下落，看看他的伤势如何。

潘俊的话音刚落，只听身后传来了一声巨响，那匹马被这突如其来的响声惊得一声长嘶，前腿蹿起来半人高，之后停了下来。

潘俊连忙跳下车子，子午和欧阳燕云也紧跟着跳了下来，只见零公馆的方向火光冲天，不时传来“隆隆”的爆炸声。

“小世叔，好像是零公馆发生了爆炸！”子午望着冲天的火光在潘俊的耳边娓娓说道。潘俊点了点头，正在此时北平城中火警四起。

“咱们快走吧！”说完一行人上了马车，马车飞奔着向京西虎皮口的方向奔去。却说京西虎皮口这个地方到处是过街楼，所谓过街楼就是由城门、城关的建筑形式演变而成，均横跨在街巷、山涧、隘口处。其结构呈城台状，下辟券洞，平台上置殿堂，一般为双层，故谓之楼。

欧阳燕云从小生活在新疆，所以不曾见过这些奇怪高明的建筑，此时一见不禁眉开眼笑，完全被吸引住了。

“臭小子，这里怎么有这么多这种奇形怪状的桥啊？”欧阳燕云指着其中的一座过街楼说道。

“嘿嘿，桥？你之前没见过啊？这叫过街楼。”然后子午坐过去指着眼前的那座过街楼，开始讲述关于那座楼的历史，听得欧阳燕云目瞪口呆。

潘俊却全然没有心思去听他们谈论什么过街楼，他一直在想着金家人的下落，还有青龙帮的霍老大究竟为何会忽然失踪。他有一个大胆的猜想，那就是霍老大早就给金家人通过气，不然金家如何能准备得如此充分，甚至早就准备好几具尸体来掩人耳目。

不过这种想法似乎过于离奇，因为这青龙帮向来在北平横行霸道，是日本人的一条狗，他们如何会忽然发了善心来帮助金家呢?

马车在一座过街楼前面停了下来，潘俊撩开窗帘向外看了看，让子午和欧阳燕云都下车，然后在车夫耳边轻轻嘀咕了几句，那车夫会意地点了点头，之后赶着车向来时的路奔去。

马车走了之后，潘俊带着两个人走上过街楼，这座过街楼建于明朝，楼身上面是一座高高的佛楼，上面供奉着各路神仙，下面则是一道宽阔的水渠，在过街楼的对面是半壁山岩，山岩上有一条并不宽阔的栈道。

潘俊一面走一面向四周张望，他走过过街楼，栈道上长满了湿滑的青苔，看来应该是鲜有人迹，山前的栈道只有百米，走过那百米的栈道便转到了山后，从山前看整座山一片荒芜，但是转过这山却是“柳暗花明又一村”了。从栈道上便能遥望到栈道尽头掩映在郁郁葱葱的树木间的一座大宅子。

“真没想到在这后面竟然有这样的景致啊！”子午惊异地笑道，潘俊不说话，脚下却加快了步子。

不仅仅是子午，欧阳燕云也早已经看呆了，她从小就生活在新疆，直到这次才随着爷爷来到中原，见识本就少，更何况是眼前的奇观呢。

栈道蜿蜒曲折，虽然看着那座宅子就在眼前，但是从栈道到宅前却有三里路之遥，而且栈道越走越窄，再加上湿滑无比，所以稍有不慎就有可能跌落谷底。

半个时辰之后一行人来到了宅门口，红色大门的左右立着两头巨大的石狮子，门上悬挂着一块红彤彤的匾额，上书：双鸽第。

潘俊走上前去，在门上轻轻叩击了几声，然后退了下来。子午悄悄地在潘俊耳边道：“小世叔，这可真是个风水宝地啊！”

潘俊笑了笑。子午自言自语道：“名字也好，双鸽第。”子午愣了一下，然后疑惑地望着潘俊结结巴巴地说道，“小……小世叔这里是双鸽第？”

潘俊微微点头，对他做了一个噤声的手势，他突然连忙点头，一脸满足地观察着眼前的宅院。欧阳燕云也好奇起来，问道：“哎，你，这个地方有什么特别的吗？”

子午一本正经地说道：“小哥我不叫‘哎’。”

欧阳燕云自觉理亏，于是小声地说：“子午，这个地方怎么了？看你们一副神秘兮兮的样子。”

子午听到欧阳燕云改口喊自己的名字了甚是满足，之后煞有介事地凑到欧阳燕云的耳边道：“佛曰：不可说，不可说。”然后自己嘿嘿地坏笑了起来。欧阳燕云趁机又是一脚。

“君子动口不动手。”此话一出便见欧阳燕云一脸的无所谓，他也自觉自己的话说错了，本来燕云便是个女子。

正在此时门被推开了，一个七旬老人弓着腰出现在门口，脸皮像是橡皮泥一般耷拉下来，微闭着眼睛，白花花的月光之下老人的样子更像是一具干枯的尸体，他探出头向四周打量着。潘俊走上前去，深深地鞠了一躬说道：“对不起，这么晚来打扰您老！”

老头儿眉毛也没有抬，转身朝门里走去。潘俊向子午和欧阳燕云招了招手示意他们跟着自己。两个人对视了一下，心中顿生疑惑，这个老头儿是谁，潘俊竟然对他如此恭敬？然而不及多想，两个人便跟着潘俊踏入了大门。

子午随手将门关上，然后快步跟上潘俊，并在他耳边轻轻问道：“小世叔，这个老头儿究竟是谁啊？”

潘俊连忙让他噤声，谁知老头儿耳朵微微颤了颤，停住脚步，闷声闷气地说：“我是这双鸽第看门的。”

子午连忙低下头，心想，这老小子看起来也有百十来岁了，怎么耳朵竟然这么尖。谁知他缓缓抬起头，看到那老头子依旧在盯着他，目光冰冷，似乎一下就能将自己看穿一样。

“您老别生气。”潘俊说着走上前去搀扶着老人，老人这才转身随着潘俊走进正房。

这院落的正房较潘府是小了很多，但是里面的摆设却很古朴，颇有雅趣。老人落座之后，潘俊坐在旁边的椅子上，子午皱着眉头四下打量着。

“咳咳……”潘俊一直在给子午使眼色，怎奈子午这家伙却完全没有顾及潘俊这茬儿，依旧自顾自地四处打量着。

“小子，看够了没有？”老头儿忽然发话了，这次的声音比刚刚和蔼了许多。子午一愣，然后满脸堆笑地说道：“看好了，看好了！”然后摸着脑袋坐在潘俊旁边的座位上了。

“大伯，我今天来是想在这里暂住一段时间。”潘俊轻声说道。

“呵呵，随便你吧，你是潘家的主人，所有的事情都由你说了算，我算什么，只不过是潘家的一个下人而已。”老人仰着头，语气冰冷。

不过刚刚潘俊的那句话倒是让子午和欧阳燕云一惊，眼前的这个人真的是潘俊的大伯吗？但是他为什么又说自己是个看门的呢？

“大伯，那件事都过去这么多年了，而且父亲他也早就过世了，您就不要再放在心上了！”潘俊劝说道。

“唉，也罢。但是你们为何不住在潘宅却跑到这里来呢？”老人的声音始终是闷声闷气的。

“世叔爷，您不知道，估计现在潘宅已经被日本人抄了！”子午心直口快地说道，此时他正好与老人四目相对，老人目光冰冷地望着他。子午心想难道自己又说错话了，于是连忙将嘴闭上了。

“你小子怎么话说到半截啊，怎么回事？”老人见子午迟迟不说话，于是问道，语气中与生俱来地带着针。

子午勉强从脸上挤出一丝笑容，将事情的始末复述了一遍，刚说完只见老人“啪”地一拍桌子站了起来，正准备发作，忽然像想起了什么一般长出一口气，又坐了回去，沉默了一会儿才说道：“侄儿，你准备在这里住多久？”

“我准备去一趟河南，过几日就动身。”潘俊语气温和地说道。

“你是准备去那里找金银？”老人问道。

“是啊，我想如果金家全部逃出去了，估计他们会到河南去投奔金银吧！”潘俊实际上一路都在考虑着这个问题。

“也好，一会儿我叫人带你们去客房。”说罢老人站起身来看看天，东方已经略微露出一丝微弱的光亮了，“你们去休息吧！”

潘俊站起身来忽然说道：“大伯，您知道那个秘密吗？”

老人愣了一下，然后笑道：“你是潘家的正宗传人，连你都不知道的事情，我怎么会知道呢？”说完老人头也不回地走了出去，他健步如飞，毫无龙钟之态，推开门向外走去。

“小世叔，这个人真的是你的大伯？”子午终于憋不住了问道。

潘俊微微地点了点头。

“可是为何他要亲自开门，而不让下人开门呢？”子午好奇地说道。

“呵呵，大伯习惯每日这个时辰出去练功，想必正是巧合吧！”潘俊说着站起身子，这时两个仆人走了进来。

客房在二进院中，假山怪石掩映其间，穿过怪石中的一条小路，他们几个人在仆人的带领下来到了客房前面。潘俊和子午住在一间客房中，而欧阳燕云住在他们隔壁。

经过一夜的波折几个人早已经人疲马乏了，子午一下子扑在床上，然后像是想起什么一样地说道："小世叔，看起来你大伯和你并不亲热啊！"

潘俊长出了一口气说道："其实潘家本来应该是属于他的！"

"噢？"子午一下子来了兴致，顿时睡意全无，坐起来好奇地望着潘俊。

潘俊淡淡地说道："我大伯叫潘昌远，从小到大不管是身体还是对于驱虫师技法的掌握，都远远超过我父亲，只是他时运不济，再加上一副火暴脾气，最后被爷爷赶出了家门。"

这火暴脾气子午算是领略到了，绝不亚于欧阳雷火，沾火就着。但是对于他的时运不济子午很好奇。

"小世叔，我睡不着了，你就讲讲吧！"子午有的时候让潘俊觉得他就是个孩子，潘俊微微笑了笑，长出一口气，这些旧事如果再不向人提起的话恐怕他也要忘记了。

"潘氏一门被选定的君子一定要经历一个过程，那就是游方。年轻的时候四处行医，当时大伯已经被选定为下一任继承人了，便依照祖训四处行医。开始的时候还得心应手，但是不知道究竟发生了什么，一夜之间所有的事情都变了。也就是我说的时运，经过大伯医治的病人无论得的是什么病，都会在一夜之间死去。

"渐渐地便再也没有人肯找大伯看病了，大伯空有一身本领却无用武之地，他仔细地将自己行医的方法与祖传的方法对比了一番，结果却发现毫无二致。但是那些病人却都离奇地死去了。

"对于潘氏家的人来说，行医是君子一个极其重要的方面，如果总是将人医死的话，那就肯定不能成为君子。大伯是一个不到黄河不死心的人，那是光绪三年的时候，宫中的一个太监总管忽然生了一场大病，于是差人找到了潘家。本来已经定好爷爷去了，谁知大伯却在前一天晚上在爷爷的饭菜里下了迷药，然后自己去了宫中。

"他想证明自己的医术并未生疏，但是他却不知道宫中的水实在是太深。那太监确实是得了一场大病，不过这病却不应该被太监得，因为他得的是花柳病。

“大伯不明就里，来到宫中，开始为太监医治，当他得知太监得的是花柳病的时候也很惊讶，这太监三岁便进宫了，虽然净身，但是有可能是再生出来的。大伯却没有多想便稀里糊涂地开始医治。

“却说这病一般人得了，医好也就罢了，但是太监得了就是大事情了，如果医好太监，太监必定会找个借口除掉他。大伯每次医人必死无疑，可是偏偏这次就把这个太监给医治好了。

“本来准备得到一场嘉奖，谁知大伯刚刚回到家中便有人悄悄地传来口信，说大伯在宫中惹了大麻烦，那个太监在皇太后面前告了他一状，这次恐怕是必死无疑。

“爷爷醒来之后本来甚是生气，但是听到这个消息之后心却软了下来，毕竟是亲生儿子，于是将大伯叫到身旁问明缘由之后，不禁仰天长叹。

“爷爷告诉大伯，其实并非他的医术不济，而是因为大伯根本就不适合当这木系的君子。潘家的医术除了中医之外，便是用虫之术，木系的虫术讲究温和，只有驱虫师的心境达到与世无争的境界，才能最大限度地发挥虫术的效果，如果脾气火暴的人学会了这种虫术不但不能达到行医救人的目的，反而会杀人。这也就是我们在小时候都要服用心斋的原因，这种药可以约束我们的心境。

“但是事情已经发生了，现在那个太监在太后面前告了大伯一状，这是百口难辩的事情。于是爷爷让大伯服下了一种药，那种药吃了之后气息闭合，七孔流血，状若服毒。

“宫中派人来抓大伯的时候发现潘家大门上挂着白布，当下极为好奇，走进一问才知道大伯已经畏罪自杀了。太监自然不信，于是亲自来到潘府想看个究竟，见到大伯浑身冰冷地躺在棺椁之中才算放心地离开。

“虽然大伯没有死，却再也不能露面了，于是爷爷便将他安排在了这双鸽第的老宅子之中，对外谎称大伯早已经过世了。于是我父亲被选定成了君子，因此大伯对此事一直耿耿于怀，直到爷爷过世他也不曾露面。”

“噢，原来是这样啊！”子午听完若有所思地点了点头，然后微笑道，“你大伯的时运还真是不济。”

“其实大伯这么多年来一直在此清修心境，外面的假山怪石都是他让人从江南运回来的，这园子也是他精心布置的。”潘俊站起身打开窗子，此时东方已经现出了鱼肚白，照在假山之上，颇有一种如临仙境的感觉。

“嘿嘿，小世叔，你们木系的传人都很神秘啊。”子午笑道，“我们土系驱虫师比起你们就土得多了，就像是地老鼠一样，总是和墓地、阴宅打交道，神神道道的像个神棍。”

“呵呵……”潘俊淡淡地笑了笑，“对了，子午你好像知道这双鸽第。”

“嗯！”子午有些兴奋地说道，“小世叔，你也忒小瞧我了，这双鸽第应该是双鸽地才对。风水书上曾说双鸽地立阴宅，则可庇佑后代；若是立阳宅，则可保人延年益寿。”

“嗯，的确是这样。”潘俊点了点头，等着子午接着说下去，可是子午耸了耸肩说：“嘿嘿，我就知道这些。”

“那就只知其一，不知其二了。”潘俊说着打了一个哈欠说道，“好了，咱们休息吧，醒来收拾一下准备去河南。”

“小世叔，你还没说其二呢！”子午不依不饶地乞求道。

“以后你会见到那个其二的！”说罢潘俊走到一旁，长出一口气打起坐来。子午见潘俊已然打定主意，无奈地躺在床上，一会儿工夫便睡着了。

盛夏时节的北平午后还是有些炎热的，不过这宅子之中却清凉无比，子午睡醒的时候已经是下午了，阳光从西面斜射进来。子午坐起来却未发现潘俊的影子，正慌张中，欧阳燕云端着饭菜走了进来。

“我说，那个丫头，小世叔呢？”子午一面穿鞋一面说道。

“你叫谁呢？”欧阳燕云气呼呼地说道。

“你啊。”子午说话间已经将两只鞋都穿好站起身来了，却发现欧阳燕云正怒目直视自己，于是立刻满脸堆笑道，“欧阳姐姐，嘿嘿，我小世叔呢？”

“这还差不多。”欧阳燕云说着将手中的食物放在桌子上说道，“赶紧趁热吃吧，潘哥哥中午就出去了，吩咐我等你醒来给你弄点儿吃的。”

“小世叔去了哪里啊？”子午慢慢悠悠地坐在椅子上望着欧阳燕云说。

“你先吃饭吧！”欧阳燕云不无醋意地说道，“谁知道他和那个女人出去做什么了！”

“女人？”子午有些惊讶，然后笑眯眯地看着两腮鼓鼓的欧阳燕云说道，“欧阳姐姐，你是不是吃醋了？”

“你还吃不吃了？不吃我撤走了！”欧阳燕云说着便假意要将桌子上的饭菜收起来。子午连忙拦住哀求道：“好姐姐，你瞧都是我的嘴太烂了。别放在心上。”说实话子午确实也是饿了，看见盘中的菜便一阵风卷残云。

“哎，子午，我问你，你说潘哥哥会不会喜欢上了那个女人啊？”欧阳燕云坐在子午对面看着他狼狈的吃相微笑着说。

“哪个……哪个女人啊？”子午一面吃一面说道。

“哎呀，就是那个水系的姓时的女人。”欧阳燕云自小生活在新疆，自然没有中原女孩那般害羞，不过说到另外一个女孩子的时候她还是脸上飞出一抹红晕。不过子午却大感意外，那个姓时的女子怎么会找到这里来呢？

“你想什么呢？我问你问题呢！”欧阳燕云推了推沉思中的子午，子午这才清醒过来说道：“你知道他们在哪里吗？小世叔可能有危险！”

欧阳燕云微微一怔，连忙站起身来说道：“他们在后山！”

且不说这宅子后山的风景如何美妙绝伦，假山怪石如何林立其中，只说子午与欧阳燕云二人在后山羊肠小路上七拐八拐地来到了山腰之上，此处竟然有一个小小的凉亭，亭上写着“天地”二字。

亭中坐着一人，此人正是潘俊的大伯，此时他正坐在亭子中间，面前摆放着一个方桌，桌子上茶香四溢。

“世叔爷，小世叔呢？”子午抢上前去问道，只见老人连忙摆手，眼睛一刻不离地盯着桌子下面，原来环绕着桌子被挖开了一个小小的水渠，那水从山顶上流淌下来，在水渠之中转一圈之后再从桌子下面流走。

老者盯着的是水面上漂着的一个用白纸折成的纸船，船上放着一杯清茶。子午见老人如此悠闲不禁更是急上心头，紧紧地咬着牙盯着老头儿。

“小子，你这火暴脾气和我当年差不多，来，你和丫头都坐过来，潘俊的事情他自己会解决的。”老人虽未抬头却像是已经看见了子午铁青的脸色一般。

子午和欧阳燕云半推半就地坐在桌子前面，老人待那纸船转过一圈之后拿起船中间的茶杯，一饮而尽。

“世叔爷，那个女人一直想杀小世叔，他现在可能有危险。”子午见老人又斟了一杯茶，便急切地说道。

“呵呵，如果潘俊连那个水系的小姑娘都降伏不了的话，也不配当这木系潘家的君子了。”老人说完又将一杯茶放入了纸船之中，然后看着那船在眼前的水渠中转圈。

“小子，你说你是土系的传人？”老人不屑一顾地抬头看了子午一眼。子午最敬重的莫过于师门，立刻噘起嘴道：“怎么，不信吗？”

“哼，就会那么一点儿雕虫小技也敢自称是土系的传人？”此话一出口，子午的鼻子都已经被气歪到眼睛上面了，也只是碍于眼前人是潘俊的大伯，这才强忍着没有发作。

“你可以试试。”过了半晌老头儿忽然说道。

“试试？”子午疑惑地问道。

“是啊，我也用你土系的虫术，你也用土系的虫术，咱们较量一下。”老人说着又举起杯子将其中的茶水一饮而尽。

子午看了看一旁的欧阳燕云，欧阳燕云绝对属于那种看热闹不嫌事大的主儿，连忙点了点头。子午像是受了鼓舞一般，立刻站起身来摆好架势道：“你是我世叔爷，你先动手吧！”

他话音刚落只见老人一龇牙，微微一笑，子午还没弄清楚缘由便觉得身体猛然向后倾倒了过去，重重地摔在了地上，刚准备挣扎起来，顿时觉得手臂和后背像是被什么东西吸住了一般。

子午扭过头一看，竟然是细密的细丝状的东西，他不禁有些吃惊，却见老人已经站起身来了，正站在他面前，本来已经耷拉下来的脸皮笑起来比哭丧着脸还要难看几倍。

老人走到子午身边，从子午的身上摸出一个小盒子，看了看，将盒子打开，里面有一些白色的粉末，他捏出少许放在子午的手臂上，那些细丝瞬间便融化掉了。子午手臂挣脱出来，然后抢过老人手中的盒子，抓出一把白色粉末撒在后背上，片刻之后他便从地上站了起来。

“你……你怎么会……”子午连气带恨，说话也有些结巴了。

“神农是吗？”老人说完悠然地走到自己的座位旁边坐下。

当天晚上子午从零公馆营救潘俊的时候用的便是“神农”，所谓神农亦是取自春秋农家学派，农家最早被人称为“神农学派”，而传说农家学派的创始人就是神农。但是此神农非彼神农，子午口中的神农实际上是一种生活在地下的蜘蛛。

这种蜘蛛小的如豆粒般大小，大的则有手掌大小，不过长到那般巨大的甚是罕见，只是在一些书上有过关于它的记载。因为它长期生活在地下，因此眼睛早已经退化，取而代之的是听觉和触觉特别发达。

这种蜘蛛一直以五彩虫为食，而土系驱虫师的另外一种虫术，就是利用五彩虫来寻找好的风水穴位。五彩虫对风水穴位非常敏感，因此一般有点儿见地的风水先生在看好一座阴宅之后，就会挖地数尺之后看看那泥土之中是否有五彩色的虫卵。

“嗯，你怎么会用神农的呢？”子午好奇道。只见老人微笑着将手摊开，一只掌心大小的神农竟然就趴在他的手上。子午一下子目瞪口呆，他连忙拿出自己身上带的那只神农，只有核桃大小，两只神农相比之下如同爷爷和孙子一般。

“这么大的一只神农，世叔爷，您是从什么地方得到的？”子午有些不好意思地将自己的神农收了起来。

“唉……”老人长出一口气说道，“这是送给你的，潘俊也应该快要下来了，我先下山去了。”说完，老人将手中那只硕大的神农递给了子午，自己甩袖沿着羊肠小路向山下走去。

“这老爷子对你不错！”欧阳燕云望着老人的背影说道，子午却全然没有听到，只是自顾自地把玩着手中的神农。

“子午？”潘俊的声音忽然从小路的另一边传来。欧阳燕云立刻眉开眼笑地迎了上去道：“潘哥哥，你没事吧？”

潘俊微微地笑了笑道：“不用担心，没事的。”

他的话音刚落，只见潘俊的身后又走出一个人来，那是一个女人，但是相貌标致，给人一种不真实的感觉。

“潘哥哥小心。”欧阳燕云一个箭步冲了上去，却被潘俊挡住了，说道：“燕云，没事的，我们已经谈好了。”

欧阳燕云见潘俊和那女子交换了一下眼神，不禁“咯吱咯吱”地咬了咬牙，从鼻孔中发出“哼”的一声。

“这是时淼淼时姑娘，是水系的君子。”潘俊介绍道，只是欧阳燕云一副爱理不理的模样，倒是子午双手捧着神农笑呵呵地说道：“嘿嘿，我是土系的传人子午。”

“子午，你这手里的东西是……”潘俊还是有生以来第一次见到神农，于是好奇地问道。

“这个是世叔爷送给我的，叫神农。小世叔你忘记了？上次我去营救你的时候那些蛛网就是它们的。”子午说着不禁惊讶，“不过我很奇怪的是，为什么世叔爷会有土系的神农呢？”

这句话子午虽然是问者无意，但是潘俊却是听者有心，他隐隐地觉得大伯似乎知道关于驱虫师的秘密。

“小世叔，她是怎么找到这里来的？”子午好奇地问道。

“其实我在零公馆就和时姑娘交过手了，她一直以为是我杀死了她的母亲，因为她母亲死于青丝。但是当时我一直待在北平，根本不可能去杀她。后来我们从零公馆逃出来之后，日本人便连夜赶到潘府，想查个究竟，时姑娘便和那些日本人一起去了潘府。但是查找了半天我们却根本没有回府，日本人将潘府上下弄得鸡飞狗跳之后，拿了一些值钱的物什便悻悻地离开了。不想却在回去的路上遇见了受伤的潘璞，本来时姑娘在听了我的话之后就开始对松井尚元有所怀疑，便将潘璞送到了一个旅店之中，潘璞在昏迷之中一直重复着这个地名，因此时姑娘才来到这里想向我问个究竟。”潘俊说完这番话后，子午恍然大悟地点了点头。

“潘璞叔从欧阳老头儿的手里逃出来了？”子午兴奋地说道。

“嗯，这也是我很疑惑的一个问题。”潘俊眉头紧皱地盯着子午，似乎要将他看穿一般。子午向后退了退，结结巴巴地说道：“小……小世叔，你怎么了？”

“潘璞真的只是中了欧阳前辈的一拳吗？”潘俊忽然问道。

“确……确实是啊，我和欧阳姑娘都是亲眼所见啊。”子午一着急就有些口吃。

“不可能……”时淼淼忽然插嘴道，她声音阴冷，虽然是在盛夏时节，还是让子午身体一颤，“我遇见他的时候，他除了受了内伤之外，身上还有五六处的外伤。”

“什么？”欧阳燕云憋不住了问道。

“都是刀伤。”时淼淼看了看欧阳燕云说道。

“小世叔我绝不会记错，潘璞叔只是挨了一记拳头，至于刀伤更无从谈起了，会不会是……”说到这里子午瞟了一眼时淼淼。只见时淼淼嘴角轻轻地敛起，冷冷道：“放心吧，我虽然是女流之辈，不过做事还是足够光明磊落的，绝不会从背后下手。”

“绝不会是爷爷，爷爷绝不会做这种事的。”欧阳燕云目光坚定地望着潘俊。潘俊点了点头：“其实我一直在想一个问题，这件事会不会与日本人有关？”

“小世叔你的意思是，这件事是日本人做的？”子午一下子愣住了，连忙扭过头望着欧阳燕云。欧阳燕云当然听得清楚，她的嘴唇微微颤抖着，却始终不愿问出那句话，过了一会儿才说道：“潘哥哥，你是说，爷爷他们可能遭遇了日本人的袭击？”

潘俊看了一眼欧阳燕云，然后立刻移开自己的目光，因为此刻欧阳燕云的眼睛里已经噙满了泪水。他轻轻地点了点头。

“我想应该是日本人做的，因为自从他们进入北平之后就一直在监视着潘府，潘爷的一举一动几乎都逃不过他们的眼睛。”时淼淼淡然地说道。

“这……你怎么知道的？”欧阳燕云不愿相信这个事实，本来她对时淼淼这个惊艳的女人就有三分醋意，这话再从她的口中说出又对她增加了三分恨意。

“时姑娘之前一直和松井尚元在一起。”潘俊解围道，谁知这句话却激怒了欧阳燕云，虽然她相比欧阳雷火脾气要好，却也是火系的传人，自然也好不到哪里去。欧阳燕云猛然踢上一脚，这一脚的速度极快，幸好时淼淼早有准备，她脚尖点地，身体向左偏移少许，见欧阳燕云的腿刚刚落地，脚尖轻轻地向前一点，正好踢在欧阳燕云踢出去的脚跟上。欧阳燕云力道未收，再加上时淼淼这一脚，两条腿便全部劈开倒在了地上。

“看来你比我要阴毒得多啊，欧阳姑娘！”时淼淼冷眼视之。欧阳燕云从地上打了一个滚站起身来，在衣服里摸索了一阵儿后拿出一支小小的笛子，不过这个笛子却很特别，笛身上只有三个孔。

“好了，你们别再闹了！”潘俊连忙拦住欧阳燕云，他知道欧阳燕云这支笛子是用来召唤皮猴的，“现在咱们先去看看潘璞的伤势吧，只有他苏醒过来才能弄清楚事情的始末，你们在这里打打杀杀的一点儿作用都没有！”

说完潘俊沿着小路走在前面。时淼淼对欧阳燕云冷笑了一下，紧随其后下了山。只剩下子午和欧阳燕云愣在原地。

“欧阳姐姐，咱们也下去吧，救潘璞叔要紧。”子午推了推欧阳燕云，谁知她一下子拨开了子午的手道：“谁要你管！”然后跑下山去，子午无奈地跟在她的身后。

潘俊此时回到北平无异于自投罗网，日本人到处张贴了他的画像，而且安插了无数的暗探，势必要找到潘俊的下落。不过这却难不倒时淼淼，她可是易容大家，片刻工夫一个乡下郎中和一个伴仆便出现在了眼前。子午看着潘俊不禁大为惊异，时淼淼这易容术果然不同凡响，就连他都有些不认识潘俊了。

“哈哈，果然厉害。”子午竖着大拇指说道。他向来极其重视门规及长幼尊卑，因此才会一直称呼与自己年龄相仿的潘俊为“小世叔”，但是对于时淼淼，他却一直没有称谓。按理说，时淼淼现在是水系驱虫师的君子，与潘俊同辈，但是让子午发愁的是不知道应该叫她小世叔，还是小世婶。

“呵呵！”虽然时淼淼看起来极为冷淡，但是人都喜欢别人夸赞自己，于是竟然也露出了一丝笑意。

为了防止万一，潘俊考虑再三决定让欧阳燕云留守在双鸽第，她的脾气过于火暴，从潘璞口中听到真相难免会一时冲动，惹来麻烦。欧阳燕云对于这种分配却极为不满，但是潘俊已经这样说了，虽然有不满自己也只能憋在心里。

一切收拾停当之后，一行人准备出发。子午有些放心不下欧阳燕云，便笑眯眯地说道：“欧阳姐姐，你放心吧，你爷爷绝不会有事的！”

欧阳燕云本来憋着的一肚子火正愁着没处发呢，她缓缓地抬起头来，眼珠子里都冒着火苗子。子午一看不妙，连忙大叫道：“小世叔，等等我！”飞奔着跑出了房间。

07

鬼踪魅影，满城龙涎香

他们一路上确实看到很多地方张贴着潘俊的画像，下面还有悬赏通行。画像下面依旧围着一群麻木的人，有人暗自感叹：“啧啧，这不是大名鼎鼎的潘俊潘爷吗？”

“你小心点儿吧，别让人听到。”另一个人小声说道。

“小心什么啊？这北平城谁不知道潘爷啊，有什么可小心的？不过如果不见这张画像我还真不知道潘爷原来只是个二十出头的小伙子。”那人不禁抬高了几个分贝的声调。

“唉……”另外一个人摇了摇头，“这他妈的什么年头啊，越是好人越是遭殃。”

子午凑到前面看了看，然后将目光停在了下面的赏金上，不禁嘴角露出了笑意，然后三步并作两步追上潘俊小声地说道：“小世叔，你知道找到你能拿到多少钱吗？”

“嗯？”潘俊扭过头看了一眼众人围观的画像，没有理睬，继续向前走。

子午却喋喋不休了起来：“哎呀，小世叔，找到你可以给一万大洋呢！啧啧……”子午不禁摇了摇头。

“呵呵，那你可以去告密啊！”时淼淼小声地说道。

“我才不会做那种缺德事儿呢，不过……”子午做冥思状，“不知道啥时候我也能值那么多钱。”

“臭小子，你以为被通缉是什么好事啊？”时淼淼答言道。子午耸了耸肩，继续跟在两人身后。

城中的暗探果然是多了不少，许多陌生人的目光在过往行人身上飘移，不过潘俊对时淼淼的易容术很有信心。一行人来到聚贤客栈，这是一家小客栈。民国时期的客栈也分为几个种类，有接待外国人的大饭店，像东交民巷的六国饭店，有接待大学生的会馆，还有接待下层贫民和民间艺人的小客栈。

一些大饭店在七七事变之后因为外国人急剧减少，为了维持生意都被日本人控股。为了掩人耳目，时淼淼将潘璞安排在了这家名不起眼的小客栈之中，这家小客栈主要是接待过往民间艺人的。

走进客栈，里面的气氛很是热烈，戏班、走江湖杂耍的、唱曲儿卖艺的应有尽有。客栈分成前后两个院落，前院是大车店，全部都是通铺，少则数人住在一个炕上，多则几十人。

而后院则是一个四合院，被隔成数个“雅间”，雅间也有天、地之分，但和监狱有异，这里就不多说了。

时淼淼将潘璞安排在了天字号客房之中，小二眼力过人，一眼便认出了时淼淼，他疑惑地望了望跟在时淼淼后面的两个人，眉头微微一皱，瞬间脸上又堆满了笑：“您里面请……”

潘俊一行人来到潘璞所在的房间，刚一推开门一股怪异的香味便从屋子里传了出来，潘俊的身体微微颤抖了一下，对于这种香味，子午也发觉了异样，不可思议地望着潘俊。

只是时淼淼却并未察觉，潘俊给子午使了一个眼色，子午会意地点了点头。

“好了，您嘞，有什么吩咐尽管叫我。”小二打开门之后谄媚地笑了笑，转身离开了。潘俊跟着时淼淼走进房间中，内中的味道更为浓烈。

“时姑娘，这种味道是不是你发现潘璞的时候就有？”潘俊快步走到躺在床上的潘璞身边，此时他侧卧在床上，虽然是六月天，但是他的身上裹着一层厚厚的棉被，身体依旧在发抖，额头上渗出细密的汗丝。

“是啊，不过起初味道好像没有这么浓，不知为什么忽然这么浓烈了。”时淼淼好奇地说道。

潘俊伸出手放在潘璞的额头上，发觉他竟然高烧不止。可能是潘璞梦中感觉到了潘俊的触摸，身体立刻蜷缩在了一起，又开始了呓语：“告诉，告诉少爷，一定要去这个地方。”

潘俊闻之顿觉得喉头一阵阵发堵，潘璞跟随自己的父亲几十年，父亲去世之后又跟随自己，他一直忠心耿耿，却不想今天会落到如此下场。潘俊暗下决心，无论如何也要将潘璞救活。

“子午，你过来帮我把被子翻起来，我看看他的伤口。”潘俊小心翼翼地握住被子的一角，子午连忙走上前去，和潘俊一起小心地将被子掀开，果然在潘璞的左肩上发现五六处刀伤，鲜血已经浸透了衣服。潘俊拿过药包，从中取出一把剪子，小心翼翼地将已经浸透鲜血的衣服剪开，伤口一点点地裸露了出来。

刀伤不深，只有寸许，只是让潘俊惊讶的是伤口已经变作了青黑色，血早已经干涸，凝结成块，粘连在伤口上。

“小世叔，潘璞叔中毒了。”子午望着青黑色的伤口惊讶地说道。

潘俊点了点头，他小心翼翼地从药箱子取出一把银质短刀，轻轻地将潘璞青黑色的伤口拨开，在潘璞的伤口中竟然有一种朱红色的粉末，但是令潘俊好奇的是当银质的刀尖碰到那些粉末的时候并未变色。他捏了少许粉末凑到鼻尖，顿时觉得清香无比，这应该就是那种古怪异香的来源。

他拿过一条白色的手帕将刀尖上的粉末放在其中，然后用刀尖轻轻触及潘璞的伤口，银质的刀尖立刻变成了黑色。确实是中毒的迹象。

“潘俊，他还有没有救啊？”时淼淼看了一眼专注的潘俊问道，只是潘俊一心想救活潘璞全然没有理会她，时淼淼见也无趣，便自己一个人走到门口，观察着外面的动静。

潘俊谨慎地为潘璞把过脉之后掏出一副银针，刺入潘璞后背的穴位之中，初始两针潘璞并没有什么反应，当他下了第三针之后，潘璞忽然闷哼了一声，一口朱红的鲜血从口中喷出，鲜血喷溅在地上，却带着一股浓重的香味，那香味比之前的香味还要浓烈。

“小世叔，怎么样？”子午紧张地问道。

“嗯，毒都出来了，可是这血怎么会带着这么浓烈的香味呢？”潘俊觉得有些不可思议，却又隐隐感到不安。

没来得及多想，潘俊拿过一条绷带缠在潘璞的伤口上，然后又将被子给潘璞盖上这才算是结束。

“小世叔，潘璞叔要什么时候才能苏醒过来？”子午关切地跟在潘俊的身后问道。

“这里不方便用药，如果在双鸽第的话一晚上就够了。”潘俊此时有些发愁如何能将潘璞不动声色地运出北平城。

子午多少有些失望，他一方面担心潘璞的安危，另一方面也想尽快从潘璞的口中知道究竟发生了什么事情，然后回去告诉欧阳燕云。他无奈地坐在椅子上，顺手拿过那个白色手帕，上面沾着一些潘璞伤口上的朱红色的粉末。

“他……”时淼淼望了望床上躺着的潘璞说道，“有救吗？”

“只是中毒而已。”潘俊眉头不展地说道，“不过这毒药究竟是什么呢？”

“糟了，小世叔我想起来了。”子午忽然霍地从椅子上站了起来，手中拿着那些红色的粉末一脸惊恐地说道。

“嗯？”潘俊惊异地盯着子午。

“小世叔，我想起来了，这种毒药师父曾经对我提起过，应该不算是一种毒药。”子午咽了咽口水道，“我怎么这么笨啊，一开始就应该想到啊。小世叔，你是否记得我曾经和你说过我们土系驱虫师一直以来与腐尸打交道，因此一直使用一种香料的事？其实那种香料只是用它与一些花粉混合起来的稀释品而已。”

“子午，难道这是……”潘俊刚刚一直在思考这个问题，已经有了些许端倪，不过却一直不敢相信。

“嗯，是龙涎。”子午叹了口气说道。

“什么是龙涎？”时淼淼好奇地望着他们两个人。

“你听说过龙涎遗祸的传说吗？”子午见时淼淼微微摇了摇头然后说道，“相传龙涎是龙的口水，周朝在灭掉商之后得到一个盒子，盒子之中就装着龙涎，商王以为此物不祥，于是想尽办法将其除去，谁知龙涎却化作一只蜥蜴，蹿入后宫之中，后来一个宫女遇见它便怀孕了，不久生下一个女婴，宫女将女婴遗弃。后来商朝开始流传一首童谣，桑木的大弓啊，萁草的箭袋，说的是周朝啊，即将灭亡了。不久之后周王果然发现一对夫妇卖桑木弓和萁草的箭袋，便下令追捕他们，两人逃入荒山之中，发现一女婴，甚是可爱，于是两人将其养大成人，最后送入宫中，此女便是后来的褒姒。”

时淼淼闻之点了点头：“但是这龙涎真的是龙的口水吗？”

“唉，不是，据《纲目拾遗》记载，龙涎者，气腥，味微酸咸，无毒。但是可能是因为被加入了某种毒药之后才会让潘璞有中毒的迹象。不过此物还有一个特性，那就是遇血则会放出异香，这种异香可以传至方圆数里，连绵不绝，久久不断。”潘俊说到这里猛然想起了什么，道，“不好，中计了，子午赶紧背上潘璞，我们快点儿离开这里。”

子午听到这话之后连忙跳到炕上将潘璞的被子揭开，然后小心翼翼地抬起潘璞，背在身上。

“怎么了？这么着急？现在还没有天黑，这样背着一个大活人出去很扎眼。”时淼淼依旧不明就里，看见潘俊和子午两个人神色慌张不禁问道。

“刚刚闻到那阵香气的时候我就觉得奇怪，幸好是子午提醒了我，这龙涎虽然没有毒，可是为什么伤到潘璞的人要将龙涎留在他的伤口上呢？他们一定猜到我们会来找潘璞，然后故意将龙涎放在他的伤口之上，然后循着这香气追踪我们。”潘俊推开门向外看了看，此时院子之中正好有一个戏班的人在练功。

他观察半晌却并未发现有什么异样，于是向里面的子午招了招手，子午背着潘璞快步走到门口，潘俊走在前面，他们走过院落，院子中的人都在各行其是，似乎根本没有察觉到眼前三个人的存在。

潘俊快步走在前面，那种不祥的预感越发地强烈了。当他们走到前院后门的时候，忽然耳边传来了一阵嘈杂的脚步声，那声音是皮靴撞击地面所发出的，整齐有力，应该是个数十人的小部队。

子午显然也听到了动静，两个人对视了一下，情势危急，此时光天化日，极目四望，周围根本没有藏身之所。

耳边的脚步声越来越近，声音中夹杂着枪械碰撞的声音，毫无疑问他们就是向着客栈来的。子午的手心早已经出满了汗，眼睛盯着潘俊似乎在等着潘俊的决定。

“小世叔，这样吧！一会儿他们来了之后你带着潘璞叔先走，我把他们引开。”子午此时说话颇有几分豪气，但是却少了几分思量，即便是子午能将那些人引开，这光天化日，潘俊他们逃不出几里便会被抓到。

“呵呵，真没看出来，你还有点儿英雄气，不过就是用错地方了。”时淼淼冷嘲热讽地说道。

“那你还有什么更好的主意吗？”子午本是一番好意，却惨遭时淼淼奚落，心里的怒火全部发泄了出来。不过他这句话也确实堵住了时淼淼的嘴。

潘俊皱着眉头，千算万算却还是遗漏了这一点。正在此时忽然客栈门被一脚踹开了，本来已经开裂的门板“啪”的一声倒了下来，原本乱哄哄的客栈一下子变得鸦雀无声。

“怎么办？”潘俊在心中暗自忖度着，正在此时忽然一只手搭在了潘俊的肩膀上，潘俊的身体猛然一颤，他扭过头来发现身后站着的正是那个店小二，他小声地说道：“潘爷，您跟我来。”

潘俊有些疑惑，看了看子午和时淼淼，他们的脸上也是一样写满了不解，不过事已至此便别无他法，只能跟着店小二走了过去。店小二带着三个人走到地字号客房前面，掏出钥匙将门打开。里面的摆设和天字号客房并无太大的差别，只是炕要比天字号的小了一些。

小二将三个人让进屋子之中，然后关上房门走到炕上轻轻地敲击了几下，土炕忽然翻转了过来，竟然露出一个密道。

“潘爷，您里面请。”店小二指了指下面黑乎乎的密道说。

潘俊点了点头，跳到炕上正准备进去，子午忽然说道：“小世叔，我先进去吧！”

“不必，如果他想害我的话，大可不必如此麻烦。”说完潘俊弓着身子走入了地下密室之中。

“你们二位也请进吧！”小二见潘俊走了进去，对子午和时淼淼说道。

时淼淼走在子午的前面，身形矫健地走了进去，而子午背着潘璞跟在后面。小二见一行人都已经进入密道，然后将密道的口盖上，锁上门出去了。

这个密道刚进入时黑洞洞的，但是眼前似乎隐约有淡淡的灯光，潘俊带着一行人向前面的光线处走去，十余步之后竟然发现里面有一个密室，一个人正坐在一张桌子前面，另外一个人半卧着躺在床上。

坐在桌子前面的人低着头，手中把弄着一把枪，桌子上放着一个茶壶、数个茶碗。潘俊看不清他的长相，而半卧在床上的那个人脚上明显受了伤，他的相貌潘俊却是有印象的，那人正是青龙帮的霍十三。

“潘爷……”霍十三看到潘俊脸上不免显出几分惊讶和感激之色。潘俊一时愣住了，没想到会在这里与霍十三再次见面。

“霍十三？你怎么会在这里？”潘俊的心终于算是落进了肚子里，那么这桌子前的人难道就是青龙帮的老大霍成龙吗？

“这位是……”潘俊拱手道，谁知桌子前面的大汉猛然站起来，拿起手中的枪不偏不倚地指着潘俊的脑袋。

眼前的汉子一米七八的个子，浓眉大眼，面色黝黑，连鬓络腮胡子，圆瞪着一双铃铛大的眼睛，眼睛中布满血丝，举着枪盯着潘俊。潘俊一眼便认出眼前的人果然就是霍成龙，不过却不知道这又是哪一出。

“霍当家的，您这是……”潘俊的话未说完，只见霍成龙已经将枪口移到站在潘俊身后的时淼淼的身上，淡淡道：“我知道潘爷是顶天立地的汉子，不知什么时候也变成日本人的走狗了。”霍成龙说这句话的时候一直盯着时淼淼。

时淼淼冷笑道：“霍当家的帮着日本人做了那么多事，怎么今天忽然当起民族英雄来了？”说完时淼淼便要迈步向霍成龙身边走去。

“别动。”霍成龙煞有介事地说道，“我在松井那里见过你的手段，我还知道自己有几斤几两，绝不是你的对手，你还是得远一点儿我比较放心。”

“霍当家的，可能有些事情您误会了。”潘俊本想打个圆场，谁知霍成龙却根本不吃那套，立刻将枪口对准了潘俊：“潘爷，我以前敬重你仁义，但是今日你却和这个日本人的走狗在一起，实在是让我很失望。不过我念你救了十三一条命，所以今日才让小二带你们进来，但是这个女人是绝不能留的。”

“呵呵。”时淼淼冷笑着，笑声未止而身形先至，右手食指一下扣入了霍成龙手枪扳机后，紧紧握住了霍成龙的手。霍成龙万万没想到时淼淼的动作会如此之快，当他再想扣动扳机的时候已经完全被卡住了。

时淼淼抓住时机，手腕忽然加力，一把将霍成龙手中的枪夺了过来，在手指上转了一圈之后对准了霍成龙的脑袋，然后口中发出一声轻轻的“啵”之后将枪口上扬，虽然只是假意开枪却也惊得霍成龙浑身是汗。

“你们青龙帮是不是只会搞一些暗杀、砍人的事啊？”时淼淼鄙夷地说道。

霍成龙轻松被她夺枪，再加上听到这话一肚子火，却也只能忍着。

“时姑娘，别这么说。”潘俊从时淼淼手中拿过枪交给霍成龙说道，“霍当家的，也许你对时姑娘还有一些误会，其实她也是被日本人利用了。当初松井告诉她是我用青丝杀死了她的母亲，因此才和松井来到了北平，准备找我寻仇。”

“等等，潘俊，我现在只是答应和你一起调查真相，却并没有完全相信你的话，所以你的命随时随地都在我的手里。如果我发现你骗我的话，我会毫不客气地杀掉你。”时淼淼说这话的时候似乎对潘俊的恨意已经消减了几分。

“好吧，不过不管怎么说，霍当家的，时姑娘绝不是汉奸。”潘俊无奈地对霍成龙解释道。

霍成龙看了看时森森，然后长出一口气说道："好吧，潘爷您的话我信了，昨天我看到日本人在到处通缉您，究竟是什么原因？"

"一言难尽啊。"潘俊简略地将事情的经过说了一遍，然后问道，"霍当家的，有一件事我一直想找你问个清楚。"

"呵呵，我猜您一定是想问恒源斋被炸的那天晚上究竟发生了什么事情吧？"霍成龙憨笑了两声说道。

"是啊。"潘俊毫不避讳地说道。

正在此时头顶上忽然传来了一阵轻微的脚步声。"嘘……"那声音向炕边走来，一阵窸窣声之后，忽然传来了几声长短不一的敲击声。

"噢，潘爷不必紧张，这是小二。"说话间密道口已经被打开，小二从上面走了下来，走到密室中笑眯眯地说道："呵呵，老大，那群日本人走了。"

"还真的是日本人。"子午咬着嘴唇从牙缝中挤出这几个字。

"对了，你是怎么认出我的？"潘俊有些好奇，因为时森森的易容术相当了得，可是这小二似乎第一眼就认出他了。

"呵呵。"小二和霍成龙对视了一下然后笑道，"潘爷您有所不知，小的我从小就跟着老爹跑江湖，形形色色的人见得太多，虽然本事没有几分，但是练就了一副好眼力。"

"嗯，他是我青龙帮的卞小虎，人称笑面虎。您刚刚进来的时候他就认出来了，便告诉了我，只是当时我不知道您为什么以身涉险，竟然在通缉令满天飞的时候来这里，便叫小虎一直观察着动静，直到后来他看到一群日本人向这个方向赶过来，我知道一定是有人走漏了你们的行踪，才叫他带你们来这里的。"霍成龙说到"走漏风声"的时候下意识地瞥了一眼时森森，谁知时森森也正盯着他，于是连忙避开了她的眼神。

"原来是这样，还得多谢你，不然的话今天势必会被那群日本人逮个正着。"潘俊点头道。

"不用，不用，能帮潘爷做点儿事也是小的福气，好了，你们先坐，我到上面给你们放哨。"卞小虎说完之后便快步走了出去。

"潘爷，我还是和您说说恒源斋的事情吧！"霍成龙给潘俊倒了一杯茶，然后将自己的右腿抬到椅子上拍了拍说道，"潘爷，这么多年了，这个秘密我从来不曾对外人提起过。”

“噢？”潘俊不知霍成龙究竟要说什么。

“这条腿是一条假腿。”说完之后霍成龙一把将裤子撸了起来，露出一条红木雕刻而成的假腿，霍成龙将红木外壳去掉之后，里面竟然是用螺钉、钢条还有齿轮制作而成的。

“这是恒源斋掌柜金无偿老爷子特意为我做的。”说到这里霍成龙吸了一口气。

“你的腿？是什么时候受伤的？”潘俊好奇地问道。

“1937年7月7日，卢沟桥北。”霍成龙痛苦地回忆着，一字一句地说道。

潘俊闻言身体一阵剧烈的颤抖，激动地问道：“那你是……”

“国民革命军第29军第37师第110旅第219团4连。”霍成龙咬着牙说道，“我们连驻守在卢沟桥北面，战斗结束的时候只剩下了包括小虎在内的我们四个人。我的腿被小日本的子弹打穿了，为了保命只能锯掉，半年之后一个叫冯万春的人找到了我，说可以带我去找一个人帮我安装一个假腿，但条件是保护这个人的安全。那个人就是恒源斋的金掌柜。”

“噢，原来这伤是在那时候留下的。”潘俊忽然对面前的这个黑帮老大多了几分敬佩，与此同时又多了几分不解，既然对日本人恨之入骨，他为何又要当日本人的走狗呢？

“但是你为什么会一直帮着日本人呢？”潘俊道出了内心的不解。

“呵呵，潘爷，这件事说来就话长了，如果以后我们还有机会见面的话我一定会将所有的事情都告诉您的。不过我想您现在更关心的，是我如何将金掌柜救出去的吧？”霍成龙轻松地转移了话题，潘俊暗想这个人的城府极深，既然他现在不想说，便也不再强求。

“松井给我下命令的时候是当天下午，他让我将金掌柜的恒源斋炸掉。当时情势紧急，而且松井这个人天生多疑，一直派人在我的身边监视着我。费尽九牛二虎之力我才暗中叫帮会中的弟兄从殡仪馆中盗出了五具尸体，秘密将其送至恒源斋，然后让他们几个人将金掌柜藏在一个秘密所在，待风声过了之后再送出北平城。谁知千算万算还是出了纰漏。”霍成龙拿过茶碗一饮而尽。

“我派去的那几个弟兄，一直到松井命令我们行动的时候还没有回来，那几个人是帮会之中让我最信得过的人，平日办事总是能办得妥妥当当的，可是这一次事情是否已经办妥他们却没有给我一个回音，我心中隐隐有种不祥的预感。在前往恒源斋的一路上我一直提心吊胆，生怕出什么事情。可是事与愿违，我们悄悄潜入恒源斋，为了防止走漏风声，我命兄弟们等在外面安置好炸药，然后孤身一人来到了金掌柜的卧房。”霍成龙的喉头微微颤抖了一下，接着说道，“卧房之中倒着七具尸体，其中两个是我派来办事的兄弟，另外五具尸体倒是死了很久了，应该正是他们盗来的死尸。只是里面没有发现金掌柜的下落。

“我四下打量了一番，忽然发现床头似乎有东西在动，于是小心翼翼地移到床边，撩开帐幔却发现金掌柜一家人都被人结结实实地捆绑在了一起，口中塞着布团。我连忙将一家人解开，来不及多问便用绳子将他们从窗口系了出去，因为怕他们出什么意外，便亲自带着他们逃离了恒源斋。”

“哦？那现在金掌柜一家人呢？”潘俊现在迫不及待地想知道金无偿的下落。

“我们出来之后便将金掌柜藏匿在这里了，我知道日本人一旦知道我也失踪了，一定会起疑的，说不定那个时候金掌柜更危险，便连夜派人买通了城门官，送他们一家人出了城。”确实在霍成龙失踪之后，日本人立刻就察觉到有异，便将霍十三囚禁了起来，拷问霍成龙的下落。

“金掌柜有没有说去了什么地方？”潘俊追问道。

“好像是河南，在临行的时候金掌柜隐约说过一些准备去河南投奔谁的话。”霍成龙搔了搔脑袋，想了半天摇了摇头，“我忘记那个人的名字了。”

“噢，那金掌柜是被谁绑起来的？”这个问题一直让潘俊困惑不已。

“当时我也问过金掌柜，他只是说是一个穿着黑衣服的人，那个人是在傍晚来到金家的，不由分说地杀掉了我的两个兄弟，然后将金掌柜一家捆绑了起来就走了。唉，真想把这个王八蛋找出来杀掉，为我的那两个兄弟报仇。”霍成龙狠狠地道。

黑衣人，潘俊忽然想起了从那片乱坟岗回到北平的路上所见的那人，难道会是他吗？

“潘爷，潘爷……”霍成龙见潘俊一直发愣便问道。

“噢？噢！”潘俊清醒了过来然后说道，“怎么了？”

“你们现在在什么地方落脚？晚上我派兄弟送你们出去。”霍成龙问道。

“这……”潘俊有些为难，毕竟知道双鸽第的人越少越好，“只要霍当家把我们送出北平城，接下来我们自己走就可以了。”

霍成龙毕竟是个行走江湖多年的人物，知道人家不愿说便不再多问，所谓逢人只说三分话，不可全抛一片心。这个年头多长几个心眼命就能长一点儿。

“好的，潘爷，我看您朋友的伤势不轻，好像还在昏迷啊！”霍成龙看了看被子午放在霍十三旁边的潘璞说道。

“嗯，是啊！”潘俊长出一口气，“希望能快点儿出了北平城，我们也好对他施救。”

“您放心吧，今天晚上我就把你们送出去。”霍成龙说完给潘俊倒了一杯茶，却始终不敢正视时淼淼。

在这个黑暗的密室之中，根本没有时间的概念，潘俊坐在椅子上闭目养神，他的脑海中再次出现了那个黑衣人和他所谈到的交易。

子午一直坐在潘璞旁边，观察着潘璞的动静，此时他亦是心乱如麻，恨不得潘璞会忽然醒来，然后告诉他们事情的原委，但是子午心中已经对整件事有了一个大概的推测。既然那些日本人会循着龙涎的香味而来，那么应该是他们在潘璞身上留下的龙涎，为的就是找到潘俊。这样推测下去的话，如果欧阳雷火一行人真的遇袭的话，那么也只能是这群日本人，他们见潘俊逃跑，又袭击了欧阳雷火等人，为了引出潘俊故意将潘璞抛出来，这如意算盘打得也太好了。可眼下让子午担心的是欧阳雷火等人的安危。

黑暗中的时间最为难熬，终于当再次听到几声长短不一的敲击声之后，密道的门又被打开了，下来的正是卞小虎。他快步走进密室，神色慌张地说道：“当家的，今晚走不了了。”

话音刚落，潘俊、霍成龙两个人不约而同地站起，异口同声道：“噢？”

“今天城门口忽然换了很多日本兵，重点检查伤者，好像是已经料到潘爷没有出城了。而且今晚开始实行宵禁，上街者格杀勿论，看来这一两天若是想出城很难。”卞小虎的话让潘俊心头一紧，转头看了看躺在床上的潘璞：“恐怕潘璞坚持不了那么久了。”

“潘爷别着急，我再想想办法。”霍成龙说着将卞小虎叫到一旁，小声在他的耳边说了些什么，卞小虎闻之脸色大变：“当家的，这……”

“照我说的办吧！”霍成龙拍了拍卞小虎的肩膀道。

“当家的，你要不要再考虑一下？”卞小虎眉头紧锁地说道。

“去吧，现在先将潘爷送出城要紧。”霍成龙的手在卞小虎的肩膀上用力地抓了一把。卞小虎见霍成龙决心已下，“哎”了一声，转身匆匆走了出去。

霍成龙微笑着坐在潘俊面前，潘俊好奇地问道：“霍当家，究竟是什么事情？”

“没什么，潘爷，你们几个人准备一下，今晚我一定会送你离开北平城的。”霍成龙说着站起身来，顺手拿起放在桌子上的枪对时淼淼说道，“老爷们儿，还是要靠这个。”说完他别起枪向密道的出口走去。

待霍成龙走出去之后，子午凑到霍十三身旁问道：“你们老大究竟准备做什么啊？”

霍十三摇了摇头，两条浓眉皱紧想了想，忽然“啊”的一声叫了出来：“难不成老大是准备做那件事？”

“什么事？”另外三个人将目光全部集中在了霍十三的身上。

潘俊坐在椅子上心乱如麻，他不停地在心中默念着《道德经》，心绪总归是平静了下来。子午却一点儿也冷静不下来，在狭小的密室中踱来踱去：“你说这个霍成龙，看起来像是个老江湖，不会做这么儿戏的活吧，走的时候还把密道的门锁上了。”

时淼淼冷眼望着焦急的子午，不时露出一丝不屑的笑意。

“小世叔。”子午终于停了下来，坐在潘俊面前道，“你说这个霍成龙，要是万一失手了怎么办？”

潘俊抬起头来看了看子午，他虽然也觉得霍成龙的这个计谋太过于冒险，但是形势所逼，也只有这么一条路可走了，否则潘璞性命不保。

子午见潘俊没有说话，又站起身来，在密室中不停地走来走去。

“你能不能安静一些？”时淼淼口气阴森，“总是在我面前晃来晃去，我会把你当成蚊子拍死的。”

子午虽然嘴上不服，却也知道不是时淼淼的对手，而且这个女子的手段阴毒，他白了时淼淼一眼，悻悻地走到潘璞的床边坐下，下意识地摸了摸潘璞的头之后手猛然缩了回来：“小世叔，你快看看潘璞叔，他身上怎么这么凉？”

潘俊闻言连忙站起身，走到潘璞身旁，潘璞的身子果然冰冷异常，像是刚刚从井水中捞出来一样。潘俊小心地将他翻转过来，潘璞此时嘴唇煞白，毫无血色，脸上白得更像是一张纸。潘俊又将其下眼皮翻开，里面也是毫无血色。

“不能再拖了，今晚必须带他回到双鸽第。”潘俊咬着牙说道。

密室中的每一分钟都让人觉得煎熬，早一分钟离开密室回到双鸽第，潘璞的危险便会少一分。潘俊咬着牙听着外面的动静。

“小世叔，你说霍当家的计划真的能成功吗？”子午还是有些担心。潘俊虽然心中尚存疑虑，不过此时也只能希望他能成功，未等潘俊答话，只听到城北一声沉闷的爆炸声。

密室中的人都是一震，子午下意识地紧紧抓住了桌脚。那爆炸声如同闷雷一般，隆隆而来，连绵不断，虽然相隔十数里，依旧能隐隐感到地面的颤动。

“成功了吗？成功了吗？”所有人的心中都在暗自盘问。

此时密道的门被猛然推开了，卞小虎一脸焦急地走了进来，小声地说道：“潘爷，你们准备好了吗？”

潘俊点了点头，却发现霍成龙似乎并未跟来，也来不及多问，现在时间紧迫，先离开北平城才是眼下最重要的事情。

“好的，你们跟我走。”说完卞小虎带着一行人走出了密道，刚一出密道口便听到外面早已经是乱作了一团，警笛、警哨以及嘈杂的人声络绎不绝，此起彼伏，不时能听到几声稀稀落落的枪声。

走出地字号客房，院子里已经聚集了很多房客，他们应该都是被刚才的爆炸声惊醒的，红色的火光从北面照过来。卞小虎带着潘俊一行人一刻不敢停留地向门口奔去。

正在此时北面又传来一阵“隆隆”的爆炸声，这次的声音较之前要大了很多，毕竟刚刚听到的时候几个人还在地下的密室中。

卞小虎将门推开一道缝隙，向外望了望，此时街上亦是站满了看客，他们站在自家的门前，伸长脖子向北方张望，窃窃私语，忖度着城北究竟发生了什么。

不时有军警和伪警察的车从眼前呼啸而过，急匆匆地向北面奔去。潘俊一行人见到这些人便连忙躲进人群之中。

“你瞧这群小鬼子可算是急了。”人群中一个中年人笑呵呵地说道。

“可不是咋的，那边好像是狗日的一个军械库。”另外一个人搭腔道。

潘俊也回过头看了看，他此刻开始担心起霍成龙的安危了，眼前越来越多的军警、伪警察还有日本人纷纷向北赶去，恐怕霍成龙这次真的是有去无回了。卞小虎带着他们向城南快速奔去，所有人都只顾着看眼前的热闹，谁也不曾注意到这几个人的行踪。

走到南城根，卞小虎停了下来说道："潘爷，现在城门的守军都已经被调到北城去了，这里只有十几个人，我一会儿将他们引开，你们就趁机打开城门出去。"

"那你……"潘俊有些担心卞小虎的安危。

卞小虎笑了笑，然后扭头戴上黑色的头套将头蒙上，快步向城门的方向奔去，他一面跑一面将装在兜里的两颗手雷拿了出来，打开保险栓，然后向城门的方向掷去。

黑色的手雷在空中画了一条极为漂亮的弧线，两个伪军警正凑在一起点烟，忽然见到那个黑色物什，脸上的表情从疑惑变成了惊异，刚要惊呼却被手雷巨大的爆炸声所淹没。

这颗手雷的威力极大，摧枯拉朽般将眼前那个小小的哨所夷为了平地。闻声赶来的守城伪军警发现躲在一旁的卞小虎立刻追了上去，一面追，一面将枪上膛，然后向卞小虎开火。

卞小虎为了最大限度地引开这些伪军警，距离不远不近，看准时机之后又打开了另外一颗手雷的保险栓，然后向身后猛地一掷。

要说这群伪军警做别的可能欠把火，但是这保命的事情却绝不在话下。远远地他们便看到一个黑乎乎的东西向自己的方向丢了过来，早已经猜到个八九不离十了，纷纷向一旁躲闪。借着这个机会卞小虎又跑出了十数米之外。

潘俊看到卞小虎已经将十几个人引至巷子之中，立刻带着子午和时淼淼向城门赶过去，因为军火库爆炸，城门的日本守军已经大部分被调过去了，眼下城门便只有这十数个伪军警。

按常理说就算是城门遇袭也应该留下几个人看守城门，剩下的人出去追击袭击者。但是这些伪军警则不然，本来当汉奸便是为了保住一条狗命而已，现在有人来袭击了留在这里，大部队都出去追击，万一敌人就藏在周围，那小命还不是一下就呜呼了？所以是倾巢出击。

潘俊一行人趁着机会摸到城门边，刚刚那颗手雷的威力委实惊人，竟然硬生生地将地面炸出了一个大坑，两具残缺不全的尸体倒在一旁，在月光之下真有些瘆人。

时淼淼走在前面打开城门，错开身子让子午背着潘璞走出了城门，时淼淼紧随其后，潘俊最后一个走到城门口，他始终担心霍成龙与卞小虎的安危。

“小世叔，我们快走吧，一会儿他们可能就回来了！”子午见潘俊站在门口迟迟不动便小声喊道。

“嗯。”潘俊点了点头，随即转头准备离开，瞬间他瞥见一个黑影，连忙扭过头，那个人正站在城门口，穿着一袭黑装，冲着潘俊微微笑了笑。忽然不远处又传来一声枪响。那个人一纵身跃上了一旁的高墙，身手敏捷，转眼间便消失在了眼前。

“你看什么呢？”时淼淼好奇地走上前来问道。

“噢？没……没什么！咱们快走吧！”潘俊说着走上前去，但是那个人却再次浮现在了潘俊的脑海深处，他就像是影子一样活跃在潘俊的生活之中，似乎潘俊的行踪一直在他的掌控之中。他究竟是什么人？金无偿一家也是被他捆绑起来的吧？他做这一切究竟目的何在？

且不说潘俊一行人是如何趁夜返回双鸽第的，只说这卞小虎引开伪军警向巷子中跑去。这些伪军警刚刚吃了些许苦头，怕卞小虎还有存货，因此便这样不远不近地跟着，在卞小虎的身后开几枪，不过这些人的枪法也不怎么样，数十发子弹却没有一发打中卞小虎的。

卞小虎心中暗算时间应该已经差不多了，在口袋里摸了摸还有一颗手雷，准备将这颗手雷扔出去之后便甩掉这群伪军警。

谁知正在此时他忽然感觉右腿一阵发麻，瞬间竟然不听使唤了，接着整个人都就着向前冲的惯性向前扑倒。这怎么可能？就在他倒下的瞬间他还这样想着。他整个人重重地摔在了地上，没来得及打开保险的手雷被丢到了一旁。

此时他才感到右腿上传来的阵阵痛感，他挣扎着从地上爬起来，此时才发觉眼前竟然站着一个人，那人手中握着一把枪，一脸冷笑地向他走来，他不是别人，正是火系旁支松井赤木。

刚刚的那一枪也是他打的，虽然刚刚他们都在北面的军火库，但是当听到手雷的爆炸声之后，松井赤木便带着几个人向南门奔袭而来，正好与卞小虎迎了个正着，于是开枪打伤了他。

“你是什么人？”松井赤木走到卞小虎身旁冷冷地问道。

“狗日的，我是中国爷们儿！”卞小虎虽然腿上受伤，却依旧忍着疼痛大吼道。

说话间那群伪军警已经赶了上来，见到松井赤木连忙行礼，松井赤木却一点儿好脸也没有："你认识潘俊吧？"

"哼，潘爷北平城谁不认识？"卞小虎的眼睛四下打量着，寻找着那颗掉在地上的手雷的下落，他知道手雷落到这些日本人手中会是个什么下场。

"你知道我问的不是这个！"话音未落，松井赤木的皮靴头不偏不倚地踢在了卞小虎的伤口上，一阵剧烈的疼痛从卞小虎的伤口处传来，他膝盖忽然一软，半跪在了地上。

松井赤木弯下腰凑到卞小虎的耳边说道："潘俊现在在什么地方？"

"呵呵，我这个小人物怎么会知道潘爷在什么地方？你该去找潘爷问个清楚啊。"剧烈的疼痛让卞小虎的牙齿一直在颤抖，冷汗已经浸湿了后背。不过他的目光却依旧在四下寻找那颗手雷的下落，忽然他的眼前一亮，那颗手雷就在距离自己三米有余的墙角边，如果不仔细看确实不容易找到。

"我记得你们中国有句古话，叫作'敬酒不吃吃罚酒'。"松井赤木已经丧失了最后的一点儿忍耐力，他一脚踩在卞小虎的伤腿上，不停地左右碾压，之后飞起一脚正好踢在卞小虎的后背上。

后背吃力，卞小虎的身体立刻前倾，他见时机来了，借着力道扑上前面三四米，用身体盖住了那颗手雷，然后小心翼翼地将手雷握在掌心。

"把他带回去，我就不相信他不说。"说完松井赤木青筋暴出，向城门的方向走去。伪军警立刻走到卞小虎身边，准备将其架起，却被两个日本兵挡住了。"嗯？"

两个伪警察立刻点头哈腰地向后退，日本兵一用力将卞小虎架起，谁知此时卞小虎忽然打开了手雷的保险，两个日本兵见情势不妙想要逃脱，却被卞小虎的两个胳膊死死地锁在了原地。"妈的，老子就算是死，也要拉两个狗日的小日本鬼子当垫背的。"

话音刚落，一声巨响从北平城南附近的深巷中传出。爆炸的声音传得很远，已经出城的潘俊忽然停住了脚步，他的心头猛地一颤，对子午和时淼淼说："你们听见了吗？刚刚好像是卞小虎用的那种手雷的爆炸声。"

"啊？"子午停下脚步向四周望了望，四周寂静无声，根本听不见爆炸声，"小世叔，你放心吧，那些狗东西一定抓不住卞大哥的。"

"希望吧！"潘俊说完继续向前走，但是他的心却始终平静不下来，前面就是过街楼了，过去之后便是双鸽第。

08

双鸽之地，百年恩怨史

回到双鸽第的时候已经是寅时，潘俊来不及休息便吩咐子午将潘璞放在床上，此时潘璞的情况越发糟糕，嘴唇已经从苍白变成了紫黑色，这种毒药果然是厉害至极。只是潘俊一时间还不知道究竟是哪种毒药。

“子午。”潘俊望着潘璞焦急地说，却发现并没有人答话，他猛然抬起头，正好见到时淼淼刚刚从门口走进来。回到双鸽第之后潘俊便吩咐下人为时淼淼安排住处，于是时淼淼便跟随着仆人去了房间，此时她可能是想看看潘璞的伤势才过来的。

“他……怎么样了？”时淼淼望着潘俊问道。

“唉，只是知道中毒，却不知道究竟是中了什么毒，看来也只有最后一个办法了。”潘俊长出一口气说道，“你看见子午了吗？”

时淼淼摇了摇头，潘俊想了想说道：“时姑娘，你帮我看一下潘璞，我去去就来。”时淼淼点了点头走到潘璞身边。潘俊快步走了出去，刚到门口正好与子午撞了个满怀。

“小世叔，你刚刚叫我？”子午一脸焦急地问道。

“嗯，你做什么去了？”潘俊说着往外走，正好遇到欧阳燕云。原来子午一将潘璞放下便去通知欧阳燕云了。

“潘哥哥，潘璞叔回来了？”欧阳燕云显然也是一晚没睡。

“嗯，你和时姑娘先去照顾一下潘璞吧，子午跟我走一趟。”潘俊知道时间紧迫来不及过多寒暄，拉着子午向后走。

子午不明所以地被潘俊拉着走了几步，穿过二进院的回廊，在回廊的尽头有一个月亮门，红色的月亮门紧锁着。潘俊走到月亮门前，从口袋中摸索出一把奇形怪状的钥匙，然后将钥匙插进锁孔中，只听一声轻微的“咔嚓”声，那把锁便应声打开了。

“子午，还记得前几天我问你关于这双鸽第的事情吗？”潘俊一面推开月亮门，一面小声地问道。

“嗯，记得，小世叔说我只知其一，不知其二，而且要带我见识一下这双鸽第的玄机。”子午说到这里有些激动，难道这双鸽第的玄机就在这月亮门里面？

“呵呵，你马上就能见到了。”说罢，月亮门已经被完全打开了。

子午目光如炬地向月亮门中望去，只见这月亮门里面种植着数棵老槐树，每棵槐树都足够三五个人环抱的，看样子有几百年了，亭亭如盖，将整个院落遮蔽在树荫之下。

潘俊带着子午走进这槐树丛中，奇怪的是现下明明是盛夏，而这槐树丛中却阴冷无比，滚滚的湿气夹杂着团团的水汽缭绕在周围。

“小世叔，这里……这里怎么会这么阴森？”子午觉得脊背有些发冷。

潘俊并未理会子午的话，而是加快了步子向里面走去，子午左顾右盼地跟在潘俊的身后。

在这槐树林中间有一座小房子，房子不大，几十平方米的样子，但是房子的造型却很奇特，下面大而上面小，子午总是觉得这座房子似乎在什么地方见过，可是一时间却又想不起来。忽然他恍然大悟，这房子竟然是一口立起来的棺材的形状。

潘俊推开那座房子的门，里面空荡荡的，没有一件家具，潘俊站在房子的正中央说道：“子午，你马上就会知道这双鸽第的来历了。”

子午咽了咽口水，却并未发现有什么特别的。潘俊从门后拿过两把铁锹，一把交给子午，一把握在手中，然后向头顶望了望，这房子的顶部有几个小洞，月光可以通过小洞射进来，正好射在地面上。

“从这里挖。”潘俊说完已经先动手了，子午也紧跟着动起手来。挖了数尺深之后，子午的铁锹忽然撞见了什么坚硬的物什，发出一声沉闷的撞击声。

“等等。”潘俊将手中的铁锹丢在一旁，半跪在地上，两手小心地将上面的浮土扒到一旁，说道，“子午，点灯。”

子午点了点头，掏出火折子四下打量了一下，看到墙上挂着几盏灯，他将其中的一盏灯点燃之后拿了过来，只见潘俊的手下竟然是一大块青石板。

“小世叔，这是……”子午眉头紧锁地问道。

“你敲敲看！”潘俊指着青石板说道。

子午疑惑地伸出手在青石板上轻轻地敲击了两下，只听两声“空空”的回音，他面露喜色地问道：“里面是空的？”

潘俊摇了摇头，然后示意子午向后退说道：“一会儿不管你见到什么都不用惊讶。”

子午点了点头靠在一旁，他膝盖微微地颤抖着，马上就能知道双鸽第的秘密了，想让他不激动却也难了。

潘俊向身后摸了摸，摸到刚刚丢弃的铁锨，然后直起身来，将手中的铁锹扬起，手上用尽力道，猛地向那块青石板砸去，一声清脆的“哗啦”声，就像是精致的瓷器摔在地面上一样，眼前的青石板碎裂成了无数的碎片，紧接着一个黑色的东西从里面飞奔而出，向潘俊的方向而来。

潘俊早有准备，猛然向后退了退。与此同时子午发现一只白乎乎的东西也从刚刚那碎裂的青石板之中钻了出来，正在向自己的方向移动。

子午握紧手中的那盏灯，总算是看清楚了，眼前这白乎乎的东西竟然是一只生着乳白色羽毛的“小雏鸡”。子午看得瞠目结舌，他万万没有想到在这青石板之下竟然还会有活物。

“子午，别愣着，抓住它。”子午抬起头见潘俊已经将那个飞起的物什握在了手中，竟然也是个活物。子午望着眼前的这只“小雏鸡”张了张手，却不知道该从哪里下手。

子午下了好大的决心才一把按住那只“小雏鸡”，却不敢用力，生怕稍一用力会将其掐死。那小家伙大小与子午的掌心相差无几，子午将掌心翻转过来，小家伙蹬着两条腿，一双黑溜溜的小眼睛盯着子午滴溜儿乱转，小脑袋不停地左右晃动着，让人看了觉得着实可爱。

这时潘俊手中抓着另外一只走了过来，这只与子午手中的截然不同，这只竟然是一身黑毛，眼睛倒是白色的，有点儿像雀盲眼。

“小世叔，这两只小雏鸡怎么会在青石板下面啊？”子午站起身来问道。

潘俊笑了笑道："这可不是什么雏鸡，这是一对鸽子，这对鸽子一雄一雌，一只黑色，一只白色，我手中这只黑色的鸽子是雄的，你手中的那只白色的则是雌的。这两只鸽子正是阴阳之意，但阴中有阳，阳中有阴。白鸽本来代表阳，却是雌的，内中属阴。黑色的鸽子会飞却不会行走，白鸽却只会在地面上行走而不会飞。"

"噢，原来这就是双鸽第的来历啊，没想到地下面真的有这样两只鸽子。"子午恍然大悟地说道，不过另外一个疑问又爬上他的心头，"小世叔，这两只鸽子在青石板下以什么东西为食呢？"

"吃虫啊。"潘俊说着走到门口说道，"你看见这些槐树了吗？"

"嗯！"子午点了点头，刚一进院子他就感到惊讶：这个院落之中为何种植这么多槐树？按照阳宅风水来说，这槐树是绝不能种植在家中的，因为这槐树的槐字，拆开便是木与鬼。多种植在荒郊野外，其中以墓地居多。

"这些槐树之所以种植在这里，是因为这里本也是一片坟地，这每一棵槐树下面都是一个棺椁，这里的气候适宜，最适合尸虫的生长，因此才会形成这双鸽第啊。"潘俊说着向前走去。

"那这两只鸽子与潘璞叔所中的毒有什么关系呢？"子午又问道。

"唉，起初我也不知道潘璞究竟是中了什么毒，不过一路上我观察潘璞的症状应该是被人在体内下了尸虫，而这双鸽却是捕食尸虫的圣手。"潘俊说着已经走到了月亮门外了，他小心地将门紧锁上，"一会儿你就见识到了。"

子午立刻兴奋了起来，没想到几天的工夫他经历了如此多离奇的事情。回到房间中，时淼淼坐在潘璞旁边，欧阳燕云则一直在门口向外张望着，此时她的心情更加急迫，刚刚子午将在北平城中所经历的事情大略地讲给她听了一些，虽然是大概，但是很明显，欧阳雷火一行人一定是遭到了日本人的袭击。她现在一直担心爷爷和弟弟的安全。

见潘俊和子午走了进来，欧阳燕云连忙迎了上来，只是见到潘俊手中抓着的那只黑色鸽子却又拧起了眉头，虽然心中大为疑惑，却不敢多问。接着子午也捧着一只白色的鸽子进来，她的疑惑更甚了。

"时姑娘，你和燕云都回避一下。"潘俊有些为难地说道，顺手将手中的那只黑鸽子递给了子午，自己则走到潘璞的床边。

时淼淼点头走了出去，欧阳燕云却想看个究竟，一直直挺挺地立在原地。

“喂喂喂，你还站在这里做什么啊？”子午推了推欧阳燕云说道。

“你管呢！”欧阳燕云没好气地说道。

潘俊此时正在帮潘璞脱掉外套，听到这话他抬起头来微微笑道：“燕云你要是不害羞的话就在这里看着吧！”说完之后潘俊开始帮潘璞脱裤子，欧阳燕云的脸唰地一下变得绯红。

“那……那我还是出去吧！”说着欧阳燕云瞪了一眼子午，转身出去了。

她们两个人出去之后将门紧闭了起来，这时潘俊已经将潘璞身上的衣服都脱光了，然后从一旁的抽屉中拿出一柄短刀，在潘璞的后背、臀部、脚后跟几处轻轻地刺入，直到冒出血丝为止。

“子午，将那只黑色的鸽子给我。”潘俊将短刀放在一旁，然后接过那只黑色的鸽子，将其放在潘璞枕头旁边，随即拿过一根绳子，将那只鸽子的脖子缠住，然后抽出一根银针，对子午说道，“现在你把那只白鸽放在潘璞的身上吧！”

然后用银针轻轻地刺那只黑色的鸽子，黑色的鸽子吃痛，挥动着翅膀，发出如同老鼠般“唧唧唧”的声音，那只白鸽见状立刻爬到潘璞身上，在他身上不停地打转，喙在潘璞的身上不停地乱啄。一会儿工夫，一个白色的米粒般大小的尸虫从潘璞身上所刺的伤口中钻了出来，白鸽立刻冲了上去，叼住那只小虫然后走到床边喂给了黑鸽。

子午看得出奇：“小世叔，怎么会这样？”

“它们生活在地下，但是这黑鸽却不会行走，所以都是靠发出声音，然后白鸽喂食才得以存活。”潘俊说着又轻轻地刺了一下黑鸽，依旧是一阵“唧唧唧”的声音，那只白鸽又开始在潘璞的身上打起转来。

如此反复数次之后，潘璞的身体猛地颤了颤，霍地坐起身来，一口黑血从口中喷出。潘俊笑了笑，当初在聚贤客栈喷的是鲜红色的血，那并非毒血，现在这黑色发腥的血才是彻底驱除了虫毒。

他将黑鸽放下，然后又将白鸽抓在手中递给子午，告诉他只要将黑鸽放在笼子里白鸽就不会离开的。子午笑了笑走了出去。

“少爷……”子午刚刚出去，潘璞竟然苏醒了过来，他的脸上已经恢复了些许血色。

潘俊闻言立刻走了过去，扶着潘璞从床上半坐了起来。此时潘璞的身体还非常虚弱。

“少爷……”潘璞挣扎着，两行清泪从眼眶流出，“我以为，以为再也见不到你了！”潘璞自从老当家的过世之后一直陪伴在潘俊身边，现在又经历这么一场变故，心中顿生悲凉。

“潘璞，你身体现在还太过虚弱，先休息一下再说吧！”潘俊安慰道，说完潘俊将被子拉过来盖在潘璞身上。正在这时欧阳燕云和时淼淼走了进来，见潘璞苏醒了过来，欧阳燕云三步并作两步地赶了上去，一把抓住潘璞的胳膊问道：“潘璞叔，我爷爷和弟弟在哪里？”

潘璞刚刚本已闭上了眼睛，此时挣扎着睁开眼睛看见欧阳燕云，不禁嘴角抽动，身体微微颤抖了起来，说：“欧阳老爷子他……他过世了。”

此话一出，欧阳燕云像是虚脱了一般，整个人像是一摊烂泥一样倒在了地上。潘俊也是一愣，虽然他心中早已有了最坏的打算，不过却依旧不敢相信这个事实，欧阳雷火去世了？

过了一会儿，欧阳燕云猛然站起身来说道：“潘璞叔，你说的是真的吗？”

潘璞艰难地点了点头。

“那我弟弟呢？”欧阳燕云紧接着问道。

潘璞凝视着欧阳燕云，过了良久才摇了摇头：“我不知道。”然后缓缓地闭上了眼睛。欧阳燕云用力地推了推潘璞，却被潘俊阻挡了下来。“燕云，现在潘璞虽然脱离了生命危险，可伤势还是很重，等他休息两天再问也不迟。”

欧阳燕云缓缓地抬起头望着潘俊，泪眼蒙眬，她狠狠地咬着嘴唇，让自己的眼泪不至于滴落下来，过了一会儿欧阳燕云抹了抹眼泪说道：“我知道爷爷是不会死的，他说过会带着我和弟弟去找我母亲的。现在潘璞的神志不清，我不会相信他的话的。”

任凭是谁也知道欧阳燕云是在安慰自己，不过谁也不愿去拆穿这个事实。子午走进来的时候见欧阳燕云眼眶含泪，不禁好奇地看了看时淼淼问：“她怎么了？”

其实子午早已经猜出了个大概，却也不愿相信。时淼淼并未理睬他，转身径直走了出去。

“潘哥哥，你放心吧，我没事。我等着潘璞叔神志清醒的时候再来问他。”说完欧阳燕云一跌一撞地向门口走去，子午连忙上去搀扶，却被欧阳燕云拒绝了。

“小世叔，这是怎么回事啊？”子午望着欧阳燕云离去随即问道。

“唉，欧阳前辈去世了。”潘俊长出了一口气说道。

“啊？”子午这声其实并非惊讶，只是不愿相信，不想相信，“是日本人干的吧？”

“潘璞没说，不过除了日本人还会有谁呢？”潘俊说着对子午挥了挥手说道，“你回去休息吧，今天我来照顾潘璞。”

子午有心还要说什么，见潘俊一脸疲惫的神情，便将话咽回了肚子里。潘俊坐在潘璞面前将所有的事情前前后后地想了一遍，欧阳雷火离开潘宅的消息究竟是谁走漏出去的呢？想到这里他抬起头，不禁想起了几天前时淼淼曾经和自己说的话。

双鸽第后山的平台之上，时淼淼手握三千尺站在潘俊面前，潘俊当下十分好奇，因为潘家除了他、潘璞还有大伯之外，无人知道双鸽第，更不可能知道他们一行人藏在这里。

本以为时淼淼是来寻仇的，谁知她却收起了三千尺，背过身望着山前的溪流说道：“你现在是不是好奇我怎么会找到这里来？”

“是的。”潘俊毫不忌讳地说道。

“呵呵。”时淼淼忽然从手中掷出一个物什，潘俊手疾眼快地一把接住那东西，展在掌心一看竟然是一张字条。

“这是……”潘俊好奇地问道。

“这是我从松井的一个手下手里截获的，上面写着的正是这里。”时淼淼转过身说道，“如果不是我抢先一步杀了他得到这张字条的话，恐怕现在松井已经将这里包围了。”

潘俊望着字条大感意外，本来以为所有的事情都安排得极为机密，谁知自己的行踪早已经在别人的掌控之中了。

“你知不知道是谁向日本人通风报信的？”潘俊将手中的纸条捏成团，一直在手掌中搓捏着。

时淼淼摇了摇头：“松井似乎一直在派人监视着你，你的一举一动都有人向他汇报。”

“你为什么要帮我？”潘俊不解地问道。

“呵呵，因为我相信你的话，而且我也绝不会将时家的秘匙交给日本人。”

时森森淡淡地说道。

此时潘俊想起这些话不禁心惊，但是他们是如何向外传送这些情报的呢?

潘璞又昏迷了一整天，他苏醒的时候已经是傍晚时分了。醒来的潘璞状态相比第一次要好很多，潘俊帮他把过脉，脉象平稳，身体里的尸虫已经被驱除干净了。

子午醒来的时候发现欧阳燕云正坐在自己面前，不禁一愣，向后退了退，欧阳燕云说：“子午，你跟我来一下。”

子午不知欧阳燕云意欲何为，跟着欧阳燕云走到后山的平台之上，欧阳燕云忽然掉下了眼泪，说道：“子午，你能不能帮我一件事?”

子午当下愣住了，他万万没有想到欧阳燕云会这样求他，他勉强从脸上挤出一丝微笑说道：“欧阳姐姐，你的事就是我的事，你说吧！”

欧阳燕云长出了一口气，然后凑在子午的耳边轻轻地低语着，子午听了之后眉头紧锁，脸色煞白，说道：“这……这可不行，如果被小世叔知道的话……”

“小世叔，小世叔，你眼睛里只有潘哥哥是不是?”欧阳燕云有些生气地说道。

子午为难地站在原地，紧紧地咬着嘴唇，过了良久才说道：“欧阳姐姐，这件事是不是要和小世叔商量一下啊?”

“哼，如果要找他商量的话，我就不找你了。”说完欧阳燕云“唉”了一声，“看来我是找错人了。”

“好，我帮你。”子午咬了咬牙说道。

“嗯，嗯！”欧阳燕云欣慰地点了点头。

两个人回到双鸽第的时候，潘璞已经可以靠着床半坐着了，脸色也红润了许多，此时他正在和潘俊说着什么。欧阳燕云和子午轻轻地走进来，他们都不想打扰到两个人的谈话，因为虽然欧阳燕云此刻迫不及待地想知道昨晚听到关于爷爷的死讯是真是假，但也惧怕听到确凿的消息，那样她心中仅存的那点儿希望都破灭了。

不过他们还是引起了潘俊和潘璞两个人的注意。潘俊轻轻地拍了拍潘璞的肩膀站起身来说道：“你们去哪里了?刚刚我叫下人去找你们，他说你们不在房中，现在去叫时姑娘了。”

“我们……”子午和欧阳燕云相顾一视，子午连忙笑了笑转移话题道，“潘璞叔醒过来了？”

潘俊点了点头，看了看欧阳燕云却欲言又止。正在这时另一个人走了进来，此人正是时淼淼，她走进来之后坐在欧阳燕云和子午对面的椅子上。

“好了，大家都来了，让潘璞讲讲那天的经历吧！”潘俊说着走到潘璞身边说道，“把你经历的那些事情告诉大家吧！”说完潘俊就坐在潘璞的身旁。

潘璞皱了皱眉头，嘴唇皲裂，长出一口气说道：“欧阳前辈带着我们一行人出了北平城四五十里，一路向西，走进一个山坳之中，忽然马儿一声长嘶停了下来，欧阳前辈知道一定是发生了什么事情，让他孙子保护着我，然后只身一人走出了马车。

“当时我也极为好奇，便向前凑了凑撩开车帘，一看之后不禁又是一惊，本来拉车的应该有三匹马，此时再看的时候却只剩下了两匹，欧阳前辈站在车前，车夫早已经被眼前的情景惊得呆若木鸡了。

“忽然又是一声马儿的长嘶，只见剩下的两匹马中的一匹身体向前一倾，接着整个身子都陷入地下。我又向前移动了一下才看清，原来不知何时地面上忽然冒出一个小小的坑，那坑是细沙形成的，所以马儿越是挣扎便向下陷得越深，转眼之间那匹马就不见了。

“欧阳前辈立刻让他的孙子护着我离开，正在此时忽然从草丛中跳出几个穿着黑衣服的日本人，欧阳前辈跳下车走到那些日本人面前，谁知其中竟然有个二十岁左右的年轻人，看样子是个中国人，他叫欧阳前辈世伯。”

“咦？”子午忽然打断了潘璞的话，眉头紧皱地说道，“潘璞叔，你是说地面上忽然出现了很多的坑，那些坑里都是细沙？”

“嗯，没错，似乎那些坑有某种吸力一般，那些马甚至来不及过多地挣扎便陷入其中了。”潘璞描绘的时候脸上不禁露出惊惧之色。

“怎么，子午，你知道这是什么？”潘俊见子午皱着眉头于是问道。

“小世叔，我曾经听师父说过以前土系驱虫师曾经会的一种秘术，这种秘术是驱使大量的小虫子，那种小虫子的名字好像叫蚁狮，用它们制造大的流沙陷阱。这些小虫子本也是食肉的，又因为数量巨大，因此落入陷阱之中的不管是人还是动物都会在瞬间变成白骨。”子午说的时候也是惊恐万分，听的人更是感到毛骨悚然，世间竟然还有如此离奇的生物。

“不过……不过这种秘术应该只有土系驱虫师选定的传人才会用。据我所知现在世上唯一一个会用这种秘术的人就只有我师父了。”子午的话让潘俊忽然想起还在北平监狱之中的冯万春，自从他探望了冯万春之后，几天之内竟然发生了这么多的事情。

“不，那个人是一个二十岁左右的年轻人。”潘璞接着说道，“那个人走到欧阳前辈面前，拱手想请欧阳前辈与他一同回到北平，依欧阳前辈的脾气又怎么可能答应呢？两个人没说上几句话欧阳前辈就动起手来，那个年轻人倒也不甘示弱，与欧阳前辈交了两次手都被欧阳前辈震了回去，正在这时，那群起初一直站在年轻人身后的日本人竟然一起冲了上来，毕竟双拳难敌四手，欧阳前辈很快便体力不支落了下风。

“正在此时，他掏出一根笛子模样的东西，在嘴边轻轻地吹了几声，那声音甚是刺耳，不一会儿便听到山坳之中传来了响动，那声音如同几匹骏马奔腾一般。那个二十岁左右的人大叫不好，他的话音刚落，只见几只皮猴已经冲了上来，虽然不知这些皮猴究竟是藏在何处，不过它们来得却是神速。

“顷刻间几个日本人便被皮猴‘折断’，竟连一声喊叫都不曾来得及发出。剩下的人早已被这种气势惊呆了，皮猴却丝毫不为所动，从一具尸体跳到另外一个人身上，稍一用力，那人又是‘咔嚓’一声，被齐腰折断。

“年轻人此时从怀里掏出一个盒子，那盒子之中不知装的是何物，只是那盒子一打开便有一股浓烈的香味扑面而来，他从盒子中抓起一把什么东西撒在皮猴身上。

“只见皮猴所到之处地面开始微微颤动，转眼间便是一个个流沙陷阱，皮猴虽然动作敏捷，但是却在毫无防备的情况下，身体随着那流沙陷阱一起沉到地下。欧阳前辈大叫不好，然后让孙子护送着我向一旁的山涧走去。

“因为有伤在身，我们行动非常迟缓，欧阳前辈和剩下的几只皮猴在艰难地支撑着。我们沿着一旁的小路向前走去，那山光秃秃的根本没有隐蔽的所在。我们刚刚爬到半山腰便听到欧阳前辈一声惨叫。

“我们两个都停了下来，欧阳少爷四下打量了一番便将我藏在一块石头的后面，准备下山去救欧阳前辈，谁知他刚刚将我藏起来却发现那个年轻人已经带着余下的日本人向山上奔袭而来。

“欧阳少爷为了引开日本人，径直向山顶上跑去，那群人也跟着他一同到了山顶。大约半个时辰的样子，那个年轻人带着几个日本人抬着几具尸体从山顶上走了下来，可是那几具尸体中却没有欧阳少爷。

“正在我为欧阳少爷的安危担忧的时候，忽然脑后遭到重重一击，眼前便一下子黑了下去。”

潘璞说完之后剧烈地咳嗽了两声。

“潘璞叔，这么说你没有见到爷爷和弟弟的尸体？”欧阳燕云立刻兴奋地站了起来。

“嗯。”潘璞点了点头，他还要说什么，但是看到欧阳燕云兴奋的样子却又不忍心继续说下去了。

“呵呵，我就知道他们绝不会死的。”欧阳燕云眉开眼笑地说道。

“潘璞你还记得当时遇袭的地点吗？”潘俊问道。

“嗯，我记得，那个地方当地人叫黑山坳。”潘璞回答道。

潘俊点了点头，脑子里在思量着两个问题：第一个，子午说那个年轻人用的是土系驱虫师的秘术，那么冯万春是不是真的有这样一个继承人？第二个，就是关于欧阳爷孙俩的下落，其实潘俊早已经看出了潘璞的疑虑，他说欧阳雷火已经过世，绝不是仅仅凭借那声惨叫推测出来的，应该是另有隐情。

他沉默了片刻抬起头来道：“一会儿你和子午到北平城中看看能否打听到冯万春冯先生的下落。我和欧阳燕云去一趟黑山坳，看看能不能找到一些蛛丝马迹。”

子午与时淼淼点头之后便准备出发了，谁知欧阳燕云却追上子午，对他说道：“记住你答应过我什么！”

子午瞥了一眼潘俊，然后点了点头，跟着时淼淼离开了双鸽第。因为现在到处在通缉潘俊，因而他和欧阳燕云只能等待夜深之后再出发。

“燕云，你和子午说了些什么？”潘俊好奇地问道。

“没什么。”说完之后欧阳燕云微微笑了笑，然后走进了潘璞的房间。

09

鸡毛密室，绝地藏奇人

且不说潘俊与欧阳燕云是如何等到傍晚的，先说子午与时淼淼二人急匆匆地向北平城赶来。

一路上时淼淼一直在忖度究竟如何才能打听到冯万春的下落，而子午看上去更为焦急，也许是担心师父的安危吧。

到了城门口的时候，忽然见到一群人围在城门口，子午好奇心起，向那边张望，一望之下整个人不禁愣住了。那群人的中间是一根胳膊粗的木杆，在那杆子之上悬挂着一个木笼，而笼中竟然是一个人头。

虽然血肉模糊，但子午却一眼就认出了那人，正是昨天晚上救他们离开北平城的卞小虎。子午拉住时淼淼道："小世叔，你瞧……"他指了指悬挂在木杆上面的木笼小声地对时淼淼说道，"那个人是卞小虎。"

时淼淼驻足回头向那颗头颅望了望，然后冷冷地继续向前走。

"唉，你还有没有点儿人情味？"子午见时淼淼竟然如此冷漠，于是不满地喊道。

时淼淼并不理会，子午觉得这样的指责并未消解心头的怒火，于是快步走上前去拦住时淼淼说道："冷血！"

时淼淼倒是毫不在意，她凑到子午面前冷冷地说道："如果你现在就想被那些日本人抓到，尽管再大声一点儿。"

子午听了时淼淼的话连忙向四周望了望，见人群之中确实有几个人在向行人身上打量着，他连忙低下头紧紧跟在时森森的身后。

因为昨夜小鬼子的军火库被炸，所以今日的北平城增加了很多的明岗暗哨，不时有一队队穿得人模狗样的小日本在街上巡视。

路上的行人比之前要少了六成左右，大多数人还是胆小的，知道昨晚的那场爆炸让日本人红了眼，现在只要见到可疑人物就有可能被抓进大牢，严刑拷打，所有人都草木皆兵，除迫不得已，否则绝不上街。

时森森带着子午来到城南的一家酒店，这家酒店本也不大，再加上今天很多人不愿上街，生意更是惨淡。他们进来的时候小二正托着下巴在柜台上打着盹，脑袋不时地从手中脱出，然后猛然惊醒又继续托着下巴打盹。

直到时森森和子午坐定之后，子午才大喊道："小二，来几个小菜！"

那小二身体猛然一颤，差点儿趴在柜台上。他揉了揉眼睛，快步走了出来，说道："二位，你们要吃点儿什么？"

"随便来两个小菜就好了。"时森森抢先说道。子午瞥了一眼时森森问道："有没有什么酒水？"

"现在只有二锅头，您来多少？"小二笑道。

"先上一壶尝尝味道怎么样！"子午说道。

"好嘞。"说完小二吆喝道，"小菜两个，二锅头一壶。"

"得嘞！"厨房里面传来一声沉闷的回应。

"小世叔，我们怎么打探我师父的下落啊？"子午趁着这个时候问道。

"呵呵，这还要靠你啊，上次你是怎么将潘俊救出来的？"时森森冷笑着说道。

"这个……"子午明明记得不曾向时森森提起过如何救出潘俊的事情，难道是潘俊自己说的？

"怎么？"时森森冷笑道，"难道你不愿意救你师父吗？"

"怎么会呢？那可是我的授业恩师啊，不过开始我真的不知道他被关在了什么地方。而且据说那监狱里面的牢房特别多，错综复杂，贸然进入的话根本找不到他老人家的下落，更别说要营救他了。"子午说的也不无道理，只是时森森却笑了笑道："看你着急辩解的样子，这次不用你挖隧道营救你师父了，我们要大摇大摆地走进去。"

"走进去？"子午不可思议道，正在此时小二端上了两道热气腾腾的菜，还有一壶曲味十足的二锅头。

“先吃吧，吃完了之后咱们还要去见一个人。”时森森神秘兮兮地说道。子午倒是有种丈二和尚摸不着头脑的感觉了，不过看着时森森一副城府颇深的样子，应该已经早有打算了，于是拿过一个杯子倒上一杯二锅头，递给时森森道：“小世叔，您喝一杯吗？”

时森森愣住了，然后微笑着接过酒杯将杯中酒一饮而尽。子午见时森森竟然如此豪迈，不禁又给她满上一杯，自己也将杯子满上，又敬了时森森一杯。

吃过饭之后，二人在北平城中找了一家不算大的客栈住下，这是一家十足的鸡毛店，环境非常差。

鸡毛店不论冬夏不备被褥，寒冬只能用鸡毛作为保暖之用，因故得名。到了盛夏则闷热难耐，更兼蚊蝇成灾，再加上脚臭以及汗味，实在不是人待的地方，曾有诗云：“纵横枕藉鼾齁满，秽气熏蒸人气暖。”就是这鸡毛店的真实写照。

而时森森选择这样一个鸡毛店住下倒也自有道理，一来鸡毛店中鱼龙混杂，容易掩饰行踪；二是和他们即将做的事情有关。

“小世叔，这里的味道太难闻了！”子午和时森森走进鸡毛店的一个单间，这个房间是时森森点名要的，子午一直捏着鼻子。

“呵呵，你要是实在受不了的话就出去透透气。”时森森笑笑说道。子午想了想最后还是留了下来：“小世叔，我们如何大摇大摆地走进去啊？”

时森森笑了笑道：“刚才不是和你说了，吃完饭之后我们要去见一个人吗？”

“嗯，是啊！我们什么时候出发？”子午说着站了起来。

“不用着急，一会儿那个人会来找咱们的。”时森森的话让子午一愣，子午与时森森一同进城，时森森一直冷冷淡淡的未见她有什么行动，究竟会是什么人知道他们在这里呢？子午疑惑地看了看坐在一旁的时森森，只见她冷若冰霜。

过了一会儿子午笑眯眯地拖着椅子靠近时森森说道：“小世叔，嘿嘿，你究竟长什么样？”

时森森瞥了一眼子午，微笑道：“你不是见到了？”

“嘿嘿，我听说你们水系驱虫师最擅长易容术，所以从没有人见过你们真正的模样。”子午仔细观察着时森森的长相道。

“你真的想知道我长什么模样吗？”时森森冷冷道。

子午见时淼淼竟然露出了口风，急忙点了点头，注视着时淼淼。

“呵呵，丑话说在前面，任何见过我长相的人都只能有一个下场。”时淼淼的语速忽然放慢了，嘴角微微扬起，唇齿间蹦出一个字，“死！”

子午深知这时淼淼的脸和六月的天一样，说变就变，而且她是说得出做得到的，连忙摆手道：“那还是不要看了。”

正在此时忽然传来了一阵敲门声，子午一愣，扭过头望了望时淼淼，只见时淼淼的嘴角露出一丝不易察觉的微笑，然后冷冷道：“进来吧！”

门被推开了，子午圆瞪着一双眼睛望着门口的人。这个人弓着身子，穿着一件汗衫，戴着一个草帽子，脚上踩着一双已经有些破烂的布鞋。

那个人走进屋子之后便摘下草帽，露出一张憔悴而干瘦的脸，双眼深深地凹陷在眼眶中，两腮深陷，一道道皱纹像是刀刻的一般，但是目光却平静如水。他在屋子之中打量了一番，最后落在了时淼淼身上。

“你……你是？”来人好奇地望着眼前这位长相惊艳的女子。

“不打听来人身份，不打听来人意欲何为，不打听来人欲去何处。”时淼淼沉稳而流利地说道。

那汉子笑了笑，眼角的皱纹也跟着被牵动了起来，道：“姑娘对这里的规矩倒是很熟悉啊！”

时淼淼冷冷地笑了笑。

“既然姑娘这么了解这里的规矩，应该对这里的行市也很清楚吧？”说着那汉子上下扫了一眼子午，子午一脸茫然地望着这个人，又扭过头望着时淼淼。

“呵呵，恐怕这件事我说出来您不敢接！”时淼淼抬高了声调说道。

“好像这北平城里还没有我马爷不敢接的活儿吧！”汉子的话里不无夸口的意思，接着道，“小姑娘，你也不必激我，如果你说的活我不敢接的话，这北平城也就没人敢接了。”

“这件事您还真的不敢接。”时淼淼毫不留情地说道。

汉子微微低下头“咦”了一声，然后道：“那我倒真的想问问这是个什么活儿。”

“您有您的行规，我这里也有个规矩。”时淼淼望着那汉子说道。

“姑娘不妨说说看。”汉子说话间已经坐在了椅子上。

“任何人只要知道这件事之后就必须接，否则……”时淼淼最后一个“杀”

字未出口，手上却做了一个“斩”的手势。

汉子瞥了一眼时淼淼，又看了看站在一旁的子午，像是自嘲般地笑了笑：“即便我不做，想必你们也不能拿我怎么样。”

“呵呵，我知道马爷素来讲究一个‘信’字，应该不会为了这一宗买卖砸了自己几十年的金字招牌吧？”时淼淼微笑着说。

“也罢，姑娘还是先说说什么活儿吧！”汉子自觉眼前这个女孩子不但长得惊艳绝伦，而且言语间让人觉得亦是聪明异常。

时淼淼凑在汉子的耳边轻轻低语，如此这般，这般如此，汉子听得瞠目结舌。当时淼淼说完这些话的时候，汉子的脸色凝重，两条浓眉紧锁，手指一直不停地在桌子上轻轻地敲击着。

“怎么样马爷？这活儿您敢不敢接？”时淼淼望着沉思中的马爷说道。

“丫头，你等等，让我想想。”汉子在脑门儿上用力地推了推，脑门儿跟着他手指上的力度做波浪状。子午见状有些想笑，不过毕竟气氛太压抑了，却也笑不出来。

“好，就这么定了，不过这报酬……”汉子霍地从椅子上站起身来道。

“呵呵，就等您的这句话呢，钱不是问题。”时淼淼笑逐颜开地说。

“噢？”汉子上下打量了一下时淼淼，似乎很不放心的样子。时淼淼笑着从包裹中掏出一个四方小盒，盒子上漆着两只凤凰，她将盒子打开，里面的东西用红布盖着，掀开红布，下面竟然是数根金条。

这不禁让子午一惊，他从小到大还未见过如此多的金条，但那汉子倒是很镇定，伸手拿出一根金条，这些金条全部都是旧制四两一块的。他拿在手中掂量了一下说道：“姑娘是说今天晚上就要用到吗？”

时淼淼点了点头，马爷想了想说道：“好，今晚我就把人带过来，你在这里等着就可以了。”说完马爷拱手，之后推开门自顾自地走了出去。

那汉子走后，子午凑到时淼淼身边问道：“小世叔，你说要见的那个人就是他吗？”

时淼淼点了点头：“你别看这个人其貌不扬，却是大有来头的。”

子午立刻来了兴致，坐在时淼淼前面等待着时淼淼继续讲下去，可是时淼淼好像根本没有意识到似的。

“接着呢？”子午不耐烦地问道。

“没了啊！”时森森的话让子午差点儿没倒在地上。

“小世叔……”

“呵呵，好吧，那我就跟你说说这个马爷。”说着时森森坐了下来道，“这个马爷名叫马长生，外号马蛇子。之所以这样叫是因为这人一人千面，见人说人话，见鬼说鬼话，又兼此人心狠手辣，因此在黑白两道很混得开。他主要是做一些黑活儿，还有帮人打听小道消息的营生。不知为什么此人似乎手眼通天，不但与青帮、青龙帮这些黑帮有联系，还和政府的高层有一些机密往来，甚至和日本人也颇为暧昧。但是很少有人知道他的真实身份。可是要想找到他却也并不难，我们来这家客栈就是为了找到他。素闻这个人在北平城中开了一家客栈，虽然是家鸡毛店，却是内有乾坤，这里住的人都是些三教九流之徒，而所有人都不会进这个房间的。”

子午四下打量了一番然后道：“小世叔是说这个房间？”然后恍然大悟，“原来小世叔坚持要这个房间的原因就是这个啊！”

“嗯，是啊，进了这个房间的人都是来找马长生交易的，会有人通知马长生到这里来的。”时森森长出一口气说道。

“小世叔，你刚刚和他说的那个是什么活儿？”子午的好奇心越来越强。

时森森看了看子午，说道：“到了晚上你就知道了，你先准备一下，今晚我们要去北平监狱救你的师父。”说完时森森的眉头忽然微微拧起，身体有种轻飘的感觉，幸好这种感觉只持续了一会儿，她也没有太在意。

而距离这里几十里外的双鸽第，潘俊和欧阳燕云早已经准备好了，不过欧阳燕云的脸上却疑云重重，她站在门口不停地向外张望。

“燕云，怎么了？”潘俊问道。

“噢，没事，就是有点儿担心子午他们能不能救出冯师父。”欧阳燕云回答得有点儿心不在焉。

“放心吧，我已经告诉时姑娘应该怎么做了。”潘俊说着站起身，看了看天已经擦黑，是该动身的时候了。

欧阳燕云“哦”了一声，然后又向外张望了一下，见门口始终没有动静，然后才跟着潘俊走到了屋子后面的马厩。

马厩里拴着数匹骏马，潘俊从中挑选了一匹，欧阳燕云也打量了一番，最后将目光落在了其中一匹马的身上。那匹马身形壮硕，一身黑色的鬃毛，额头隆起，双眼突出，蹄子好像垒起的酒药饼一般。

欧阳燕云走到那匹马旁边，轻轻地抚摸着马背，谁知那匹马烈性无比，一碰之下竟然双蹄腾起，引颈长嘶，声如洪钟，双蹄落地时震得地面“咯咯”作响。欧阳燕云登时惊住了，连忙向后退了两步。那马低着头，打着响鼻，一副极不情愿的样子。

“呵呵，燕云好眼力啊，这是大伯的良驹，名叫飞鸿，因为脾气火暴，所以除了大伯之外无人能够驾驭。”潘俊骑在马背上说道，“你还是另选一匹马吧！”

欧阳燕云对潘俊的话置若罔闻，一双眼睛死死地盯着眼前的那匹黑马。潘俊心想虽然欧阳燕云是个女孩，但毕竟是火系驱虫师的传人，骨子里不免还是有股子火暴劲儿。可是这匹马性如烈火，如果强迫去骑的话恐怕会伤到欧阳燕云，想到这里潘俊从马上跳了下来。

潘俊还未落地，欧阳燕云已经闪身到了飞鸿的面前，一双眼睛圆瞪着，盯着飞鸿的眼睛。可这飞鸿却也不甘示弱，亦是圆瞪着眼睛望着欧阳燕云。潘俊从马上下来，看见此情此景不禁怔住了，虽然不知欧阳燕云究竟在做什么，却知道这其中一定有什么玄机。想那皮猴何等凶残，却被欧阳家族驯得服服帖帖，飞鸿即便是再火暴，也比那皮猴逊色多了。

一人一马目光对峙着，片刻之后，飞鸿的前腿不停地在地面上乱踩，“咯咯”地如同踩在豆子上一般。而欧阳燕云的呼吸也急促了起来，潘俊知道此时应该是对峙最为关键的时刻，终于又过了一会儿，飞鸿的眼睛低垂了下去，头也跟着低了下去。

欧阳燕云却始终面无表情，她轻轻伸出右手在飞鸿的头上抚摸了一下，飞鸿竟然顺从地摇晃了两下脑袋以配合欧阳燕云的动作。潘俊一颗悬着的心总算是落了地，飞鸿已经被欧阳燕云驯服了。

这时候欧阳燕云才笑了笑，转身拉住缰绳，一跃跳到了飞鸿身上道：“潘哥哥，咱们走吧！”

两人骑马走出双鸽第，上了栈道才又从马上下来，潘俊对欧阳燕云能一眼看中那匹飞鸿颇为好奇：“燕云，你怎么就选了这匹飞鸿啊？”

“哈哈，潘哥哥，我们火系驱虫师可也不是吃素的。”欧阳燕云颇为得意地说道，“我们主要驱使一些大虫，不像子午只会驱使恶心的蜘蛛，不要说是一匹小小的马儿，就算是老虎狮子也不在话下啊。而且这火系驱虫师本也学一些相马之术，《相马经》上说：马头为王欲得方，目为丞相欲得明，脊为将军欲得强，腹为城郭欲得张，四下为令欲得长。观这匹马的模样便知，其四肢健硕有力，膝骨坚硬，而且马唇赤红，耳朵小且相近，所以必定是一匹千里马。”

“哈哈，没想到妹妹对相马还有这种见地啊。”潘俊这个“妹妹”一出口，欧阳燕云的脸瞬间拉了下来，缰绳在飞鸿的身上一用力，飞鸿立刻加快了步子，欧阳燕云加快脚步抢在潘俊前面扬长而去。

潘俊见此状，心里思忖着难道自己刚刚说错话了，亦拉着马向前走去。下了过街楼欧阳燕云飞身上了飞鸿，扬起鞭子轻轻一拍，飞鸿健步如飞，果然是千里宝马，没等潘俊上马飞鸿便已经踪影全无。

此时已经月亮高挂，欧阳燕云骑着飞鸿狂奔数里之后拉住缰绳，见潘俊还未跟上不禁暗自好笑，向四周张望，此处向前数里便是通往西面的官道，这官道却是由来已久（限于篇幅，这里不详加描述），但此时这官道因为畅通无阻，已经被小日本占据，作为运输物资和军备的重要通道。

欧阳燕云在此等候了片刻才听到远处传来一阵马蹄声，正是潘俊跟了上来。

“燕云，你跑这么快，万一遇上日本人怎么办？”潘俊的马刚刚停下，潘俊便质问道。

“哼。”欧阳燕云扭过头，轻轻地拍了一下飞鸿。潘俊抢上前去拉住飞鸿的缰绳，这才拦住欧阳燕云。

“你干什么？”欧阳燕云故作生气地问道。

“前面就是官道了，上面时常有鬼子出没，我刚刚问过潘璞，他说你爷爷他们走的是小路。”潘俊说完松开了欧阳燕云的缰绳，“跟我走。”

在官道一侧有一条小路，虽说是小路，却也能容得两辆马车并行。道路颠簸崎岖，驾车比较难走，骑马倒也无碍。此时欧阳燕云不再快跑，而是拉着缰绳保持着和潘俊并驾齐驱的状态。

月光如华，盛夏的夜晚，草丛之中不时传来几声夏虫的鸣叫，欧阳燕云一时间竟有种幻想，幻想时间永远停留在这一刻，但是狂乱的马蹄声还是隐约地提醒着她，此行的目的是寻找自己的弟弟。而且现在亦是危机四伏，也许就在此刻他们已经被人盯上了。

两个人快马扬鞭，区区四五十里对于这两匹马来说不过是一个时辰的事情，当他们来到黑山坳的时候月亮已经升到了天空的最高点，白花花的月光斜射在黑漆漆的山崖上，竟然有种凉意。

他们下马之后在路上慢行着，寻找前天打斗的蛛丝马迹。向前走了百余米，果然发现地面上有丝丝的血痕，而在血痕的一旁有几个一米左右的大坑，想必这定是那蚁狮所为。那血迹当然是鬼子的血了。

“潘哥哥，你看这里……”欧阳燕云指着道路一旁倒伏的荒草说道，潘俊连忙三步并作两步走上前去，在那荒草丛中竟然倒着一辆马车，那辆马车正是欧阳雷火在离开北平的时候用的。

“是这里没错。”潘俊的心跳有些加速，向四周望去，在不远处确实有一条小路，这条小路蜿蜒向上，直插到黑山山顶，潘俊和欧阳燕云将马迷（拴马的意思）在路旁，然后两个人快步向山上走去。

欧阳燕云寻弟心切走在前面，在半山腰的地方果然有一块巨石，乍看上去竟然如一口棺材一般，欧阳燕云循着小路径直向山顶奔去。潘俊在那块巨石周围扫了一圈，见巨石后面的草倒伏得厉害，这里应该是当时潘璞的藏身之处了。

之后转身跟上欧阳燕云，欧阳燕云气喘吁吁地跑到山顶，在白得有些刺眼的月光下，山顶上的石头上还残留着血迹，在山顶的一旁是百丈有余的悬崖，悬崖中间正是那条小路。

欧阳燕云在山顶上踱来踱去，眼睛在地面上不停地扫着，忽然她似乎发现了什么，然后弯下身子小心翼翼地探到悬崖边上，从悬崖边上拾起一件小小的黑色物件。

潘俊恍然觉得那件物什非常熟悉，当欧阳燕云站起身来张开手心，眼眶中不禁噙满了泪水，潘俊清楚地看见那件物什竟然是一只明鬼。

欧阳燕云曾经说过，她母亲离开的时候曾经留下一只明鬼，这只明鬼一直在她弟弟的身上。

“潘哥哥，你知道吗？母亲在弟弟很小的时候就离开家了，所以他根本不记得母亲的长相，这是母亲唯一留下的一件东西，也是找到母亲唯一的线索，所以弟弟一直视这只明鬼如生命一般。这次来中原，弟弟之所以一直要跟来便是希望能用这只明鬼找到母亲的下落。所以他是绝对不会将这只明鬼遗弃的，除非……”说到“除非”二字，欧阳燕云的声音已经开始发颤了。

潘俊轻轻地拍了拍欧阳燕云的肩膀，欧阳燕云顺势扑在潘俊的怀里，潘俊的脸上飞过一丝羞涩，然后又拍了拍欧阳燕云的背。此时面对这个无依无靠的女孩子，他不知道应该做什么才能让她心里好过一点儿。

潘俊轻轻地闭上眼睛，夏虫似乎一下子也不再聒噪了，一时间潘俊似乎能听到彼此的心跳，阵阵清香传进潘俊的鼻子之中，让他有种心猿意马的感觉。他有些慌乱，本想默念《道德经》，谁知脑子里却是一片混乱，他随便在脑海中寻找一段秘诀默背了起来。

正在此时他的耳边忽然变得异常空灵，那种感觉犹如在零公馆的时候一样，他的耳边忽然传来了一阵慌乱的脚步声和快速的喘息声，那声音应该是个女的。而在那之后则是一阵更加慌乱的脚步声，听上去应该有三五个人的样子，他们都穿着皮靴，口中不停地喊着："花姑娘……"语调之中不难判断应该是日本人，潘俊的身体茫然一颤，睁开眼睛。

这却让欧阳燕云一怔，她奇怪地望着潘俊。因为有了上次的经验，潘俊知道只要他听得到的就一定会发生。欧阳燕云看出潘俊的脸色有异，于是问道："潘哥哥，怎么了？"

潘俊向四下打量着，说道："可能出事了，咱们快点儿下山。"

他的话音刚落，忽然从远处传来了一声枪响，潘俊和欧阳燕云都是一怔，相顾而视，那声音正是从他们来时的方向传来的，两个人快速地向山下跑去。

这枪声在大山之中产生了强烈的回音，恰在此时距离这里五十余里的北平城中也响起了一声枪响，这声枪响是从北平警察局警长方儒德家中传出来的。外面立刻有几个人奔了上来问道："警长，发生了什么事情？"

"滚滚滚，没事，妈的，老子的枪走火了。"方儒德大骂道，两个警察心中一面暗暗诅咒着方儒德，一面离开了。而方儒德的屋子之中，一支乌黑的驳壳枪此时正抵在方儒德的脑袋上。

方儒德的身子挺得笔直，身后靠着桌子，勉强从那张四方脸上挤出一丝笑容，结结巴巴道："好汉，好汉，饶命，咱们有什么话好说。"

眼前人手中握着枪，相貌冷峻，尤其是一双眼睛中冒着杀气，看上去二十岁上下的样子，他冷冷地笑了笑道："有人想见见你。"

"好，好，好！"方儒德连忙点着头说道，"不知那位大爷在什么地方啊？"

"呵呵，一会儿你就见到了。"男人冷冷地道，"跟我走，不要耍什么花招。”然后转到方儒德的身后将枪抵在方儒德的腰间，方儒德缓缓地走在前面，年轻人跟在后面。

门口两个卫兵此时正在抽着烟，口中哼着小曲，却也不亦乐乎，见到方儒德连忙将手中的烟头扔到身后，站直了身子，唯恐被方儒德训斥一顿。

“警长！”两个人目视前方，异口同声地说道。

方儒德“嗯嗯”地咳嗽了两声，本想给这两个卫兵使个动静，谁知这两个家伙此时心中却有另一番打算，之前因为站岗的时候抽烟被训斥了不知多少遍，现在他们只希望方儒德没看见那支还在冒着烟的烟头，哪里还有心思去揣度方儒德这两声咳嗽内中的含义啊。

男人将枪紧紧地抵在方儒德的身后，离开了方儒德的府邸，然后拉着他向一旁的小巷走去，一面走一面在他的耳边说道：“哼，你的手下还真是听话啊！”

方儒德心想，妈的，别让老子回来，回来先弄死这两个站岗的浑球。

在巷口停着一辆黑篷车，男人将方儒德推上车，然后在他的脑后轻轻一敲，方儒德只觉得像是撞在了柱子上，眼皮一沉，倒在了车子里。男人将方儒德放好之后，驾着马车直奔鸡毛店。

话说此刻在鸡毛店中草草吃过一顿不咸不淡的晚饭之后，子午早已经有点儿耐不住性子了，他望着坐在椅子上镇定自若的时淼淼，却又不敢问，憋得好不郁闷。

时淼淼瞥了一眼子午道：“呵呵，怎么，你迫不及待地想见你师父了？”

“啊……”子午总算是将憋在胸口的这股闷气吐了出来了，“小世叔，你看这天都到这会儿了，今天究竟能不能见到师父啊？”

“当然了。”时淼淼说着拿起茶碗喝了一口茶，那茶不但苦涩难耐，而且还夹杂着一种发霉的味道。

子午摇了摇头：“小世叔，这茶也不是人喝的啊！”

“哈哈，这可是上等的高碎啊！”说完时淼淼又喝了一口。子午撇了撇嘴道：“什么高不高碎啊，就是茶叶末子嘛！”

“呵呵，对了，子午，有一件事我一直不明白。”时淼淼放下茶碗说道。

“嗯？什么事啊？”子午拉着椅子坐到时淼淼的身旁，好奇地说道。

“你和欧阳燕云姑娘啊！”时淼淼的话让子午的脸上立刻红了起来，他向后退了退低声说道：“小世叔，你知道我们土系驱虫师和火系驱虫师素来不和，而且现在欧阳姑娘她心里只有潘俊小世叔。”

“呵呵，但是我看潘俊倒是对她没什么想法啊！”时淼淼的话立刻让子午来了精神，又凑到时淼淼面前道：“小世叔，是不是潘俊小世叔和你说了什么啊？”

时淼淼“扑哧”一声笑了出来，说道：“这个连傻子都看得出来啊！”

“唉。”子午叹了口气说道，“那有什么用啊，即便潘俊小世叔对她没有意思，她也愿意一辈子陪着小世叔。不过，嘿嘿！”子午坏笑道，“我觉得时姑娘您倒是和小世叔很般配。”

时淼淼愣住了，脸上全然没有了笑意。子午心知说错了话，小心翼翼地将椅子向后移了移，站起身道：“小世叔，您和那个马爷究竟是做的什么交易啊？”

“一个人。”时淼淼低垂着头冷冷道。

“什么人啊？”子午又好奇地问道。

“一个可以带着我们大摇大摆走进北平监狱的人。”时淼淼的回答越发简练干脆了，与之前竟判若两人。子午心想这些女子也真是奇怪，明明潘俊小世叔不喜欢欧阳燕云，欧阳燕云却一片痴心，明明时淼淼对小世叔有意，被自己点破之后却绷起一副要杀人的嘴脸。

又等了一会儿，子午忽然推开门，正要迈步向外走，却被时淼淼叫住了：“你做什么去？”

“人有三急啊，小世叔！”子午脸上已经显出不悦的神色。

时淼淼无奈地挥了挥手，子午走出房间向小二询问了一下，之后直奔这间鸡毛店的后院，此时院落之中正有几个人在收拾东西，子午一面看一面向茅房的方向走去，那些东西都是一些唱戏需要的行头。子午走进茅房，忽然听到一阵车辕“吱吱”的响声，连忙解决内急之后快步跑回到屋子，对时淼淼说道：“小……小世叔，咱们等的人应该来了。”

话音刚落只听后门传来一阵“吱呀”的门轴转动声，几个汉子随即走出门口，从车里抬出一个黑色的麻袋，向这个房间走来。

推开门，子午闪在一旁，见那几个人将麻袋放在炕上之后关上门走了出去。子午好奇地走到那个黑色的口袋旁边，正在此时房门再次被推开了，进来的正是马爷。

只见他脸上露出微微的笑意，坐在桌子前的椅子上，道："姑娘，这货到了，你也该给钱了吧？"

时森森从口袋中拿出那个装着金条的盒子，放在桌子上道："马爷数数。"

马蛇子淡淡笑了笑，将盒子拿起放在口袋之中："不必，姑娘是个爽快人，自然不会骗我。但是我劝你们尽早离开这里，不要将事惹到我这里才是。"

"呵呵，马爷难道也有怕的事情？"时森森这句话中不无挑衅的意思。马蛇子笑了笑道："姑娘，我还要告诉你一句话，叫小心驶得万年船。"说完马爷转身离开了这个房间。

马蛇子走了之后，房间里只剩下时森森和子午两个人了。时森森给子午使了一个眼色，子午一个箭步跳上炕，然后将捆着口袋的绳子打开，里面的方儒德不知何时已经被反绑了起来，口中还塞着一块白布，可是人却已经清醒了过来。

子午上前拿掉方儒德口中的布，方儒德此时的样子比较可笑，一双眼睛痴痴地圆瞪着眼前这两个陌生人，却不知这两个人意欲何为。方儒德心中暗骂自己，平日里真是坏事做尽，帮着小日本坑害老百姓，心想这两个人必定是来寻仇的。毕竟方儒德能熬到警长也是有些阅历的人，立刻咧开大嘴叫嚷着："好汉爷爷，好汉奶奶啊，小的我当个狗腿子也不容易，都是那群狗日的小鬼子逼的啊，我上有老，下有小的，出来就是讨口饭吃。"

时森森面无表情地望着眼前的方儒德，子午有些想笑，却始终憋着。方儒德见没有效果，又说："好汉奶奶，您只要不杀我，要什么我都给您，哪怕是倾家荡产也成啊！"

"别耍什么把戏，否则……"时森森说着走在前面，推开门走了出去。

方儒德咽了咽口水，木然地扭过头望着子午，子午推了方儒德一把，道："看见了？走吧……"

他们一行人顶着月光向北平监狱走去，方儒德心中一直忖度着，这两个人究竟是什么人，刚刚时森森只是含含糊糊地说让方儒德带自己去监狱，却不曾说是什么目的。不过眼下最要命的还是走在前面的那个姑奶奶，不知使什么兵器，竟如此厉害，自己想要逃估计是没戏了，只能走一步看一步了。

在他们离开鸡毛店之后，鸡毛店中依旧人声鼎沸，屋子里的人吵吵嚷嚷地打着牌，互相打着招呼，屋子的后院几个戏班的人依旧在忙碌着，正在此时一个穿着戏装的青衣从屋子中缓缓走出，站在院子之中"咿咿呀呀"地吊起了嗓子。

10

土族君子，越狱险脱身

一行人经过德胜门向京师第二监狱走去，一路上虽然遇见几拨巡逻的日本人，不过这方儒德倒是很识时务，虽然急于脱身，但是想起时淼淼手中的神秘武器，最后还是放弃了，遇见日本人方儒德都主动地走上前去，点头哈腰地谄媚，因此这一路还算是顺利。

当他们来到京师第二监狱门口的时候，已经是子时了。看门的卫兵表情严肃地望着方儒德，远远便道："什么人？"

"呵呵，兄弟，是我，方儒德。"方儒德说着走上前去。虽然方儒德有出入京师监狱的特权，但是和这些狱警毕竟属于两个系统，言语间也颇为客气。

"哦？方大警长啊！您怎么会这么晚到这里来呢？"站岗的卫兵听到方儒德的名字语气缓和了很多，点头哈腰地说道。

"公务，公务，不得不来啊！"说着方儒德指了指身后的子午和时淼淼说道，"这两位都是上面派来的人，要提审一个犯人。"

士兵一听是上面派来的人，原本笔直的腰忽然变得像年糕一样软了下来，原本挂在嘴角的笑意，一下子堆满了整张脸，一双小眼睛早已经眯成了一条缝儿。

子午见此情景不禁有些好笑，扭过头看了看时淼淼，见她脸上仍然毫无表情，依旧是一副冷若冰霜的模样，不禁暗自钦佩，这女子虽然只有二十几岁，但是城府却不逊于潘俊小世叔。

"您好，您好，那你们快请进吧！"那个卫兵说着走到门口，在门上轻轻地拍了拍，并对里面喊道，“快点儿开门！”然后扭过头谄媚地望着时淼淼和子午，“马上就好，马上就好。”生怕有半分怠慢之处。

此时方儒德向四周望了望，不禁眉头微蹙，心中生出几丝疑惑。他扭头向门口的卫兵望去，只见他正满脸堆笑地望着时淼淼，全然未曾理会自己。

正在此时红色的大门被打开了，从里面走出一个狱警，这个狱警人高马大，方儒德眉头又是一紧，没来得及多问，子午已经首先跨入了那道门。方儒德犹豫地跟在后面，他望了望那个高个子的狱警，心中开始打鼓，他来这儿少说也有数十次了，却从未见过这张面孔，而且他记忆中的狱警都是一副慵懒的模样，但是这个狱警看上去却格外精神。

门被关上的时候方儒德赶到了前面，说道：“我们要提审天字号监牢里的冯万春。”

那个狱警点了点头，然后走在前面。方儒德回过头微笑着向时淼淼点了点头，示意他们跟上自己。只是他心中却又生出几丝疑惑，这个狱警好生奇怪，竟然一句话也不说。

越过监狱里面的小院，狱警带着时淼淼一行人向天字号牢房走去。这里的气氛很是诡异，监狱中寂静无声，完全与往日方儒德来的时候大相径庭。之前他来的时候总是能隐约听到监狱之中用刑的声音，但是此刻监狱中平静得简直就像是进了地狱一般。

难道是平日里自己来到这里都是在白天的缘故？方儒德心中虽然疑惑，却在暗自安慰着自己。其实方儒德现在心中很矛盾，他很想快点儿摆脱时淼淼的控制，却也不希望发生什么意外。否则依自己与时淼淼的距离看，他必定是首当其冲，第一个遭殃。

那个冷艳女人身上藏着的神秘兵器瞬息之间就能让自己小命呜呼。想到这里方儒德加快了脚步，凭借着许多年当狗腿子的经验他已经隐隐地感到了一丝不安，想尽量拉开与时淼淼的距离，这样即便真的发生什么不测，也不至于当即毙命。

而另外一个人也隐隐感到了似乎哪里有些不正常，这个人就是时淼淼。自从进了这京师监狱之后她心中便开始有些不安，在来之前她心中早已经盘算好了，里面一定会遇到重重阻碍，但是现在的情况与自己开始的想法完全不同，太过于顺利。这种顺利让她觉得不正常。

她一面走一面四下打量着，正在此时她忽然感到胃中一阵痉挛，这已经是第二次产生这种感觉了。一阵剧烈的疼痛让时淼淼感到脚底一轻，她狠狠地咬着嘴唇，心中暗自祈祷这种阵痛快点儿过去，不过也有些疑惑，自己究竟是怎么了，怎么会忽然胃痛。

京师第二监狱建造格式独特，这天字号牢房在最里面，通过一条走廊，走廊两边也是监牢，时淼淼向内中瞥了一眼，心中的疑惑不禁更加严重，监牢之中的人似乎用一种近乎仇恨的目光望着自己，当他们发觉时淼淼望过去的时候连忙躲开了她的目光。虽然时淼淼并没有太多的发现，却明显感觉到一种不安，她下意识地将手伸到口袋之中，紧紧握住三千尺。

天字号牢房并没有灯，这也是监狱的规矩之一，用当时的话叫“摸黑死”！天字号牢房的人无不是罪大恶极、必死之人，给他们蜡烛完全是浪费资源，就让他们摸黑等死。

在漆黑的走廊一头，时淼淼忽然停住了脚步。那团黑雾让她心中的不安越发强烈了，她长出一口气向前迈了一步，忽然她的耳边响起了一阵嘈杂的脚步声。

当天中午，艳阳高照，一青年女子与一个男子进入鸡毛店之后不久，南城酒店的店小二推开后门，这家酒店的后门是一条幽深的小巷，小巷的一端通向城门的大路，另一端则通往一个大宅子。

这个大宅子已经废弃很久了，此时一个名叫“明月班”的河南豫剧戏班正在此处落脚，他们晚上还要在城南赶一场演出。一个青衣正在庭院中间演练《花木兰》的唱段，“羞答答出门来将头低下”“这几日老爹爹疾病好转”，速度较慢，节奏舒缓，旋律曲折，韵味悠长。

“好，好，好！”三声叫好声之后，一个老头儿从屋子里走出，说道，“几日不见，孙老板的唱功果然是更上一层楼啊！”说话的人正是鸡毛店老板马蛇子马爷。

“呵呵，多谢马爷夸奖。”青衣本是一个男子，却吊出女人的声音，说话语调中也不无胭脂之声。

“哈哈，孙老板也不必过谦，豫剧本也是重唱腔的剧种，沉重有余，而喜庆不足，经孙老板这一唱，更兼有几分沉重、悲壮之意。”马蛇子这些话虽有些过誉，但这孙老板的唱功却也当属头沟（头等）。

“呵呵，没想到马爷对豫剧也颇有研究啊！”青衣男子淡淡笑了笑。

“唉，研究不敢，听过几段而已。”马蛇子说完不无惋惜地说道，“只是孙老板如此好的唱功却屈居在这样一个游方的小戏班之中，难免有些大材小用啊！”

青衣男子正要说什么，忽然一个人匆忙跑到他身旁，在他耳边低语了几句，男子脸色大变，不过立刻恢复了平静，拱手道：“马爷，今日有些私事，改日有时间必将登门拜访马爷，求教戏理。”

马蛇子笑了笑道：“孙老板有事先忙吧！”

说完青衣男子跟着那个人快步来到后门，此时南城酒店的小二正等在那里，他见到青衣男子便快速地将一张纸条递给青衣男子，之后向四下打量了一番，然后快速地离开了。

青衣男子看了看纸条，心头一紧，立刻将纸条藏在衣袖之中，站在门口思忖了片刻，然后快步奔到前院，马蛇子刚好要离去，青衣男子三步并作两步赶上前去道：“马爷请留步！”

马蛇子停住脚步，扭过头望着身后的青衣男子，眉宇间露出一丝不解之色：“哦？孙老板还有何吩咐？”

“呵呵，马爷，小弟有个不情之请！”青衣男子娓娓道，“今晚我们戏班要在城南这边赶个堂会，不知可否在马爷的小店借宿一夜？”

“哦？”马蛇子这个人向来多疑，这里本来也是属于城南，而且鸡毛店与这里也并不远，这孙老板何以要在自己的鸡毛小店落脚呢？正所谓多几个心眼就能多活几年，“孙老板为何要住在我那个龌龊之地呢？”

“这……”青衣男子停顿了一下说道，“还请马爷行个方便！”说罢青衣男子快速回到房间，出来之时手中握着一些物件，来到马蛇子面前将手中的物件展开，是一块红布，里面包裹着两根四两一根的金条。

马蛇子接过金条会意地点了点头，道：“我一会儿和小二打声招呼。”

青衣男子千恩万谢之后，马蛇子离开了宅子。

当天晚上“明月班”推掉了原本定在城南的堂会，全部搬到了鸡毛店之中。在方儒德被人秘密送进来之后，青衣男子换上了一身黑色的正装，轻轻地推开门，向城南的大路走去。在大路之上停着一辆车，青衣男子面无表情地径直上了那辆车。

在那辆车里坐着一个四十多岁的女人，这个女子面无表情地望着前方。青衣男子进来之后道："打听到了，他们今晚会有行动。"

"几个人？"女子一直躲在车子的暗处，所以根本看不清她的嘴在动。

"两个，一男一女。"青衣男子干脆地说道。

"那个女孩长得什么模样？"这个四十多岁的女人像是更关心那个女子的模样。

"没见到，他们一直躲在屋子之中。"青衣的话音刚落，只听一声清脆的"啪"声，女人狠狠地抽了青衣男子一个嘴巴道："这么点儿事情你也打听不清楚！"

"只是……只是从小二那里听说这个女子长得特别惊艳。"青衣捂着脸说道。

女子想了想，长叹了一声说道："你去吧，应该不是她。"

青衣男子不知道她口中的"她"究竟是谁，虽然他好奇，但是却不敢多问，低下头鞠了一躬之后打开车门退了出去。他出去之后，车子便发动了。

青衣男子站在月光之下望着那辆车缓缓离开，之后才转身向鸡毛店的方向走去。

北平第二监狱中的那脚步声让时森森的心头一沉，她手中已经紧紧握住了三千尺，跟在时森森身后的子午也停下了脚步，手轻轻地插进口袋中。

一时间空气似乎都凝固住了，时森森集中精神谛听着身边的动静，正在此时前面走廊里灯光骤起，几个彪悍的日本兵手中的长枪正对着时森森一行人。

时森森的手丝毫没有犹豫，轻轻一抖，三千尺脱手而出，数根白丝如同数根白发一般向前面的日本兵飞了过去，因为光线昏暗，没等那些日本兵看清楚，三千尺早已经粘在了枪身上。几个日本兵当下骇然，只觉得枪头一沉，连忙扣动扳机，"啪啪啪"数枪全部打在了自己的脚下，正在他们惊讶的时候，手中的枪忽然像是着了魔一样，一下子从手中脱出。

这几枪正好打在方儒德的身旁，他惊恐地惨叫着，虽然没有打到他，却也将他吓个半死，他像孩子跳皮筋一样在地上乱跳，然后抱着头蹲在走廊一角，口中大呼着："别，别杀我！"

时森森猛一用力，那几杆枪被她的青丝粘起来，撞在了墙上，一阵撞击声之后，几杆枪的零件都被撞落了下来。这时时森森才一抖手收回三千尺。虽然子午曾经见过这三千尺的厉害，却还是第一次见到时淼淼竟然会同时使用数把三千尺御敌。

那些日本人见手中的枪已经被毁掉，惊恐之余立刻全部扑了上来。时淼淼纵身而起，此刻她知道自己已经中了埋伏，早已经没了后路，只能拼死一搏了。

“子午，去救你师父！”时淼淼说着已经飞起一脚，正好踹在迎面而来的那个日本兵的胸口上。时淼淼这一脚用上了五分的力道，本想将其踹倒然后攻击下一个目标，谁知这一脚下去，眼前的日本兵竟然纹丝不动，自己的脚上却传来一阵轻微的痛感。

那个日本兵笑了笑，然后一个恶狗扑食向时淼淼的方向猛扑过来，时淼淼见情势危急，连忙转身，随手掏出三千尺身子向下一蹲，手中的三千尺已经抖了出去，却说这三千尺的使用讲究“抖、震、抽、穿”四字诀，此时时淼淼使用的恰是这“穿”字诀，只见青丝在她的手中轻轻抖了抖，然后竟然变得如同一根钢针一般笔直。

日本兵刚刚被时淼淼踢了一脚，却不动声色，自以为占了上风，因此毫无防备，那三千尺就这样直直地刺入了那个日本兵的身体，他只觉得胸口一阵微凉，那股凉意瞬间消失，变成了一阵热辣辣的疼痛，没等他喊叫出来，胸口就破了一个拇指大小的洞，鲜血如泉涌般地流淌了出来。那个日本兵简直有些不敢相信，他伸出手指轻轻地在胸口碰了碰，从那个小洞中捏出一条白色的细丝。未等他看清，时淼淼手腕一转，正是用的“抽”字诀，只见那个日本兵连同捏着三千尺的手指一起被齐刷刷地割掉了，三千尺从日本兵的胸口抽出的瞬间，那个日本兵应声倒地。

站在他身后的几个人面面相觑，心道，这女子难道会什么妖术不成？正在这个时候，子午看准时机向天字号牢房冲去。

刚刚愣住的日本兵立刻如梦方醒般上前拦截，却说子午从口袋之中掏出那只潘俊的大伯赠给自己的神农，手心一翻，神农立刻吐出黏丝，黏丝粘在那个日本兵的身上，那日本兵当下疑惑，但是因为冲出来的力道极大，此时即使停下也来不及了。子午身形一转，转到那个日本兵的身后，然后抬起一脚正好踹在那个日本兵的后背之上，日本兵被这一踹向前扑之势更猛，一下子扑在了墙上，身体紧贴着墙壁，想要转身却发现自己已经被那蛛丝粘在了墙上，双手平贴着墙，只有手腕和手指可以动弹，无从用上力气。

剩下的日本兵还要上前，却被时森森拦住。因为有刚刚那个日本兵瞬间毙命的先例，所以这几个日本兵虽然样子凶恶，却也心存几分忌惮。子午趁着此时向深巷之中奔去。

时森森抽出三千尺挡在日本兵的前面，缓缓后退，其实只有她自己知道，刚刚那一招只能用一次，这“穿”字诀虽然凶狠异常，但是施展起来却也漏洞最多，因为要使柔软的三千尺保持笔直，操纵之人就必须在一段相对较长的时间内身体不能移动，这无疑是露出了自己最大的破绽，如果敌人趁着这个时候进攻的话，那么操纵者将毫无招架之力，因此只能用于偷袭，乘人不备、出其不意地给予致命的一击。但幸运的是这些日本兵却不知道这个弱点，也被刚刚的情势镇住，一时之间不敢轻举妄动，这才给时森森留下了时间。

她的脑海中一直在思忖着究竟用什么方法可以顺利地离开这里。正在此时只听牢房的方向传来“哗啦”一声响，正是牢房门的锁链被打开的声音。几个日本兵也同时听到了这声音，几个人咬了咬牙，一同向时森森猛扑了上来。

时森森且战且退，单从力量上来说，时森森不是其中任何一个日本兵的对手，但是“怕死之心，人皆有之”，鬼子也不例外，他们虽然向前冲，却是谁也不想落个和刚刚那位兄弟一样的下场，所以时森森挥动三千尺还可以抵挡一阵。

过了一会儿，子午背着昏迷中的冯万春从天字号牢房里走了出来，此时冯万春身上的衣服早已经被撕扯得千疮百孔，脸上身上到处是血，在此期间他一定是经受了极度残忍的刑讯，现在气若游丝，只剩下最后一口气了。

子午见时森森与眼前几个日本兵激战正酣，眼看着时森森体力渐渐不支，而自己却又背着师父被束缚住了手脚，正在左右为难的时候，忽然时森森的身体向后猛然倾倒，她忽然觉得脑袋一阵昏厥，脚底软绵绵的如同踩在了棉花上一样，眼前晃动的人影越来越多。我是怎么了？时森森不停地在心中询问着自己。忽然一记铁拳重重地击在她的脖颈上，时森森的眉头微微皱了皱，身上的最后一丝力气也瞬间被抽离了，整个人轻飘飘地倒在了地上。

在倒地的瞬间时森森拼尽全力向身后望去，只见子午的眼睛圆瞪着，冯万春已经被他放在了地上，之后时森森缓缓地闭上了眼睛。耳边隐约传来一阵脚步声，那脚步声铿锵有力，让时森森想起了她一直挂念的那个人……

而在距离北平数十公里的地下，潘俊忽然感到心头一阵悸动，停住了脚步。

欧阳燕云疑惑地望着潘俊道："潘哥哥，怎么了？"

潘俊眉头微微皱了皱："没事，我们快走，看看发生了什么事情！"

两个人快速从山上奔下来，两匹马被拴在路边，脚步声越来越近，正在此时忽然一个人影从小路的一边跑了过来，从身形上来看像是个妙龄女子，那女子一面拼命地向前跑，一面不时地回头张望，因为道路崎岖不平，跑起来也是跌跌撞撞的。

"潘哥哥，好像是个女人！"欧阳燕云在潘俊的耳边轻轻地说道。

"嗯。"潘俊从嗓子眼里低声说道，那女子似乎也发现了潘俊和欧阳燕云二人，连忙招手却说不出话来，也许是跑得太急的原因。

正在此时，女人的身后又出现了几个男人的身影，有四五个的样子，他们或是抱着或是背着枪，口中重复着一句话："站住，花姑娘……"

"日本人？"欧阳燕云此时早已经对这群小日本恨之入骨了，恨不得食其肉寝其皮，早已经咬牙切齿了，谁想到这几个倒霉蛋竟然自己送上门来，欧阳燕云翻身上了飞鸿。

忽然一道火舌从其中一个日本人的枪口喷出，接着一声清脆的枪声将几只藏在草丛中休憩的飞鸟惊醒，"腾"地一下飞了起来，一直跑在前面的女子应声倒在了地上。欧阳燕云扬起鞭子在飞鸿的屁股上轻轻地一拍，飞鸿吃痛，前腿扬起，一声长嘶，腾空而起，一下子跃出数米，飞驰着向那倒下的女子奔去。

几个日本兵冲到女人身边将女子围了起来，与此同时他们也听到了飞鸿的嘶鸣之声，不无惊讶地扭过头向欧阳燕云的方向望去。只见月光之下一个女子，跨着一匹骏马正飞驰着向这边奔来。

他们连忙拿起枪，正在此时耳边忽然传来了一阵怪异的笛声，原来欧阳燕云在跃上马身之后便顺手拿出了那个召唤皮猴的笛子。笛声一起，几个日本人隐隐地觉得地面似乎在颤抖着，瞬间从草丛中钻出两个如同猩猩大小的黑影，那黑影的速度极快。

没等他们扣动扳机，手中的枪早已经被皮猴拨到了一边。皮猴硕大的手掌在空中挥舞着，一掌下去，一个日本兵的胸口已经被戳穿了，余下的日本兵战战兢兢地拿起手中的枪瞄准皮猴，扣动扳机，"啪"的一声，皮猴反应极其敏捷，身体轻轻一纵，竟然躲过了一枪。小日本哪里见过如此怪异的生物，早已经被刚刚的一幕吓得半死，现在又遭遇如此突变，却是瞠目结舌了。

此时欧阳燕云早已经驱马赶到，她从腰间抽出一柄短刀，白锃锃的刀身在月光之下闪烁着冰冷的光，欧阳燕云将所有的仇恨都用在了刀上，借着飞鸿的速度，刀身一晃，那个日本兵只觉得脖子处一阵凉丝丝的感觉，伸手去摸，竟然是热乎乎的，他连忙用手按住，却来不及了，喷射如注的鲜血瞬间让他失去了力气，人倒在了地上。

欧阳燕云在最后一个日本人的面前忽然勒住飞鸿的缰绳，飞鸿前腿扬过那个日本人的头顶，然后猛然落下，飞鸿那大若醋钵儿的蹄子结结实实地落在了那个日本兵的身上，想那飞鸿的蹄子扬起落下之时就连石板也能击碎，更别提这狗日的畜生还只是血肉之躯了，只听"咔嚓"一声，这小日本的几根肋骨已经被飞鸿踩得粉碎了。他倒在地上闷哼了一声，口吐黑血，大呼一口气毙命。

欧阳燕云从马上跳下来，两只皮猴弓着身子跟在欧阳燕云的身边，挤眉弄眼，伸出粉色的舌头轻轻地舔了舔欧阳燕云的脸颊，欧阳燕云拍了拍皮猴，极为爱怜的样子。皮猴亦像是孩子一般，眼神渐渐变得缓和下来。然后欧阳燕云看了看摆在一旁的四具尸体，在那两只皮猴的耳边轻轻低语了几句什么，两只皮猴立刻分别扛起两具尸体向草丛中奔去。

见两只皮猴的影子消失在夜色之中后，欧阳燕云才缓步走到倒在地上的女子的身边，蹲下身子道："姑娘没事吧！"

那女子起初已经被那几个日本人吓得失魂落魄了，刚刚又见两只皮猴凶猛异常，现在七魄倒有六魄已经被吓得出了窍。欧阳燕云皱了皱眉头，又问道："姑娘哪里受伤了？"

直到此时女子才缓过神来，长长地吸了一口气，咽了咽口水道："谢谢你，我的腿被打了一枪。"

欧阳燕云向女子的腿上望去，果然女子右腿脚踝处正在淌着血，想必正是刚刚那日本人在追她的时候打中的。此时潘俊已经牵着马走了过来："让我看看！"

欧阳燕云连忙闪到一旁，潘俊见鲜血已经将裤脚与女子的大腿紧紧地粘在了一起，又观察了一下子弹的位置道："没有伤到筋，只是子弹穿透了骨头。"说完潘俊从口袋中拿出一块手帕，将女子受伤的部位紧紧地捆绑起来，以免流血过多。

"姑娘住在什么地方？"潘俊包扎好伤口问道。

“前面的道头村。”女子咬着嘴唇说道，额头上已经渗出些许汗珠。

“我们送你回去。”欧阳燕云虽然性格有些刚烈，但生来一副侠义心肠，不过她抢在前面说出这句话也是唯恐潘俊不理会这女子，因为刚才在发现这女子被几个日本兵追赶的时候，潘俊显得格外冷漠。

潘俊听到这句话抬起头，正好与欧阳燕云四目相对，欧阳燕云圆瞪着眼睛，心想：即便你不想送这女子回去，我说了我们，你也非去不可。咱们是拴在一条绳上的蚂蚱，蹦不了你，也跑不了我。

“谢谢你们！”女子一面说，一面口中吸着冷气。欧阳燕云努了努嘴，示意潘俊将那女子抱上马。潘俊家教一直极为严格，长这么大别说是抱着一个女人，就算是女人的手也不曾碰过一下，此时却要他将眼前的陌生女子抱上马背，这欧阳燕云确实是给他出了一道难题。

“潘哥哥，快点儿啊。”欧阳燕云催促着，看着潘俊一脸窘相，心中不免有些得意。潘俊想了想然后弯下身子将女子抱起，然后扶到自己的马上。欧阳燕云见潘俊果然将那女子抱上马的时候，醋意顿生，一步跨到潘俊前面，抢在前面扶住在马上没有坐稳的女子道：“我扶着她，你去牵着飞鸿！”

潘俊被欧阳燕云这突如其来的举动弄得有些丈二和尚摸不着头脑，只见欧阳燕云扶着那女子牵着马向前走，边走边向那女子询问着道头村的所在。

而潘俊则牵着飞鸿紧随其后。三人沿着那条小路向前走去。

“姑娘怎么会这么晚出现在这里啊？”欧阳燕云问道。

“啊，我是到城中找大夫的，不想去了很多地方都没有人肯来，所以才回来晚了。”女子坐在马上，嘴角随着马儿身体的晃动时而微颤。

“更没想到回来半路上却遇见了日本人，幸好遇见二位相救，否则……”女子没有继续说下去，过了片刻忽然道，“还没有请教救命恩人的姓名呢！”

“不用……”

“欧阳燕云……”

两个人几乎同时说道，但是内容却是大相径庭。欧阳燕云是第一次来到北平，社会阅历和经验都少得可怜，她听了潘俊的话连忙将后面的话咽了回去。马上的女子微微笑了笑说道：“刚刚见到您给我包扎伤口的手法很熟练，不知道是不是大夫。”

“是啊……”

“这……”

两个人又是同时说道。欧阳燕云暗骂自己没脑子，怎么什么话都说。潘俊叹了口气说道：“略知一二。”

“太好了。”马上的女子兴奋得眼睛冒光，甚至忘记了自己的腿上有伤，“我有一个朋友受了重伤，不知您能否救救他？”

这次潘俊没有说话，看了看欧阳燕云，见她似乎也没有抢话的意思才点了点头，说：“让我先看看你的朋友吧！”

一行人沉默着穿过黑山坳中间的峡谷，向里面又行走了大概半个时辰，忽然发现这条小路竟然在前面不远处与官道交会到了一起，在那官道的尽头出现一个小小的村庄。

欧阳燕云大为惊异地说道：“姑娘，你们的村子在官道的尽头，难道不怕鬼子来骚扰你们吗？”

“姐姐，你有所不知，我们这个村子叫道头村，意思就是道路的尽头。因为这个“道头”与“到头”的发音一样，鬼子其实是很迷信的，他们觉得这个名字太晦气，所以不但不会骚扰，就算是要经过这里都绕过村子呢。”女子的话让欧阳燕云好生奇怪，在她的印象中一直隐隐地觉得鬼子根本就不是人，和畜生没什么区别，只不过会说几句“哇啦，哇啦”的话而已，没想到这群畜生也会这样迷信。

“对了，姑娘叫什么名字啊？”欧阳燕云问道。

“段二娥。”女子坦诚道。

“那是你的家人生病了？”欧阳燕云像是一直有问不完的问题。

“不是，那个人和我非亲非故。”段二娥长出一口气说道。

“咦？”欧阳燕云疑惑道。

“呵呵，他是我从悬崖上救下来的！”段二娥的话让欧阳燕云的身体猛然一颤，瞬间她的心中萌生出一丝希望。

“段姑娘，你说那个人是你从悬崖上救下来的？”由于激动，欧阳燕云的声音有些发颤。

“是啊，就是从刚刚我们经过的那个黑山坳的悬崖上救下来的！”段二娥指了指身后的黑山坳道。

“是不是一个年轻人，长得有点儿黑，说话有一些新疆口音？”欧阳燕云有些语无伦次，段二娥望着欧阳燕云点了点头，之后又摇了摇头。

“怎么？”欧阳燕云不明白段二娥究竟是什么意思。

“在我发现他的时候他只剩下一口气了，把他救到家中之后一直昏迷不醒，所以还没有和他说过话。”听了段二娥的话欧阳燕云几乎可以确定，这个人一定是自己的弟弟。

“谢天谢地，他还活着……”欧阳燕云的眼眶已经湿润了。

“姑娘，你认识他吗？”段二娥见欧阳燕云的神情显然是知道那个年轻人的来历。

“嗯，嗯！”欧阳燕云连忙点头，喜悦和忧伤两种情绪在她的脸上交织着，“他应该是我的弟弟。”

“真的？那太好了！”段二娥高兴地说道，不小心碰到了伤口，脸上出现一丝痛苦的表情，不过很快就被微笑掩盖住了。

11

金族秘藏，关山重重险

接下来一行人的速度明显快了很多，这道头村本来也在眼前，村子不大，数十户人家的样子。道头村本来是一个小小的山坳，房子全部建在山坳两旁，山坳中间是一条已经干涸的河道，只有在汛期才会涨满水，平时则被当成一条大路来走。

段二娥的家在山坳的最深处，低矮的围墙，破旧的木门，院子里游走着几只闲散的鸡，地上都是鸡屎，在院子一旁有一口水井，水井上方是一棵结满了果子的杏树。

欧阳燕云将马拴在门口，然后扶着段二娥从马上下来，潘俊本想帮忙却被欧阳燕云推开了。段二娥看了看欧阳燕云，不禁抿嘴一笑。

段二娥的伤势实际上并不重，因为腿上被潘俊绑上了绷带，所以大部分的血已经被止住了。欧阳燕云扶着段二娥向门口走去，木门虽然破烂却从里面反锁着的。

走到门口，段二娥在木门上轻轻地敲了敲道：“爷，娥子回来了！”过了良久见里面没有回音，又敲了敲门，这次比刚刚的力道要大一些，道，“爷，娥子回来了！”

“爷爷年纪大了，耳背。”段二娥的语气中不无抱歉之意，欧阳燕云口中道没事，心里却甚是着急，她此刻已经迫不及待地想知道弟弟的伤势如何了。

话说间，里面的门被推开了，一个老人弓着身子，披着一件脏兮兮的衬衫，口中叼着一杆烟袋走了出来，向外望了望低沉地说道：“娥子吗？”

“嗯，是啊，爷，是我！”段二娥大声说道。

老人将火烟拿下来在鞋底轻轻地磕了磕，然后将烟袋攥在手中，步履蹒跚地向门口走来。

老人走到门口不禁一愣，见孙女身后还站着一男一女。段二娥连忙解释道：“这两位是我的救命恩人，如果不是他们的话，恐怕今晚你就见不到孙女了！”

“怎么回事？”老人闻言不禁眉头紧皱，伸手打开门闩，推开木门，此时才发觉孙女一直被旁边的女子搀扶着，脚上竟然受了伤。

“爷，进屋再说吧，对了，被我救回来的那个人怎么样了？”欧阳燕云问道。

“在屋里呢！”老人此时的目光一直落在潘俊的身上，眉头微皱着说。

“醒过来了吗？”段二娥在欧阳燕云的搀扶下一面走一面说。

“没有，你不是去城里找大夫了吗？”老人虽然这样说，但目光却始终未离开潘俊。

欧阳燕云扶着段二娥走进了屋子中，撩开西边屋子的门帘，在炕上躺着一个人，他双目微闭，脸上还依稀可见擦伤的痕迹。欧阳燕云驻足在门口，泪水一下子从眼眶中淌了出来，她一步跨到炕边，抚摸着男孩的脸哭着说道：“我就知道，就知道你绝不会那么容易就死了的。”

只是男孩却默不作声，老人见此情景眉头皱了起来扭过头看了看孙女，段二娥望着欧阳燕云说道：“这……这个人真的是你的弟弟？”

“嗯，是啊！他是我的弟弟欧阳燕鹰。”说完欧阳燕云连忙站起身来望着潘俊道，“潘哥哥，你赶紧看看弟弟的伤势如何。”

潘俊走上前去，坐在炕边轻轻地将欧阳燕鹰的下眼皮翻起，里面毫无血色。然后他又伸出手指探了探欧阳燕鹰的鼻息，只觉气息微弱，如游丝一般。潘俊接着将欧阳燕鹰的手摊开，将他的手放在自己的手腕上。

只觉他的脉象，轻按则无，重按乃得。其他几个人关切地望着潘俊，只见潘俊的眉头微皱，过了一会儿才长出一口气站了起来道：“燕鹰的脉象有力为里实，无力为里虚。邪郁于里，气血阻滞，阳气不畅，脉沉有力为里实；脏腑虚弱，阳虚气陷，脉气鼓动无力，则脉沉无力。”

“潘哥哥，我听不懂，你快说我弟弟还有救吗？”欧阳燕云迫不及待地说道。

“嗯，主要是因为燕鹰从小习武，本身体格康健，因此才会表现出脉象有力，而之所以一直昏迷不醒，则是因为惊吓和怒气郁结于胸，伤了脏器，所以会产生沉脉的症状。”潘俊说着轻轻地卷起袖管，看了看站在一旁的段二娥，眼神里闪过一些疑惑的东西。

“那我弟弟要怎样才能苏醒过来？”欧阳燕云说着已经坐到了欧阳燕鹰的身旁。

“只要让他将淤积在胸中的闷气排出来，很快就能康复。”说完潘俊独自一人走了出去，在他那匹马上有一个小小的包裹，他将包裹取来，命欧阳燕云扶着欧阳燕鹰坐在炕上，把衣服撩起来。

潘俊打开包裹，在里面有一个被黄绸包裹着的小包，里面是九根银针。潘俊抽出其中的一根银针，轻轻地刺入欧阳燕鹰的风门穴中，然后轻轻捻动银针。片刻之后欧阳燕鹰忽然“啊”的一声长出一口气。

潘俊面露喜色，连忙抽出另外一根针，然后捻入他的魂门穴中，欧阳燕鹰又“啊”的一声吸了一口气，这次的声音较之前要大了好多，潘俊见机猛然抽出那根银针，欧阳燕鹰又是“啊”的一声，呼出一大口气，接着胸脯开始快速地起伏着。

“潘哥哥，怎么样？”欧阳燕云一面看着弟弟一面问道。

“姐……”欧阳燕鹰一定是听到了欧阳燕云的声音，吃力地说道。

“弟弟，你醒了？”欧阳燕云一把将欧阳燕鹰揽入怀中，泪水再次夺眶而出。

“姐，爷爷呢？”欧阳燕鹰恍惚地睁开眼睛问道。

欧阳燕云咬了咬嘴唇说道：“爷爷……他……过世了！”

欧阳燕鹰听到这话一口气没上来，再次昏迷了过去。欧阳燕云连忙摇晃着弟弟的身体：“潘哥哥，燕鹰他……”

潘俊探了探欧阳燕鹰的鼻息道：“没事，他只是一时刺激过度，没有什么大碍，明天会自行醒来的。”

说完他又看了看一旁的段二娥，说道：“段姑娘，我帮你处理一下伤口吧！”段二娥点了点头，潘俊让她坐在炕上，将那块手帕轻轻解下，因为潘俊手法特别，所以血已经被止住了。他帮段二娥包扎完伤口之后站起身来，此时已经是深夜了，老人一直站在他们身旁。

“谢谢你！”段二娥对潘俊说道。

“不必客气。”潘俊淡淡地说，“我给你开副方子，照着方子抓药，很快就会痊愈的。”

“嗯！”段二娥感激地点了点头。潘俊扭过头正好与老人四目相对，他发现老人似乎一直在注视着自己，老人缓缓低下头道：“你们先坐，我去烧点儿水！”说完老人走了出去。

待老人走了出去，潘俊凑到段二娥的身边说道：“段姑娘，我有一件事想问你，不知道你能否实言相告。”

“嗯？”段二娥的眉头拧成一团。

“是关于燕鹰的！”潘俊的话也吸引了欧阳燕云，她扭过头好奇地望着潘俊道：“潘哥哥，难道有什么不对吗？”

潘俊点了点头，然后盯着段二娥说道：“段姑娘，你是怎么爬上悬崖救下燕鹰的？还有我想知道你救回他之后真的没有对他做过什么吗？”

“这……”段二娥犹豫了片刻说道，“他确实不是我救回来的，是爷爷救回来的。不过我们确实没有对他做什么啊！”

“不，段姑娘你先别急，我的意思是你们没有对他施救吗？”潘俊见段二娥有些急躁，连忙表明自己的意思。

“没有。”段二娥摇着头说道，“我和爷爷都不懂得医术，怎么可能对他施救呢？”

“这就奇怪了。”潘俊眉头紧皱地说道。

“什么地方奇怪啊？”欧阳燕云连忙问道。

“刚刚我给燕鹰把脉的时候就觉得奇怪，虽说他体质强壮，却伤了脏器，不可能在短时间内出现那么有力的脉象，除非……”潘俊说到这里眼神中闪过一丝惊慌之色。

“除非什么？”欧阳燕云盯着一脸迷茫的潘俊问道。

“段姑娘，能不能让我看看你的手？”潘俊的这个请求出乎欧阳燕云的意料，同时段二娥的脸上也露出一丝不解之色，两个女孩面面相觑对视良久，然后双双扭过头望着潘俊，见他似乎并无玩笑之意，段二娥这才缓缓地伸出手。

潘俊拉着段二娥的手向一旁的煤油灯凑了凑，一双眼睛死死地盯着她的掌心。但欧阳燕云心中却再次涌起一丝醋意，于是道：“呵呵，没想到潘哥哥还会给人看手相啊！”

段二娥是个聪明的姑娘，她早已经看出欧阳燕云对潘俊的爱意，听到此话脸不禁一红，连忙缩回了手，谁知潘俊竟然一把抓住了段二娥的手腕，目光依旧停留在她的掌心上。

只见段二娥的右手掌是方形，手指是方形，掌的上下左右四边长度几乎相等，好似一个四方块，掌色洁白，清丽润泽，指端及指甲亦是方形，潘俊看罢长出一口气道：“段姑娘，你懂不懂驱虫之术？”

段二娥闻听此言一脸迷茫，看了看欧阳燕云，欧阳燕云顿时也是一愣，不可思议地望着潘俊，眉头紧皱。

“她不会。”说着一直在烧水的老人忽然撩开门帘，走进屋子之中，眼神炯炯地望着潘俊道，“你究竟是什么人？”

潘俊缓缓地扭过头，正好与老人的目光相对，潘俊上下仔细地打量了一下老人，然后道：“在下潘俊。”

“确实是木系驱虫师的身段。”老人像是早已经看透了潘俊的身份一般说道。

“爷，这是怎么回事？”段二娥走上前去扶住老人问道。

“如果我猜得没错的话，这位姑娘和炕上的小伙子一定是火系驱虫师的传人吧！”老人说着缓缓坐在炕边，又点起了火烟。

“咦？您是怎么知道的？”欧阳燕云不可思议地说道。

“呵呵。”老人笑而不答，又望着潘俊，“没想到名震京城的木系驱虫师的传人潘俊竟然会是一个半大小子。”

“如果我没猜错的话，您应该是金系驱虫师！”潘俊虽然这样说着，但依旧感到疑惑，因为金系驱虫师历代的传人都有一个规矩，那就是只选两个弟子，这两个弟子必须全部是侏儒，而且还有最重要的一点，那就是这两个人要经过一个严格的试炼，据说这个试炼极其严格，最终只能有一个人存活下来，另外一个人则必死无疑。从年龄上看，眼前这个老人应该与现在金系驱虫师的君子金无偿的年龄相仿，想必一定是金无偿的师兄弟，可是这个人是如何存活下来的呢？

“呵呵，果然英雄出少年，竟然能看出我是金系驱虫师。”老人微笑着吸了一口烟。

“不过……”潘俊的话刚到嘴边忽然见老人长出一口气说道：“你是不是很奇怪，为什么我还会活着啊？”

“嗯。”潘俊点了点头，“还有您并不是侏儒。”

“唉，没想到经过这么多年竟然还能遇见驱虫师。”老人说着轻轻地敲了敲自己的双腿道，“我这两条腿都是假的。”

“什么？”欧阳燕云和段二娥异口同声地说道。潘俊虽然也觉得惊讶，但是毕竟曾经见过霍成龙的那条假腿，因此并未惊讶地叫出声来。

“爷，您说您的两条腿是假的？”段二娥简直不敢相信，与自己相依为命十数年的爷爷的双腿竟然都是假的。

“嗯，娥子。”老人拍了拍段二娥的肩膀说道，“别怪爷爷一直瞒着你！”

“爷，这是怎么回事？”段二娥只觉得脑袋一阵阵晕眩。

“其实爷爷本来在几十年前就已经死了。”老人淡淡地说道，“我的真名叫金无意，当年投在师父门下，成为他老人家的徒弟。我的师弟名叫金无偿，也就是现在的火系驱虫师的君子。在我们刚刚入门的时候师父就曾经说过，我们两个人将来只有一个人能成为君子，而另外一个人必将死在最后的试炼之中。

“虽说如此，我们还是欣然接受了，火系驱虫师要求门下弟子必须心思缜密，临危不乱，精通墨家所流传下来的机关之术。除此之外，因为操作机关术必定会受伤，所以还要学会一门特别的虫术，叫天志（与明鬼都属于墨家主要思想主张）。这种虫术虽然不能让人起死回生，却可以延长人的寿命。

“这也是为什么我在经历了试炼之后只是失去双腿而并未死掉。在我和金无偿都到二十岁的时候，师父让我们进入了金石秘道，秘道之中到处是机关毒虫，我和金无偿两个人都顺利经过了前面的考验，只是最后一关，却将我们两个难住了。

“那个机关并不难，相对于前面的机关来说要简单得多，不过却很难抉择。因为金系驱虫师一直是为皇室设计墓穴中的机关暗道的，皇室往往在建造好陵墓之后便要将曾经参与建造陵墓的人全部杀死于陵墓之中，这样做一方面可以防止墓穴的地点被泄露出去，减少盗墓的可能；另外一方面则可以作为人殉。但是这道机关最后是由驱虫师来完成的，如果驱虫师心慈手软的话，不但不能挽救那些人的性命，同时也会因为抗拒王命而被诛杀，因此金系驱虫师一定要心如铁石。

“而这最后一关则是考验我们谁能更狠心一些。我们两个人立于一个密室之中，那个密室小得可怜，是立起来的尖刀，刀刃向上，尖刀的上面是块平衡板，平衡板在齿轮的带动下不停地向上旋转，密室的墙上有一个只容得一个人钻出去的洞口，如果谁进入洞口的话，平衡板就立刻偏移，另外一个人便会落入刀丛。

“我和金无偿两个人分别站在平衡板的两端，同时投在师门之下，十几年的情谊将在瞬间做个决断，任凭是谁在当时那种情况下也难以做出抉择。不过最终我还是放弃了，我让师弟金无偿先离开。他起初死活不愿意，就在他犹豫不决的时候，我忽然身体猛一用力，踩在平衡板上，身体快速下坠，而金无偿被弹了起来，瞬间我的双腿被钢刀齐刷刷地截断了，还好剩下的刀并未伤到要害之处。我连忙用天志帮我延长了寿命，这样才算是活了下来。后来我被逐出了师门，师弟金无偿为了报答我，特意给我做了这两只假腿。这就是你看我并非侏儒的原因。”

“原来如此。”潘俊听完金无意的讲述之后淡淡地说道，忽然他想到了什么，于是问道，“世叔，有一件事不知道您是否听说过。”

“呵呵，我知道你说的那件事是什么！”金无意抢在前面说道。

“哦？”潘俊错愕地望着金无意。

“只是我是不会说的！”金无意淡淡地说道，“等明天天一亮你就带着这孩子离开这里吧！”

“世叔，现在不仅是我们在寻找着这个秘密，可能日本人早就已经知道了。”潘俊的话让金无意的身体猛然一颤，他咬了咬牙，过了一会儿才道：“明天早晨你们还是早点儿离开这里吧，这个地方不是你们应该来的！”

“喂，你这个老头儿怎么这样，你知不知道很多人都因为这个秘密送了命，难道你准备守着这个秘密进棺材不成？”欧阳燕云对金无意的话感到异常愤怒。

金无意停住了脚步，扭过头望着欧阳燕云，目光之中闪烁着一丝晶莹的东西，之后勉强地笑了笑，转身走了出去。

“姑娘，你不要逼爷爷了！”

“段姑娘，你不知道，为了这个秘密，我爷爷已经……”欧阳燕云对于欧阳雷火的死活仍旧心存侥幸，所以她很难说出这个“死”字，“潘哥哥差点儿被日本人杀害。”她望了望潘俊，“我弟弟也差点儿送了命，这些日本人早就已经觊觎这个秘密了，而你爷爷既然知道，为什么却始终不肯说？”

“姑娘，你知道吗，爷的三个儿子都死在了日本人的手里，他比谁都憎恶小日本，但是你给爷一点儿时间，我想他一定会想通的。”段二娥的话让潘俊和欧阳燕云也是一惊。

潘俊缓缓地坐在椅子上，闭上眼睛，瞬间他的耳边响起了一阵嘈杂的脚步声，从声音判断有四十人左右，他们的行动速度很快，后面人的速度要慢一些，看样子应该是抬着比较重的物什，那些人正是向道头村而来。潘俊猛然睁开眼睛，有了前两次的经验，此时他敢确定这绝不是自己的幻听。

“不好，日本人追过来了！”在潘俊站起身的瞬间，金无意也从外面走了进来，几个人面面相觑。

“日本人怎么会来这里呢？他们一般是不会到这里来的啊！”段二娥感到很奇怪地说道。

“一定是刚刚听到了枪响，顺着这条小路一直追过来的。”潘俊猜测着说道，他的话音刚落，只听一声枪响打破了道头村夜晚的宁静，那群从不踏入道头村的迷信的小日本忽然破天荒地闯进了这座小小的村子。

“潘哥哥，咱们怎么办？”欧阳燕云有些慌张地望着潘俊，希望潘俊能想出办法来。

“带上燕鹰，我们从后面的山上离开。”潘俊冷静地说道。

“不可能。”段二娥忽然说道，“那座山后面是悬崖，根本就过不去，否则这里也不会成为道头了。”

“啊？”欧阳燕云的心一下子沉到谷底，耳边的枪声越来越密集，女人的呼喊、孩子的啼哭、鸡飞狗跳的声音全部交织在了一起，如果不是因为金无意家住在道头村最里端，想必现在也已经遭到了攻击。

时不我待，情势危急，上山是悬崖绝壁，眼前是手执钢枪的日本兵。如果只有十多个日本兵，潘俊和欧阳燕云两个还能够抵挡一阵，全身而退，现在是四十几个，再加上还有重伤未愈的欧阳燕鹰，想要逃出去难于登天啊。

“你们跟我来。”正在此时金无意说道，潘俊不可置信地望着金无意，只见金无意转身向外面走去。欧阳燕云扶住段二娥，潘俊则背起欧阳燕鹰，几个人走出了屋子，见金无意已经立在了井口旁。

金无意指着井口道：“先进去躲避一时吧！”

欧阳燕云向内中望了望，一股恶寒从井中腾起，虽然是在盛夏，她的身体还是禁不住一颤。

“里面好冷啊！”欧阳燕云说道。

“快点儿进去吧，小日本马上就要到了！”金无意示意欧阳燕云。

欧阳燕云皱了皱眉头，然后抓着垂到井里的那根绳子，一点点地顺了下去。接着是段二娥强忍着脚踝上的疼痛，吃力地抓住绳子下到深井之中。潘俊背着昏迷中的燕鹰望着金无意，月光倾泻在金无意的脸上，他的眉头紧皱着，手里紧紧捏着那杆烟袋，只听一声轻微的“咔嚓”声，烟袋从中间折断了。

“世叔，您也跟我们一起下去吧！”潘俊听着外面的脚步声越来越近，心中有些着急。

“你先进去吧。”金无意半睁着眼睛望着潘俊道，“帮我照顾好娥子。”

潘俊知道金无意言下之意就是要舍生取义，他放下欧阳燕鹰，一把抓住金无意的手道：“世叔，君子报仇，十年不晚。”

“呵呵，你赶紧走，你们下去之后我必须留下将绳子割断，否则会被日本人发现的。”金无意说完这句话便塞给潘俊一件物什，然后紧紧地按住潘俊的手道，“它会带你们离开这里的，也会告诉你那个你想知道的秘密！”说罢老人步伐有些蹒跚地向门口走去。月光下老人的背影渐渐模糊，但潘俊隐约觉得那背影竟然有些似曾相识。

潘俊展开掌心，手中是一个黑色的物什，来不及多想他便将那件物什揣进口袋中，然后背起欧阳燕鹰，从一旁拿过一根绳子将他绑在自己的身上，然后小心翼翼地进入了井口。

井口虽然狭小，但是很深，越是向下，寒气越是逼人。道头村本就是一个建在半山腰上的村子，这里挖的井一般要比较深才可以够到地下水。

“潘哥哥，你下来了吗？”井下传来了欧阳燕云的声音。

“嗯，已经下来了！”潘俊一面向下走一面说道，这口井似乎在挖掘的时候就已经预先设计好了，在井壁上有很多小凸起，虽然因为年代久远已经生满了湿滑的青苔，却足以着力，因此顺着绳子向下还是比较容易的。

“潘俊哥，我爷呢？”段二娥好奇地问道。

“他……”潘俊正好说话，只听欧阳燕云忽然惊喜道：“没想到这井下面还会有一个洞口！”

“什么？”潘俊问道。

“潘哥哥，你们快点儿下来吧，下面还有一个洞口，足够我们容身的了。”欧阳燕云此时应该已经进入了那个洞口，潘俊闻言快速地向下爬，片刻之后几个人都已经进入了井口下面的另外一个洞口。

这个洞口下面两米便是井水，挖在井壁上，有一米多高，足够一个人弯着身子进入，向内中行走两米有余便是一个密室，这间密室比较大，在洞口的地方已经挂满了霜花。

“没想到老头儿看起来那么木讷，竟然还有这等安排啊！”欧阳燕云望着这间密室道。

“潘俊哥，我爷呢？”段二娥却是没有心情来评价这间密室的好坏，一心只关心金无意的安危了。

“他老人家，留在上面了！”潘俊艰难地说出这句话，正在此时忽然听闻水面上响起一声“啪啪”的拍水声，原来绳子已经被金无意割断扔了下来。

这声音几乎让段二娥绝望了，她想哭却始终紧紧地咬着嘴唇，欧阳燕云走上前轻轻拍了拍她的肩膀，段二娥紧紧地握着拳头。

因为这口井太深，所以上面的声音根本听不清楚，潘俊想起前几次闭上眼睛就能听到的脚步声，于是缓缓闭上眼睛。果然过了一会儿他的耳边响起了一阵脚步声，那应该是一队人，不少于十人。

他们蛮横地踹开木门，正在此时一个物什从门口飞出，那正是金无意的暗器，几个日本兵不察之下正中暗器，那暗器是五枚短箭，机关正是木门，木门一旦打开，机关触动，五枚短箭破空而出，向前面的士兵飞了过去，三个人应声倒地。

剩下的日本人被这突如其来的打击激怒了，他们手握钢枪向院子里打量着，正在这时脚下的地面忽然翻转了起来，下面也是机关，机关一开，下面的几口钢刀猛冲了出来，又是两声惨叫，两个日本兵倒在了血泊之中，他们的身体已经被数十根白瘆瘆的钢刀戳出了数个透明窟窿。

余下之人再不敢向前，他们叽里咕噜了一阵之后，一个日本兵向后面跑去，不一会儿工夫三个人抬来了一个迫击炮，他们将炮支在门前，装满弹药，只听“砰”的一声，一枚炮弹已经落在了院子之中。

潘俊他们顿时感觉整个地面都颤抖了起来，一片尘土从头顶震落下来。炮声未止，又是接连的几炮纷纷落在院子和屋子之中，忽然一个黑色的物什从井口飞入，潘俊心知不妙，抢上前去一下子扑倒了段二娥和欧阳燕云，在他们倒地的瞬间那枚炮弹爆裂开来，在这狭小的空间内产生了极大的回音，土制的井口根本承受不住这样强烈的攻击，顷刻间土崩瓦解了。

当他们睁开眼睛的时候眼前一片漆黑，欧阳燕云最先跑到洞口向上望去，不禁大惊失色：“潘哥哥，不好了，井口被堵死了！”

潘俊扶起段二娥，听到这个消息心中也在暗暗叫苦，难道自己今生就要葬身在这井里不成？

12

十二音律，巧过音壁关

时森淼苏醒过来的时候发现自己正躺在一张床上，胃里还是一阵阵地痉挛，头脑时而清醒，时而模糊，对于刚刚的经历时森淼只是隐隐地记得子午放下了冯万春，接着是一阵嘈杂的脚步声，后来就是在车子之中的颠簸，剩下的便一无所知了。

她挣扎着睁开眼睛，只见眼前有三个男人，其中一个男人穿着日本的军装，另外两个男人坐在他的旁边，他们似乎在商量着什么事情。忽然其中一个男子似乎察觉到了自己已经苏醒了过来，便站起身向自己的方向走来。那个人似曾相识，但时森淼一时间竟然想不起来，他旁边的那个青年男子时森淼却是认识的，他是子午。

屋子的门窗紧闭着，像是一个密室一般。时森淼有些恍惚，此时自己究竟身处何地？刚刚分明还在监狱之中，此时却到了这里。在北平城外的道头村，潘俊等人也被困在了井下的密室之中。

密室之中的空气渐渐地凝固了，欧阳燕云掏出火折子，在密室中寻找了一番，除了井壁上的出口之外并未发现密道，却在密室之中发现了两口缸，那缸中装满了灯油。

在缸的外面延伸出一条灯捻，她将两盏灯点亮之后，回到欧阳燕鹰的身旁，望着愁眉不展的潘俊不知该说些什么，里面的气氛太过沉闷了，她必须想办法打破这种气氛。

“对了，潘哥哥，我一直很好奇，你是怎么知道金世叔的身份的？”欧阳燕云终于想到了个话题。

“呵呵。”潘俊长出一口气说道，“其实开始见燕鹰的伤势我就猜到了一点儿，因为之前听父亲说过天志这种虫术，却不敢确定，直到我看到段姑娘的手才最终确定下来！”

“手？”欧阳燕云不解地问道，“她的手有什么特别的地方吗？”

“当然。”潘俊说道，“天下驱虫师本属一家，后来分开，除了各自崇尚的学派不同之外，掌形也是一方面。这掌形亦可分为五种：金、木、水、火、土。其他几个世家随着各代的流传已经不再重视掌形了，唯独金系驱虫师因为多为机关毒虫，对于手形和身材的要求极其严格，所以至今还是可以从他们的手形中看出他们的身份的。”

“哦，原来是这样啊，那么说段姑娘也应该是金系驱虫师的传人吧！”欧阳燕云笑着道，“对了，段姑娘，金世叔有没有给你留下什么宝贝或者奇迹之术，让我们见识见识。”

虽然欧阳燕云这句话只是为了缓解气氛，却提醒了潘俊，他立刻想起金无意在临行前留给自己的那件黑色的物什，于是连忙将其拿了出来，凑在灯下，不禁大为吃惊：竟然是一只明鬼。

“燕云，你过来，看看这只明鬼你会不会操作，它可能是我们离开这里的唯一希望了。”潘俊将明鬼递给了欧阳燕云。欧阳燕云看了看这只明鬼，比自己之前见到的要大得多，她看了一会儿摇了摇头说道：“没有口诀，谁也不能用明鬼。”

她的话让潘俊大失所望。

“这，这个东西怎么会在你的手里？”段二娥一把抢过欧阳燕云手中的明鬼说道，“这是爷爷的贴身之物，从未离开过他的身边。”她说着眼泪已经在眼眶里打起转来了。

“你知道这只明鬼的口诀吗？”潘俊问道。

段二娥显然对明鬼一窍不通，木然地摇了摇头：“我今天是第一次听说关于驱虫师的事情，口诀更是不知了。”

“这就没办法了！”欧阳燕云望着明鬼无奈地说道，“明鬼最讲究的便是口诀，如果不知道口诀的话，就算是神仙来了也没办法啊！”

说完欧阳燕云将明鬼递给了潘俊，潘俊收起明鬼站起身，在这间密室中环顾一圈，除了进来时的那个洞口，四壁都严严实实的，根本没有其他的出口。

正在此时欧阳燕鹰忽然长叹了一口气，欧阳燕云一步踏到燕鹰的身边，抱住欧阳燕鹰道："弟弟，你没事吧？"

"姐，我现在好多了！"欧阳燕鹰刚刚苏醒过来，一把抓住欧阳燕云的手道，"姐，爷爷是不是真的已经……"

虽然欧阳燕云十万个不愿意，不过最终还是点了点头。欧阳燕鹰的胸口不停地上下起伏着，过了良久才"哇"的一声哭了出来："姐，怎么会这样，我们是不是不应该来这里？"

欧阳燕鹰的悲伤迅速感染了欧阳燕云，她的泪水也淌了下来，抱紧弟弟微微地喘息着，如果不是日本人偷走了秘宝，他们也许这辈子也不会踏足中原，那么欧阳雷火也不至于丧命。

"姐，我们回新疆吧，离开这里吧！"欧阳燕鹰忽然抬起头紧紧地抓着欧阳燕云的手臂道。

"嗯，如果我们能从这里出去的话，我就带你回新疆，再也不来这里了！"欧阳燕云已经完全被弟弟感染了。

"这里？"直到此时欧阳燕鹰才注意到自己身处的境地，他向四周望了望，似乎是在一个密封的屋子之中，"姐，这是什么地方啊？"

欧阳燕云抱着弟弟讲述他昏迷之后所发生的事情，欧阳燕鹰狠狠地咬着嘴唇愤怒地说道："这群狗日的小日本！"

"对了，姐，你有没有试试召唤皮猴？"欧阳燕鹰忽然说道，这倒是提醒了欧阳燕云，她连忙拿出那支怪异的短笛放在嘴边轻轻地吹着，可是过了良久也没有动静，声音被严严实实地隔绝在了这间密室中无法向外传递。

奇迹没有出现，期待中的皮猴没有出现，所有人都大失所望。欧阳燕云收起短笛抱着弟弟，潘俊坐在洞口，掏出明鬼自己观察着，希望能找到一点儿蛛丝马迹。

段二娥则坐在一旁痴痴地发呆，转眼间失去亲人的痛苦想必只有此刻的她最能理解吧！她嘴唇微微颤抖，泪水不停在眼眶中打转，却始终不肯流下来，忽然潘俊听到了段二娥正在哼唱的一个曲子，不禁心头一颤，立刻站了起来道："段姑娘。"

潘俊的话太突然，段二娥的身体微微一颤，木然地望着潘俊："嗯？"

"刚刚你在哼唱什么曲子？"潘俊忽然想到明鬼的口诀是与五声调式相联系的。

"这……我也不知道。"段二娥柳眉微蹙，"我也不知道，只是我经常听爷爷弹奏这个曲子。"

"你能不能再哼唱一次？"潘俊注视着段二娥道。

"哦。"说罢段二娥又哼唱起了那首曲子，虽然只是哼唱，但依旧掩饰不住曲子之中所蕴含的浑厚淳朴的气息，段二娥会的只有一段，潘俊一直皱着眉头听着这首曲子，眉头渐渐松弛下来，脸上出现了些许笑意。

"我想应该就是这首曲子！"潘俊信心十足地说道，欧阳燕云和燕鹰都被潘俊的话吸引了过来。

"潘哥哥，这是什么曲子？"段二娥疑惑地问道。

"你刚刚哼唱的曲子叫《高山流水》，相传是俞伯牙所作，是一首古筝曲。"潘俊娓娓地说道。

"啊，好像是叫这个名字，我隐约记得爷爷曾说过。"段二娥的脸上也浮现出一丝笑意，毕竟她终于知道了爷爷喜欢的曲子的名字了。

"嗯，这首曲子巍巍乎若泰山，洋洋乎若江河。而因这首曲子所产生的伯牙与子期的知音之谊更被传为佳话。可是外行人却不知道这曲子流传至今已经分成了三个派别：河南派别、浙江派别、山东派别。而时下流传最广的则是浙江派别。"潘俊激动地说道。

"潘哥哥，刚刚段姑娘所哼唱的是哪个派别的？"欧阳燕云颇有兴致地问道。

"如果我猜得不错的话应该是河南派别的《高山流水》，因为只有河南派别的《高山流水》是以浑厚见长，沉重而慷慨激昂。可谓曲高和寡，妙技难工。"潘俊接着说道，"刚刚段姑娘只是哼唱了其中的一个桥段，如果按照那个桥段来推测的话，这明鬼的口诀应该是……"

潘俊沉默了一会儿，眉头微皱，口中微微颤动着，回想着刚刚段二娥所哼唱的那段《高山流水》之后说道："宫五，商二，角三！"

之后他拿出那只大明鬼，在明鬼身上找准方位，轻轻叩击，叩击毕，只见那只大明鬼果然开始缓缓地动了起来，从潘俊的手中蹦出，然后向着密室北边的墙壁爬去。潘俊面露喜色，几个人盯着那只明鬼，只见明鬼紧靠北面的墙壁，再也不动了。

潘俊连忙走到墙壁近前，拿起明鬼，在墙壁上四处打量着，过了一刻他才发现在墙壁的最下端有一个小小的凹槽，如果不仔细看根本无法察觉，那凹槽的大小正好与手中的明鬼相仿。

他小心翼翼地将明鬼放入那个凹槽之中，只觉得手上的明鬼像受到了某种吸力一样被凹槽吸了进去，片刻之后耳边传来了一阵齿轮转动的“吱吱”声，随着那声音的扩大，眼前的墙壁开始颤动起来，脚下也开始了震动，密室顶端的泥土再次落了下来。

“轰隆”一声，眼前的墙壁忽然向一边猛抽了过去，竟然是一扇石门，石门闪向一边，那只明鬼也被弹了出来。

“果然还有密道。”潘俊情不自禁地说道，然后回身轻轻扶起段二娥，并对欧阳燕云说，“咱们快点儿离开这里。”

欧阳燕云见潘俊竟对段二娥如此亲昵，心中不免醋意泛滥，但是却碍于眼前的形势，只得将怒火压在胸口，扶着燕鹰两个人走在了前面。

潘俊扶着段二娥紧随其后，石门后面则是一条人工打造出来的隧道，呈方形，宽丈许，隧道两旁每隔一丈便有一盏灯，台上有火把，潘俊掏出火折子点亮灯，一行人缓慢前行，走出三十米有余，忽然隧道在眼前拦腰折断。

隧道的前面竟然是一处悬崖，只在悬崖右侧有一根细长的竹管，但是那竹管太过纤细，任凭轻功再好的人也无法利用这根竹管越过眼前这座悬崖。潘俊取下灯台上的火把向下望去，悬崖下面漆黑一片、深不见底，刚刚脱离了险境的他们此时又遇到了麻烦，何去何从？

有了刚刚的经验潘俊连忙掏出明鬼，又在它身上叩击了几下，只见这明鬼颤抖了一下之后向左面的墙壁走去，潘俊紧随其后，明鬼又停在了墙角，潘俊低下头，将火把移至眼前，观察着墙壁，在那墙壁上写着“音壁”二字。

潘俊凝视着这两个字，不禁长出一口气，心中顿时生出一丝恐惧来。他曾经听闻这金系驱虫师的试炼必要经过的第一关便是这音壁，只是素来没人知道金系驱虫师的试炼究竟是在什么地方。

“潘哥哥，你在看什么？”欧阳燕云望着出神的潘俊问道。

“这里……这里是金系驱虫师的试炼地。”潘俊平静地说道，但是语气中依旧掩饰不住敬畏之意。

“你是说这里就是刚刚金世叔所说的和金无偿所进入的试炼地？”虽然欧阳燕云已经明白了潘俊的意思，却也不敢相信。

“嗯，只是我们现在的位置也只是第一关，相传这金系试炼地有五关，一关难似一关，这第一关就是音壁。”潘俊望着段二娥说道，“段姑娘，你爷爷有没有和你提起过这里？”

段二娥依旧摇摇头：“我也是第一次来到这个地方。”

“潘哥哥，这音壁有什么特别之处呢？”欧阳燕云不解地问道。

“其实我也只知道一点儿而已，这音壁是按照三分损益法定义出的十二律来建造的。在这边的崖壁上应该有十二个洞口，洞口之中藏着可以任人踩踏的铜管。而这十二根铜管的进出是受到一旁的竹管所发出的声音控制的。”潘俊指着那根看似毫无用处的纤细竹管道。

“什么意思？”欧阳燕云对眼前如此精妙的设计实在是一筹莫展。

“这个我知道。”段二娥忽然道，“只有找准了铜管所对那个洞口的音调，里面的铜管才会弹出来。”

“嗯，是啊，段姑娘你不是说你不懂这音壁吗？”潘俊好奇地问道。

“我是不懂音壁，但是爷爷在我小的时候曾经教过我三分损益法与十二律的对应关系，所以你刚刚提到我就想起来了！”段二娥说完便一瘸一拐地走到那竹管的旁边，伸出手在竹管上轻轻地叩击了几声，然后竖起耳朵谛听着竹管震动所发出的“空空”之声。

“潘哥哥，她这是……”欧阳燕云诧异地望着举止怪异的段二娥，潘俊示意她不要出声，段二娥又叩击了两下然后点了点头，扭过头对潘俊和欧阳姐弟点了点头：“没问题了！”

“段姑娘你刚刚在做什么？”欧阳燕云不解地问道。

“呵呵，欧阳姑娘有所不知，这十二音律是根据三分损益法定义出来的，在定义之初便要将这竹管分为九九八十一节，然后再依次按照三分损益法进行加减，最终确定下来每个音调在竹管上的位置。刚刚我做的就是听着竹管所发出的声音，然后确定这根竹管的长度，再分成八十一节，这样在竹管上固定的位置敲击才能使那十二根铜管从中弹出。”段二娥说的话让欧阳燕云似懂非懂，不过总之她心里知道只要能通过眼前的悬崖，我管它是十二律还是十四律呢。

“潘俊哥哥，我先试着过去，然后在竹管上的位置做好记号，之后你们再跟着过去。”说罢段二娥一瘸一拐地走到竹管的前面，在上面轻轻叩击三声之后，只听“扑”的一声，一根大腿般粗细的铜管从崖壁上伸了出来，段二娥微微一笑。倒是欧阳姐弟俩几乎欢呼了起来。

段二娥咬破中指在竹管上做好记号，然后爬上铜管，向前微微探着身子，在竹管上轻轻地敲击了三声之后，又是一根铜管从前面弹了出来，两根铜管的距离并不是很大，段二娥虽然有伤在身亦是轻松地爬到了第二根铜管上，她刚刚落到第二根铜管上，第一根铜管就立刻缩了回去。如法炮制几次之后段二娥已经消失在了眼前的黑暗之中。

欧阳燕云姐弟俩屏住呼吸，与潘俊一起等待着段二娥的消息。一刻钟之后段二娥终于呼喊道：“欧阳姑娘，潘俊哥哥，你们可以按照我刚刚的方法过来了。”说完那边的悬崖也亮起了火光，一定是段二娥找到了对面墙壁上的火把，潘俊目测了一下，这个悬崖也不过几丈宽而已。

“燕云，你先过去。”潘俊扶住欧阳燕鹰道，“一会儿我带燕鹰一起过去。”

欧阳燕云抬头看了看潘俊，刚刚胸中因为醋意而萌生的怒气顿然消失，她微微一笑，身体稍微向前，在潘俊的脸上轻轻一吻，然后转身向悬崖边走去。欧阳燕云的这一吻委实突然，潘俊的脸立刻变得绯红。欧阳燕云自小在新疆长大，不像中原女孩忌讳颇多，再加上她性格也是大大咧咧，但是刚刚一吻自己却也觉得羞臊难当，于是不敢再看潘俊。

“嘿嘿，潘哥哥，姐姐喜欢你！”欧阳燕鹰坏笑着对潘俊说，潘俊本来已经脸色绯红，再经过欧阳燕鹰这么一说，当时真真想找个地缝钻进去。

“好了，咱们也走吧！”潘俊见欧阳燕云已经走到了一半的路程，便扶着欧阳燕鹰说道。

“潘哥哥那么害羞啊！”欧阳燕鹰打趣道。

潘俊没有理会，然后扶着他来到竹管旁边，轻轻地叩击了三声，铜管应声而出，两个人爬上铜管，依次而行，两个人来到悬崖中间的时候欧阳燕云已经到了悬崖的另一边，潘俊忽然停了下来，他隐约听到了一些窸窣的声音，瞬间一个危险的念头闪过他的脑海：“糟了！”潘俊拍了一下自己的脑袋说道。

正在此时对面的火光一下子熄灭了，只听欧阳燕云大声喊道：“这是什么东西？”

13

珍珑棋局，惊险棋塔关

“她好像醒了！”那个男人走到时森森跟前说道。接着子午和另外一个穿着日本军装的男人双双站起身来走到时森森的跟前。

时森森觉得自己的身体如同被注入了铅水一般，虽然脑袋清醒，可身体却根本动弹不得。眼前的男人看上去五十多岁，脸上依稀可见新鲜的伤痕。

“师父，她醒了？”子午站在这男人身后说道。

“嗯，醒了，不过因为中毒太深，一时半刻还不能完全恢复过来。”说着那个人给时森森把起脉来，一会儿道，“看样子应该没有什么大碍了，只是这姑娘中的毒……”

正在此时那个穿着日本军装的男人拱手道：“既然冯师父已经被救出了，我想我的任务也完成了，这里就交给你们吧，我要走了！”

“今天还多亏了你出手相救，否则我们师徒真的会死在京师第二监狱中了！”眼前的人正是京师第二监狱的冯万春。

“不用谢我，我只是受人之托罢了。”说完那个人转身推开门离开了鸡毛店。

“师父，他究竟是什么人？”那个人走了之后，子午小声地问道。只见冯万春眉头紧皱地摇了摇头：“我以前也未曾见过此人，不过从他的身形上来看，似乎有点儿像木系驱虫师。”

“师父说他像是潘家的人？”子午眉头立刻舒展开来，心想难道这个人是小世叔潘俊早已经安排好的？

“却又与潘家的驱虫师的身形有些不同。”冯万春思索了片刻，依旧理不出头绪，于是长出一口气道，“不管怎么样，有一点是可以肯定的，这个人对我们应该没有恶意。”

冯万春再次走到时淼淼的身旁，低着头望着时淼淼道：“子午，这姑娘中的毒……”

子午站在一旁低着头，不停地搓着掌心，过了良久才缓缓点了点头。

他的脑海中再次浮现出欧阳燕云那双简直能将他看透的眼睛，那是他和燕云两个人的约定，可是现在燕云究竟在何处呢？子午忽然有种不祥的预感，可是他怎么知道这种不祥的预感却在几十里外的密道之中应验了。

欧阳燕云一声惊呼未落，潘俊忽然觉得地面在剧烈地颤抖，他连忙抓住欧阳燕鹰，这震动大概持续了一炷香的时间终于停歇了。

“姐，发生什么事情了？”欧阳燕鹰伸长脖子喊道，只是对面却久久没有回音。潘俊连忙扶着欧阳燕鹰继续按照刚刚的法门向前行进，这时忽然听到段二娥喊道：“欧阳姑娘，你不要动！”

“段姑娘，你们还好吗？”潘俊原本悬着的一颗心终于落在了肚子里。

“我们好像……好像是落进陷阱里了！”段二娥的声音确实像是从井口发出来的，带着些许沉闷。

“你们等下，我和燕鹰马上就过来了！”说完潘俊加快了移动的速度，一会儿工夫他们便落在对面的悬崖边。潘俊放下欧阳燕鹰，自己向右边摸去，摸到墙壁上的火把，原来在那火把的上方有一个灯罩，不知谁触动了机关，使得那个灯罩猛然落下将火把罩住，因此那个火把才忽然熄灭了。

潘俊稍一用力便将那灯罩除掉，然后点燃火把，火把点亮的瞬间潘俊又是一惊，在眼前大概两步远的地方竟然出现了一个大坑，潘俊将火把握在手中向前探去。

“潘哥哥，是你吗？”欧阳燕云看到潘俊手中的火把，从前面的大坑中向外喊道。

“段姑娘你在哪里？”潘俊又问道。

“我在这里。”段二娥的声音接着从大坑中传了出来。

“你们是怎么掉进这个大坑里的？”欧阳燕鹰关心姐姐安危心切，急切地问道。

“好像是……好像是我刚刚要点燃左边的火把，这个大坑就忽然出现了。”欧阳燕云回忆着说道。

“你们两个现在不要动，千万别动！”潘俊大声说道，然后手执火把在大坑周围打量着，这个坑将眼前的路再次截断，里面黑乎乎的，根本看不清究竟有多深。

潘俊掏出明鬼，然后在上面轻轻叩击，明鬼再次活了过来，向潘俊身后走去，在潘俊身后的崖壁上依旧有一个小孔，这明鬼直接钻了进去，只听“嚓”的一声，像是金石摩擦所发出的一般，接着黑暗中忽然闪过一线火光，那光线从隧道的顶端直落到大坑之中，转眼间坑中亮了起来。

而明鬼也从那个小孔里弹了出来。潘俊收好明鬼，向大坑走去。只见此时在大坑的边缘上似乎出现了一条火蛇，正沿着坑边盘旋而下，所经之处都被点燃了。那火蛇以极快的速度到达了坑底，直到整个大坑被完全照亮。

潘俊望着眼前的景象心中又是一震。眼前的大坑有五六丈深，四五丈宽，环绕着大坑的四周是一些凸出来的台阶，总共有六层，越是向下，台阶越是突出，在台阶上刻着一些纵横的直线。在台阶的边缘是一条手臂般粗细的水渠，里面盛满了灯油，现在已经全部被点燃了。

潘俊望着头顶，只见在大坑的正上方有一个小小的机关，应该正是那个机关产生的火花点燃了下面的油渠。

欧阳燕云和段二娥两个人此时瘫坐在大坑的最底下，相距两米左右的样子。在她们的身下依旧是纵横的十字网格。

“潘哥哥，我们现在是在什么地方啊？”欧阳燕云借着光从地上站了起来，脚下不小心踩到了临近的网格上，只听一声金石之声，地面微微颤抖，那环在大坑周围的台阶在微微的颤动之后开始运动起来了，第一层的一个台阶凸了出来，石阶后面的石柱很长，一直伸到大坑的中央。

当这一切停止之后，欧阳燕云惊慌地望着潘俊不敢再妄动了：“潘哥哥，这是怎么回事？”

只见潘俊的眉头早已经拧成一团，望着眼前这个错综复杂的大坑，忽然他的耳边传来了一阵轻微的“沙沙”声，那声音是从大坑中发出来的，潘俊向坑中望去，只见在大坑的一侧有一个小小的洞口，一股白毛细沙正从洞口缓缓流淌出来，全部落在下面的平台上。

“燕云，你现在不要再动了，这里的机关想必已经被你们启动了。”潘俊话音刚落，只听又是一阵金石之声，那些台阶又发生了变化。第二层的一个石阶凸了出来，互相交叉地悬在他们的头顶上面。

“你们现在所在的地方叫作棋塔。”潘俊娓娓说道，“这里的台阶上那些纵横的直线构成了一个巨大的棋盘，你们仔细看看这些格子，应该有三百六十一个，用来代表着周天。你们的脚下也是一个缩小了的棋盘。”潘俊打量着四周说道，“这个棋盘应该是受上面那个机关控制的。”说着潘俊指了指头顶上那个点火的机关道。

“一旦那个机关被打开，你们在任何一个方格内走动，这机关就默认你们已经下出了第一步棋，它会随之与你们抗衡。刚刚弹出的那巨型的石阶应该就是它所走的棋路。如果这局棋你们输了的话，那么我想所有的石阶便会伸出来，到时候你们便会被这些伸出来的石阶碾碎。”

“那怎么办？潘哥哥你们赶紧找绳子拉我们出去啊！”欧阳燕云有点儿着急，正在此时那“沙沙”的细沙声再次响起，潘俊随着声音望去，果然发现那些细沙再次从刚刚的洞口内流淌了出来，全部落在下面的平台之上，潘俊观察了一下这棋盘的构造，心头一颤。

“燕云赶紧蹲下身子。”潘俊忽然叫道，欧阳燕云不明就里，正在此时一根石阶已经向她的腰间猛冲了过来，幸好欧阳燕云反应迅速，立刻弯下身子，这才躲过一劫。

“怎么办？我们没有乱动，这些石阶怎么还是不停地从里面弹出来啊？”欧阳燕云叫苦不迭地说道。

潘俊想了想，又看了看那些细沙，恍然大悟道：“你们玩过围棋吗？”

“没有！”欧阳燕云不禁暗自咒骂潘俊，现在已经是人命关天的时刻了，怎么还谈起了围棋。

“我会一点儿！”段二娥一直没有出声，眼睛一直盯着四周的方格，这时才慢慢地说道。

“嗯，围棋中如果两个人下棋的话，其中一个放弃了落子权，那么另外一个人则会继续落子。”潘俊指着那些细沙说道，“如果我猜得不错的话，那些细沙是用来计算时间的，它落子之后那些细沙就会流动起来，当那些细沙积累到一定的分量的时候，就会继续落子。”

欧阳燕云和段二娥两个人向流出细沙的洞口望去，果然洞口里又开始流淌出白毛细沙了。

“潘哥哥，下一步那些台阶究竟会从哪个方向弹出来？”欧阳燕云弯着身子心有余悸地说道。潘俊也是极为着急，按说他从小学习弈术，经常与各路名家手谈，也算得上是国手了，不过那些棋局不管如何千变万化，但棋盘始终是方方正正的，而眼前的这个棋盘被做成了一个圆形，潘俊着实有些伤脑筋，他目光如炬地注视着眼前的这盘奇怪的棋局。

“欧阳姑娘，你走到前面第三个格子来。”段二娥忽然说道。

欧阳燕云低下头望着坐在一旁的段二娥，心中始终有些不相信她，她又抬起头看了看潘俊，见潘俊始终注视着棋盘出神，她便开始犹豫不决起来。白毛细沙一点点地从洞口流淌了出来，欧阳燕云一咬牙一步跨到了段二娥所说的第三个格子内，她刚刚立足却发现那个孔里的细沙忽然停歇了，背后传来一阵劲风，她连忙回头，只见一个弹出的石阶已经到了近前，在距离她面门寸许的地方停住了，她一口气憋在胸口，眼睛圆瞪着，如果那石柱再向前一点儿，自己这条命等不到这些石柱将这里堵死就已经没了。

“谢谢你！”欧阳燕云惊魂未定地说道。

段二娥并未回答她，而是望着这根石柱的位置，然后又看了看脚下的这个棋盘，眉头紧锁。

“哎呀，那沙子又开始向外流了！”欧阳燕云惊慌道，求助般地望着段二娥，此时她对段二娥的信心大增。

“左面第五格！”段二娥与潘俊几乎同时说道，这次欧阳燕云倒是丝毫没有犹豫直接跳到了那一格，然后眼见细沙戛然而止，一根石柱从头顶上弹出，正好与第一次的那根石柱对接上了，严丝合缝，没有一点儿间隙，欧阳燕云心想：如果这些石阶都弹出来的话，这些石柱真的要将他们碾碎在里面了。

“两位啊，这样也不是办法啊，这柱子总是不停地往外弹，总会把这里填满的啊！”欧阳燕云急切地说着，眼睛却始终不离向外流着细沙的孔。

“姐，既然那些石柱是受沙子控制的，只要把那个孔堵住就可以了啊！”欧阳燕鹰大声地说道，欧阳燕云闻之大喜，见那个孔距离不过三四丈的距离便要纵身过去。

“不要！”潘俊和段二娥又是几乎同时喊道。

“怎么了？”欧阳燕云不解地问道。

“如果那个孔被堵住的话，所有的石柱就会同时弹出来。”段二娥抢在前面说道。

“你是怎么知道的？”欧阳燕云眉头紧锁道。

“我……我记得爷爷曾经用了一年时间教我一个叫作桩弹的游戏。”段二娥娓娓说道，“也是在一个类似的环境里，只是那四周是一些可以弹出来的木桩，这围棋也是在当时学会的。”

潘俊听完段二娥的话，眉头微锁，对这明鬼的操作金无意用自己经常弹奏的曲子告诉了她，音壁的破解要领金无意也在段二娥童年就传授给了她，而这棋塔更是用了一年的时间来教导她，却换成了另外一个名字，金无意这是不想让她知道驱虫师的事情，但又要她学会所有金系驱虫师的要领啊！

想到这里他不禁暗叹金无意的良苦用心，但是为什么金无意要一直对段二娥隐瞒驱虫师的事情呢？潘俊百思不得其解，正在此时段二娥忽然从地上艰难地站了起来，向前挪动了一步。

这一步正好踏在欧阳燕云左边的格子之中，只听一阵金石之声，第一层的一根立柱忽然从一旁弹了出来，立于她们的头顶。段二娥停也不停地向前又移动了一个格子，然后顺势拉住欧阳燕云的手臂道：“低头！”

欧阳燕云闻言之后立刻弯下身子，一根石柱瞬间从段二娥头顶上的位置穿了过去。

“你到前面的第三个格子去！”段二娥用一只手把着欧阳燕云，说道。欧阳燕云丝毫不敢怠慢，一下子跳到了第三个格子之中，站定之后又有一根石柱从她们头顶弹出，段二娥依旧走到了欧阳燕云的旁边。

“好手段！”就在段二娥站定之后只听又是一声金石之声，刚刚差点儿击中欧阳燕云的那根石柱竟然奇迹般地缩了回去，而刚刚称赞的人则是潘俊。潘俊虽然是弈术国手，但是由于棋盘布局的变化，却一直未能得心应手，经过一番观察，他终于将方形棋盘与圆形棋盘融合在了一起，因而看到段二娥所走的这一步不禁惊叹地叫出声来。

而里面的欧阳燕云却大为吃惊，她是一个外行，根本不懂得围棋的规矩，只是这石柱竟然能够缩回去让她颇为吃惊。

“欧阳姑娘，回到刚刚的那个格子中去！”段二娥的话让欧阳燕云有些犹豫，毕竟如果那根石柱忽然弹出来的话自己是必死无疑：“真……真的要我回去吗？”

“对，那是禁入点，你站在那里就安全了！”段二娥说着向左面的一个格子走了过去。欧阳燕云抬头看了看潘俊，只见他的目光始终不离这个巨大的圆形棋盘。她略作犹豫还是退了回去。

段二娥在小棋盘中不停地变化自己的位置，却从不重复，那些石柱亦是不停地弹出或者缩回，却真的没有再危及欧阳燕云。

渐渐地欧阳燕云似乎看出一些端倪，所有缩回去的石柱好像都被禁锢住了，再也不会弹出，大概隔了有半个时辰的样子，段二娥忽然停住了，只见她大汗淋漓，嘴唇发白，欧阳燕云低下头见地上的小棋盘上满是她的鲜血。

“怎么停下来了？”欧阳燕云不解地问道，她见孔中的细沙依旧不停地向外流淌着，心中甚是急躁。

只见段二娥与潘俊两个人的表情亦是紧张，却谁也不说话。真是此时无声胜有声，空气几乎凝固住了，欧阳燕云不知这两个人究竟作何打算，眼看那流出的细沙已经越聚越多，很快这棋塔又要发动了。

“怎么了？你们倒是说句话啊！”欧阳燕云焦躁不安地说道。话说什么时候最让人不安？不是刽子手将犯人的人头砍落的时候，而是他扬起刀一刀下去发现刀是钝的，要等着磨完刀继续砍，那磨刀的光景对犯人来说才是最难熬的。此时此刻便是那磨刀之时。

“潘俊哥哥，是吗？”段二娥忽然抬起头望着潘俊，只见潘俊双眼紧盯着棋盘过了一会儿才点了点头道：“嗯，应该是的！”

欧阳燕云和欧阳燕鹰姐弟俩被这两个人神神道道的神情弄得是丈二和尚摸不着一点儿头脑。

“什么是吗、是的！”欧阳燕云声嘶力竭地喊道，“你们快点儿说清楚啊，那沙子现在还在流呢！”

“潘哥哥，这局棋我们是赢了还是输了？”欧阳燕鹰坐在大坑旁边问道。

“我们没赢，不过也没有输！”潘俊的话更是让他们糊涂了。

“那我们现在怎么办啊？”欧阳燕鹰问道。

“呵呵，真是难得一见啊！”潘俊长出一口气，语气中不免带着惊叹之意。

“哎，你们两个人是怎么了？能不能说说我们现在怎么样了？”欧阳燕云急得都快流泪了。

“欧阳姑娘，你别着急，这一局棋是平局。”段二娥扶着欧阳燕云说道。

“是啊，这是一个珍珑棋局。”潘俊望着棋盘道。

“珍珑棋局？”欧阳姐弟异口同声道。

“嗯，是的，真是难为段姑娘了，竟然在这种危难的情况下下出了如此神妙的一局棋。”潘俊的语气中毫不掩饰赞美之意。

“所谓珍珑棋局实际上只是一种状态，没有固定的形式，只有在高手的对决中才会产生的一种平局状态，这样的平局无人能够从中找出任何一方的漏洞，这便是珍珑棋局。”潘俊的话说得欧阳姐弟俩似懂非懂，不过却可以清楚地看到这段姑娘的弈术毕竟是高超无比。

“而眼前的这局棋里更是金鸡独立、老鼠偷油等妙招环环相扣，不得不令人佩服啊！”潘俊望着那盘棋意犹未尽地说道。

“哎呀，潘哥哥，既然这样我们是不是可以从这里过去了？”欧阳燕云的话音刚落，只觉得脚下一阵剧烈的震动，她心说不妙，连忙向一旁的那个流淌着细沙的小孔望去，只见小孔中的细沙已经停止，顿时心生恐惧。

随着震动的声音越来越大，上面原本停留在半空的石柱都缩了回去，脚下的地面开始缓慢地上升，一炷香的工夫那个巨大的棋盘就从眼前消失了，地面又恢复了原状，此情此景若非亲眼所见，他们绝不敢相信。

虽然潘俊算是见多识广，不过却也被惊了一下。待地面完全恢复之后，地面上便只有那沾满了血迹的微小棋盘了。段二娥一见得救了，眼前顿时一黑，身体轻飘飘地向前倾倒，潘俊眼疾手快，一个箭步冲了上去扶住了段二娥。

段二娥苏醒之后，感觉身上似乎比之前多了些许力气。她皱了皱眉头看了看身边的几个人，微微笑了笑道：“咱们继续向前走吧！”

“你的身体还能坚持吗？”潘俊关切地问道。

“没事的，这个地方有太多的机关陷阱，我们必须快点儿离开。”段二娥说着便要站起身来。潘俊虽然觉得段二娥身体确实虚弱不堪，但是她的话倒也有道理，说不定再触碰到什么机关，也许就没有刚才那么幸运了。

“潘哥哥，不是说这个试炼地有五关吗？咱们已经通过了音壁和棋塔两关，第三关是什么啊？”欧阳燕云问道。

“第三关！”潘俊咬了咬嘴唇说道，“叫虫海！”

“虫海？”段二娥似乎也没有听到过这个名字，便不禁惊讶地问道。

“这一关应该是试炼之地最为艰险的一关吧！”潘俊不无担忧地说道。

“如何艰险法？”欧阳燕云急忙问道。

“这个我也不知，只是听说而已，我们还是走一步看一步吧！”说着潘俊扶起段二娥。欧阳燕云连忙抢了过来挤走潘俊，自己扶着段二娥向前走，一面走一面问道：“段姑娘刚刚在棋塔的时候，是怎么知道退回去那些石柱不会再伤到我了呢？”

“呵呵，欧阳姑娘没有下过围棋自然不知，围棋讲究气，如果一片棋的气没有了的话，那么便要提子，那些后来缩回去的石柱就是因为没有了气所以被提子了，因此它们全部缩了回去。被提子的空位是不能落子的，因此叫作禁入点，所以你站在禁入点中那些石柱就不会伤害到你了！”段二娥解释得很透彻，对围棋一窍不通的欧阳燕云也明白了个大概，因为她刚刚看到那些缩回去的石柱真的从未弹出来过。

“唉，这围棋真是博大精深，如果咱们能出去的话，我一定要和段姑娘好好学学。”欧阳燕云这句话倒是诚心诚意的。段二娥笑了笑道：“其实潘俊哥哥的弈术才是高超的，我用了一年时间学会的东西，他在短短一炷香的时间就全都领悟了！”

欧阳燕云瞥了一眼潘俊，见他似乎根本没有注意自己和段二娥正在谈论什么，只是扶着欧阳燕鹰低着头，面如刀刻一般毫无表情。

这隧道两旁的火把都被他们点燃了，只是火把的光线在这黑漆漆的隧道中显得格外微弱，并不能照出很远。而且这隧道似乎越向深处走越宽，道路似乎向下倾斜，一股股冷气从深处迎面而来。

“潘哥哥，越往里走好像越冷了。”在这个隧道之中简直让人忘记时下正是盛夏时节。

“是啊，确实越来越冷了。”潘俊像是在自言自语般地说道。

“我估计你说的那个虫海应该是吓唬人的，这种地方别说是虫了，就算是人也活不了多久！”欧阳燕云扶着段二娥喋喋不休道。其实段二娥此时更加难受，本已经受伤失血，此时又遇到如此恶劣的环境，体力已经渐渐不支，身子一点一点向下沉。

“段姑娘，你感觉怎么样？”欧阳燕云感到段二娥身体的重量几乎全部压在了自己的身上，便关切地问道。只是段二娥此时已经处于半昏迷状态。

潘俊停下脚步，看见段二娥的脸色越来越苍白便道：“燕云，你扶着燕鹰，我背着段姑娘走。”

欧阳燕云虽然喜欢吃醋，但是颇有些英雄气概，她立刻扶住欧阳燕鹰，潘俊背起段二娥，心想此地不宜久留，必须马上出去帮段二娥疗伤，这样想着脚下便加快了步子。

又走出百米有余，眼前忽然出现了一个大厅，一行人驻足在大厅前面，却因为有了棋塔的前车之鉴，生怕再误碰了什么机关而断送了性命。潘俊将段二娥从身上放下来，交给欧阳燕云，然后自己沿着大厅的周围寻找着火把的所在，逐一将火把点燃才看清这个大厅竟然有一个小型教场的大小。

中间平坦，在一旁堆积着数十根长短粗细均匀的木棍，每个木棍大概都有成年人胳膊粗细，实心，似乎是用蜡精心炮制过一般，棍身油光可鉴，经年不腐，木棍一端呈圆形，另外一端则被制作成一个楔子的形状。潘俊望着这堆木棍出了神，却不知是何用途。

“潘哥哥，你手里拿的是木棍吗？”欧阳燕云问道。

“嗯，是啊！”潘俊绞尽脑汁也没有想出这种奇形怪状的木棍究竟有什么用途。

“看看能不能点燃啊？”欧阳燕云搓着手说道。这隧道之中寒气逼人，就算欧阳燕云这种完全没有受伤的人也有些坚持不住了。

“应该可以！”说着潘俊拿起一根木棍凑到一旁的火把上，那木棍果然是用油或者蜡浸泡过的，沾到火星即刻燃烧了起来。

欧阳燕云喜出望外，虽然距离潘俊十数米却似乎也感到了火焰的温暖一般，心中立刻暖融融的。潘俊将几根木棍凑在一起，然后全部点燃，这才过来将段二娥背到火堆前面。四个人围坐在火堆前，很快暖和了过来，段二娥也微微地睁开了眼睛。

暖暖的感觉让她身上再不像之前一般软弱无力，她向几个人微微笑了笑，又望了望四周道：“潘俊哥哥，我们现在在什么地方？”

“我们已经到了隧道的深处，不过还不知道出口在什么地方。”潘俊有些无奈地说道，然后捡起一根木棍便要向火堆里扔，正在这时段二娥一把握住了潘俊的手，潘俊一愣，扭过头望着段二娥，只见她一双眼睛紧盯着自己手中的木棍，喉头微微颤抖了两下说道：“潘俊哥哥，我们应该已经到了！”

“到了？”潘俊似乎明白了段二娥话中的意思，却又不完全确定，正在此时他忽然听到耳边传来了一声螽斯的鸣叫声，这种天寒地冻的地方怎么会有螽斯呢？

14

双重身份，只身赴龙潭

远在北平南城的鸡毛店中也传来了螽斯的鸣叫之声，那声音是从鸡毛店外的树梢上传来的。子午低着头站在冯万春的面前，只见冯万春一双眼睛盯在时森森的手背上，在她的手背上有几条血色的红线，如蛛网一般交织在一起。

“你知不知道，这种毒在人身上时间长了会出人命的？”冯万春责骂道。子午低着头诺诺道：“哦，我知道了，师父。”

“幸好只有几个时辰而已，否则这姑娘的命就保不住了。”冯万春说着抬起头，窗外螽斯的鸣叫声让他心中有些烦躁。子午见师父忽然不再说话，连忙抬起头，恍然明白是那螽斯打扰了师父的思路，便上前关上了窗子。

冯万春脸上露出一丝笑意，然后道：“你先到外面等着，我帮这姑娘清掉身上的毒素。”

子午闻言连忙点头，如获大赦般地走了出去，之后小心翼翼地关上房门，他走到鸡毛店后面的院子之中，此时已经过了丑时，月光清亮，落在院子之中，北平城中难得有如此平静的夜晚。

那个豫剧戏班早已经唱完堂会回去休息了，子午坐在院中的一块青石板上，这块青石板平日里是供住客洗衣服所用，经年累月上面已经光滑无比。子午坐在青石板上，虽然刚刚因为给时森森下毒被臭骂了一顿，但是心中却在担心着另外一件事情，那就是欧阳燕云交给自己的事情。他的记忆一下子回到了昨天在双鸽第后山的那个时候。

他刚刚睡醒便发现欧阳燕云正坐在自己面前，不禁一愣，向后退了退。欧阳燕云开口道："子午，你跟我来一下。"

子午不知欧阳燕云意欲何为，跟着她走到后山的平台之上，欧阳燕云忽然"唰"地掉下了眼泪，道："子午，你能不能帮我一件事？"

子午当下愣住了，他万万没有想到欧阳燕云会这样求他，他勉强从脸上挤出一丝微笑说道："欧阳姐姐，你的事就是我的事，你说吧！"

欧阳燕云长出了一口气，然后凑在子午的耳边轻轻地低语着："帮我杀了那个时淼淼！"

子午闻言大惊失色，连忙向后退了两步道："欧阳姐姐，这……这件事我做不到啊，是不是要和小世叔商量一下啊？"

欧阳燕云收起眼泪，努起嘴道："哼，口口声声叫我欧阳姐姐，好不亲热，一旦提到正事儿上来就开始畏畏缩缩地推脱，我就知道你肯定靠不住，不过丑话说在前面，你既然不同意帮我，也不能告诉潘哥哥，否则姑奶奶我对你不客气。"欧阳燕云似乎心中早已经打定了主意，冷冷地望着子午说道。

"欧阳姐姐，这件事我劝你还是从长计议，你也与时淼淼交过手了，你根本不是她的对手，怎么杀她？再说你和她也无冤无仇，何必呢？"子午劝说道。

"哼，我以为被她迷得神魂颠倒的只有那个白痴潘哥哥呢，原来你子午也被那个妖精迷得是非不分了。"欧阳燕云大声叫骂道，"你也知道我爷爷是被日本人偷袭的，那个小妖精又和小日本那么暧昧，说和她没关系鬼才相信呢。"

"这……但是确实是她救了潘璞叔啊！"子午道。

"切，不过是苦肉计罢了，她就是用这种方法来博取我们的信任，然后将我们一网打尽。真不知道那个小妖精给潘哥哥吃了什么迷药。"欧阳燕云显然对时淼淼恨之入骨。

"这件事我们是不是应该和小世叔再商量商量？如果弄错了……"子午坚持道。

"哎，你一个大老爷们儿怎么做事总那么磨磨叽叽的。"欧阳燕云说到这里便凑到子午耳边道，"我怀疑咱们之间一定有内奸，那个人肯定是那个小妖精无疑！"

"好吧，我答应你。"子午听完欧阳燕云的话决断道。

欧阳燕云高兴地拍了一下子午的肩膀，然后揽着他的肩膀道："这才是我认识的乖弟弟，好子午啊！”

子午被欧阳燕云这样一揽，她身上淡淡的香味顿时弥漫开来，子午心头微微一颤，有种心猿意马的感觉，这种感觉他从未有过，瞬间他做了一个连自己都觉得诧异的决定，为了这个“姐姐”，哪怕是送了性命又有什么可惋惜的呢?

记忆瞬间回到了那个小酒馆，子午给时淼淼倒了一杯酒，他将毒药放在自己的手指上，在碗口轻轻一抹。虽然他答应了欧阳燕云，但是心中却始终有些不安，因此这毒药的量也不大，可是他不知道这药量用在虫身上虽然不至于毙命，但是人的体质完全不同，这些分量的毒药足以让时淼淼在一天内毙命。

想到这里子午长出了一口气，心中不免又想起了欧阳燕云。那女孩子的影子总是时不时地出现在自己的眼前，挥之不去，想起来甜蜜，想起来惬意。欧阳燕云现在在什么地方呢？也许已经找到她爷爷和弟弟的下落了吧！子午站起身在院子中不停地徘徊着，迫不及待地想要离开北平城，见到欧阳燕云。

正在此时子午的身后忽然传来了一阵门轴转动所发出的“吱吱”声，子午的眉头微皱，向那个方向望去，只见身后的一间屋子的房门被拉开了，从中走出一个二十多岁的男子。

这个男子推开门向外望了望，似乎根本没有注意到子午的存在。子午头也不回地走回店中。那男子在鸡毛店的后院打量了一圈，然后也鬼使神差地坐在了子午刚刚坐过的那块青石板上。

推开房门，子午见时淼淼正半窝在床上，冯万春坐在时淼淼的面前，两个人正在轻声谈论着什么，见子午走进之后两个人都向他的方向望了过去。

“小世叔，您……您没事吧！”子午自知理亏，便有些心虚地说道。

时淼淼看了看子午，从嘴角间挤出一丝冷冷的微笑：“是谁让你给我下毒的？”

“这……这我不能说！”子午的话让冯万春极为恼怒，他刚要发作却被时淼淼拦住了。

“其实你不说我也知道指使你下毒的人是谁！一定是欧阳姑娘吧！”时淼淼淡淡地说道。

“啊？你是怎么知道的？”子午的心事一下子被时淼淼道破，不禁有些心惊，心想这件事应该只有欧阳燕云和自己知道，这个女人是怎么知道的呢?

“看来我猜对了。”时淼淼微笑着说道，“我知道欧阳姑娘一直对我有偏见，这也不足为奇，不过子午你下毒的功夫确实不怎么样！”

“是啊，开始我还真不知道时姑娘就是水系驱虫师的君子，可是刚刚我为她驱毒的时候才发现，原来她所中的并不是咱们土系的毒，虽然同样会在手背上产生蛛网状的血丝，却比土系的毒厉害得多。”说话的是冯万春。

“那么说我给你下的毒……”子午惊讶地说道。

“呵呵，你给我喝的那些酒我已经在你没察觉的时候悉数吐了出去，我想我这次中的毒应该是松井所下！”时淼淼咬了咬嘴唇道。

“你啊，还是太嫩了，水系驱虫师是用毒大家，你那点儿雕虫小技还敢在时姑娘面前班门弄斧，真是自不量力啊！”冯万春的话让子午颇为好奇，一直以来他只知道时淼淼最为拿手的只有两样，一样是三千尺，一样便是易容术。难道用毒也是她所长？

“我怎么从未听小世叔您说过啊？”子午心想既然时淼淼中的毒与自己无关，心里也便轻松了很多，脸上堆笑地坐了过来。

“傻小子，你小世叔家传的用毒之术可以说大江南北无人不知啊，亏你小子还敢在她面前用毒。”冯万春说着拍了拍子午的头，虽然未用力，子午还是轻轻地揉了揉。

“是什么毒？”子午好奇心起。

“蛊。”时淼淼只说了一个字却让子午心中生出些许惧意。

“对了，时姑娘，我刚刚帮你把了脉，封住了你身上的几个穴位，可以勉强抑制住你身上的毒性，不过我实在是不知你究竟中的是什么毒，因此也很难帮你清除。”冯万春有些抱歉地说道，“可能这世上能清除这种毒的只有潘俊了。”

“是啊，小世叔，你中毒的事情有没有告诉潘俊小世叔啊？”子午颇为热心地问道。

时淼淼轻轻地摇了摇头：“我也是今天才发现自己中毒了的。唉……”说完时淼淼撑着身子从床上坐了起来，“不过总算是幸运地将冯师父从监牢里救了出来。”

“真是感谢时姑娘为了老夫这条贱命以身涉险啊！”冯万春此时说话极其谦虚，丝毫不以自己是土系驱虫师的君子而自居。

“其实晚辈还有一件事不明！”时淼淼似乎对冯万春也极为尊重，毕恭毕敬地说道。

“哦？时姑娘请讲。”冯万春的话音刚落只听子午坏笑道：“嘿嘿，我知道小世叔不明白的问题是什么！”

“哦？”时淼淼和冯万春两个人都望向子午，只见子午故弄玄虚道：“小世叔一定是想问我们是怎么在她昏迷之后离开京师第二监狱的！”

“呵呵，确实是这件事！”时淼淼久违地笑了笑，但这笑意却让子午觉得一阵心慌，并非时淼淼笑起来不美，是因为太过于惊艳，子午心想难怪欧阳姐姐叫时淼淼是小妖精，不过子午更加好奇时淼淼的真实模样究竟是什么，也许是个丑八怪也说不定，想到这里子午禁不住笑了起来。

“哦，这个啊……”冯万春说到这里眉头微微皱了皱，轻轻闭上眼睛，道，“不好，有至少六十人正在向我们这个方向赶来，大概还有六里。”

“啊？”时淼淼和子午身体都是一颤，子午他们从京师第二监狱逃出，却因为夜里城门紧闭，只能又躲回到这间鸡毛店中，按理说日本人应该不会那么快找来的，难道他们的行踪泄露了？

“师父，您是怎么知道的？”子午不解地问道。

“呵呵，我们土系驱虫师秘诀之中的另外一个秘术叫八观（诸子百家，农家学派重要著作），在闭目时可以听到方圆数里的动静。”冯万春淡淡地说道。

“那我们现在该怎么办？”子午追问道。

正在此时他们忽然听到屋子外面似乎有人急匆匆地走动，不小心将一只茶碗带倒了，“啪”的一声掉落在地上，裂成碎片。

“谁？”一个熟悉的声音传进了时淼淼和子午的耳朵，两个人对视了一下却谁也不敢确定这个声音。

“老大，有一队日本人正在向咱们的方向奔袭过来，是不是已经发现咱们取回了那东西？”这个声音显然是刚刚不小心打碎那个碗的年轻人。

“妈的，这群狗日的，就算是豁出老子这条命也得保住小虎的头！”说话的正是霍成龙，自从上次为了保护潘俊一行人顺利离开北平，霍成龙用了声东击西的计谋炸毁了小日本在北平的军械库之后就再也没有了音信，谁想竟然在此处再次巧遇。

“小世叔，真的是霍老大！”子午惊喜地说道。

“嗯！”时淼淼点了点头。

“你们说的是霍成龙吗？”冯万春的话让时淼淼忽然想起霍成龙曾经说过在

他双腿被炸掉之后，是经冯万春介绍他去保护金无偿一家的。

“对啊，您应该对他很熟悉吧！”时淼淼回答道。

“他们怎么会在这里？”冯万春不知道在他入狱这段时间里所发生的事情。

“是霍成龙霍老大吗？”子午推开门轻轻地喊道。对面沉吟了片刻，道：“你是什么人？”

“我是子午啊，你不记得了吗？”子午压低了声音说道。

“啊？你们还没有逃出北平城吗？”霍成龙的声音刚落，对面的门已经被推开了，走出的人正是霍成龙，只是此时霍成龙的脸上隐约可见新鲜的伤痕，一脸的疲惫，但是眼神依旧犀利。

“不，不，我们是回来救我师父的。”子午说着闪开身子让霍成龙进来，霍成龙刚走进来就正好与冯万春四目相对。

“冯爷，您出来了？”霍成龙一把抓住冯万春的手臂，激动地说道。

“是啊，总算是逃出来了，不过你怎么会在这里？”冯万春惊讶地说道。

“这事情说来话长了，我的兄弟被小日本杀了，头被悬挂在城外，我带人连夜将头偷了回来。没想到竟然在此处遇见你们，只是我们可能暴露了行迹，那群狗日的集结了人马向这个方向开来了。”霍成龙一口气说完。

“是不是卞小虎的头？”时淼淼关切地问道。

“唉，是啊！我霍成龙这条命是无数死在鬼子枪下的兄弟们换回来的，我绝不会抛下任何一个兄弟。”霍成龙自从经历了卢沟桥事变之后，就对鬼子恨之入骨，整整一个连的兄弟，最后只剩下包括卞小虎、霍成龙在内的四个人，他那时便发誓绝不会抛下自己的兄弟。

“大哥，咱们现在怎么办？小日本就快过来了！”刚刚那个打碎碗的汉子说道。

霍成龙略作思量，然后抬起头对着冯万春道：“冯爷，你们一行人先从后门走。”说完他匆忙回到屋子里将一个黑色的盒子拿了出来，那个盒子有五寸见方，外面用黑布包裹着。

“这里面是小虎的头，麻烦冯爷带出北平城，在城外东边十五里的地方有我们的兄弟接应，如果你们能出去的话请把这个交给我的兄弟们。”霍成龙边说着边摩挲了一下那个盒子，然后递给冯万春。

“我们几个弟兄在这里抵挡一阵。”霍成龙边说着边看了看身后的几个汉子，在他身后站着包括那个打碎茶碗的汉子在内一共还有四人，他们个个身材魁梧，腰间别着手枪，脸上毫无恐惧之色。

“不行，他们可能是冲着我们来的，你们绝不能和那群日本人硬拼。”冯万春一手提着那个盒子，一手握紧霍成龙的手道。

“冯爷，上次我们炸毁了鬼子的军械库的时候就已经赚够本了，这次只是为了夺回小虎的头，我霍成龙这一生够了。”霍成龙边说着边抽出手枪道，“兄弟们，准备了！”

“好！”四个人异口同声道。

“对了，冯爷，还有一件事我要和您说，这件事是上次我们去军械库发现的。”接着霍成龙凑到冯万春的耳边低声说了几句。只见冯万春脸色凝重，听完之后道：“那件东西现在在什么地方？”

“因为那件东西太大了，不好携带，后来我们准备将其与那些军火一起炸毁，谁知这时却被日本人发现了，于是我们只能匆忙地点燃了导火线。不知道有没有被我们炸毁。当时我就特别奇怪，那件东西怎么会放在防守严密的军械库中呢？”霍成龙的话让子午和时淼淼都十分好奇，却又不好问。

“好了，冯爷，你们先走。我们兄弟先将这些小日本引开！”说完霍成龙头也不回地带着四个兄弟推开门，走出了鸡毛店。

冯万春站在原地，忖度了一阵道：“时姑娘，子午，我们快点儿离开这里。”

“你们走不了了！”这声音正是从鸡毛店的后院传来的，冯万春一行人当下一愣，子午连忙推开门，走进后院，只见后院之中空荡荡的，没有一个人。

“什么人？鬼鬼祟祟的，赶紧给老子出来！”子午大喊道。

他的话音刚落，后院一间客房的门被缓缓地推开了，子午清楚地记得刚刚自己在院子中乘凉的时候那间房门也被推开过，此时那个男子缓缓从客房中走出，穿着一身豫剧青衣服饰。

“你是什么人？”子午问道。此时冯万春和时淼淼二人已经从屋子里走了出来，定睛望着眼前这个穿着戏装的人。

男子缓缓地抬起头，月光如华地洒在男子的脸上，映出一张俊朗秀气的脸，只是那双眼睛之中却充满了杀气。

“子午，退下！”冯万春冷冷道，他缓步走上前去轻轻拍了拍子午的肩膀，望着眼前的人道，“真没想到你竟然会投靠日本人！”

“呵呵。”那人冷笑了两声，脸上却始终毫无表情，“难得你还能记起我！”

子午和时淼淼闻言对视了一下，显然冯万春与这个人认识，难道是冤家对头？

“当然。”冯万春轻轻抚着袖子道，“真怪我一时之仁，留下你这个祸害，你竟然为了一己之私投靠日本人当了汉奸！”

“呵呵，我不是汉奸！”青衣男子微微笑了笑，他斜视了一眼冯万春，轻蔑道，“师父，我如果告诉你一件事，你一定会惊讶至极。”

“哼，我和汉奸没有什么话好说，出手吧！”冯万春语气冰冷而坚定。

“不着急，反正你们今天也走不掉，我忍辱负重这么多年，一定会让你们死个明白的！”青衣男子仰起头看了看月色，然后道，“我不是汉奸，我根本就是日本人！”

这句话一出口，时淼淼和子午立刻感到冯万春的身体猛然颤抖了两下。

“什么？你是日本人？”冯万春简直不敢相信自己的耳朵。

“呵呵，是啊，我本来就是日本人，我六岁就被选出来秘密地送往关东，以间谍的身份潜伏下来，我的目的就是接近你。”眼前的青衣男子一字一句地说道，似乎要将这些年的苦楚全部讲出来。

“接近我？”冯万春冷笑了两声道，“我现在终于明白你为什么要偷土系驱虫师的秘诀，原来那才是你真正的目的所在！”

“那时候的我还是太年轻，太幼稚了，终究被你发现了行踪，以至于被驱逐出门，我才不得不远走河南进入这明月班，但是我一刻不曾忘记我卧薪尝胆来到中国的目的。”他说完长叹了一口气。

“还有多少像你这样的人？”冯万春问道。

“很多，完全出乎你的想象，他们为了完成天皇的伟大目标不惜远离家人，来到这个陌生的国家，来拿回本来就应该属于我们的东西。”青衣男子显然已经觉得胜券在握了，语气中不无自信。

“呵呵，只有你们这群日本狗才会恬不知耻地在侵略别人国家之后理直气壮地说那些东西是属于你们的！”冯万春气愤地说道。

“你们只是东亚病夫，那驱虫之术何等精妙，你们却将其分成五个门派，自相残杀，互相猜忌，这门绝技留在你们手中完全是浪费了。”青衣男子瞥了一眼冯万春说道，“只有我们日本人才能将驱虫术发挥到极致，你知道吗？”说到此刻那人简直疯狂了。

“世伯，别和这条日本狗多说了，我来收拾他！”说话的是时淼淼，之后她缓步走上前来，只见那青衣男子低着头微微笑了笑。

时淼淼的右手轻轻一抖，一条细如发丝的三千尺从衣袖中落了下来，那条白色的三千尺在月光之下如同一道白色的光线一般。而在此时那青衣男子的右手亦是一抖，一根简直一模一样的三千尺从他的右手落了出来。

“你……你怎么会有三千尺？”时淼淼的惊讶程度绝不逊于冯万春听说青衣男子竟然是个日本人时。

“呵呵，还有让你更惊讶的呢！”只见那青衣男子话音刚落，手臂轻轻一颤，那三千尺已经抖动了起来，如一道白光一般粘在眼前的那块青石板上，只听一声轻微的“啪”声，青石板上已经被戳出了一个窟窿，这正是用了三千尺中的“穿”字诀。时淼淼看得心惊，这个人究竟如何得到这三千尺，又是如何会用这“穿”字诀的呢？

青衣男子嘴角微扬，手臂轻微一颤，那青石板竟然碎裂开来、没错，这是“抽”字诀。可时淼淼心里开始有些疑惑，这人虽然是运用了“穿”、“抽”两诀，表面上看是一气呵成，举重若轻，威力也极强，但动作之中依旧看得出一丝滞涩。

“小世叔小心！”

“时姑娘小心！”

这两声分别从子午与冯万春的口中喊出，时淼淼猛然惊醒，只见一道白光正如飞驰的利剑一般向自己的眼前刺过来，时淼淼急忙向后退，手臂轻轻一颤，手中的三千尺在空中画着弧线，如同蛟龙一般缠绕在了青衣男子的三千尺上。

三千尺在时淼淼的眼前停了下来。时淼淼手臂微抖，只见她手中的三千尺如同一条细蛇一般沿着青衣男子手中三千尺的方向向前刺了过去。青衣男子有些惊慌，赶紧抽回自己的三千尺，放进了口袋中，瞬间眼前一闪。

冯万春一把将时淼淼推到一旁，一个不知什么东西的暗器直接刺入他们后面的窗子上。时淼淼心惊肉跳地回过头一看，那窗子上的暗器竟然是青丝。

“你……你怎么会有潘俊的青丝？”时淼淼望着那青丝心想，潘俊果然说得没错，这个世界上不仅他会用青丝，眼前的这个人就会，而且他还会自己家传的三千尺，难道他也会别的家族的秘术不成？

“呵呵，我刚刚已经说过了，你们中国人将这么精妙的驱虫术分成几个家族，相互之间不停地猜忌，甚至仇杀，放在你们手中简直是暴殄天物，只有我们将这些都结合在一起才能发挥出最大的威力！”说完青衣男子又挥动起三千尺，这次的目标却是冯万春。

冯万春急忙躲闪，却也来不及了，那三千尺的速度是何其快，发现的时候再躲闪早已错过了最佳时机，刚刚若不是时淼淼的三千尺出手将其缠绕住，恐怕此时他已经受了重伤了。

眼见那三千尺近在眼前，冯万春心想难道自己今日就要死在这里了吗？谁知正在此时三千尺的速度忽然慢了下来，前端变得如柳絮般软弱无力，只是轻轻触及冯万春的胸口，却并未“穿”透。

所有人都惊讶不已，时淼淼首先清醒过来，挥动着三千尺将青衣男子手中的三千尺拨到一旁，抢上前去见冯万春果然无事，转头向青衣男子望去，只见他嘴角微微撇着。

难道他还顾念冯万春教诲的恩情而手下留情吗？时淼淼这样想着，可是眼前的青衣男子却停住了动作，他也感到极为意外，自己明明已经用尽了全力，为何这一击却在冯万春面前变得如此无力呢？

更让他感到意外的是，自己的手臂忽然传来阵阵的痛感，这种痛感中带着一丝麻木的感觉。

“刚刚……你为什么要手下留情？”冯万春惊魂未定道。

“呵呵，那一击就算是我还您对我的养育之恩吧！”青衣男子虽然自知并不是那样，却也不想让他们看出破绽，接着道，“这一次你就没有这么幸运了！”

话音刚落，只见青衣男子再次出手，这次他右手挥动三千尺，左手却轻轻地抖动着青丝。此时冯万春多了几分准备，不像之前那般被动，他快速地掏出自己的“神农”，然后一挥手，那“神农”喷出无数根细丝。

这些蛛丝如同细线般缠绕在三千尺上，三千尺由于吃重便向地面上落下来，那些蛛丝的黏力竟然如此之大，三千尺被牢牢地锁在了地上，青衣男子向外抽了抽，发现根本抽不动，轻轻抖动左手，青丝弹出，因为早有防备，所以青丝根本起不到任何作用。

冯万春大步向前，三千尺本是缠绕在操作者的手臂之上的，因为一端已经被蛛丝固定住了，所以青衣男子现在想脱身也难。冯万春看准时机，一步跃到青衣男子身旁，以迅雷不及掩耳之势伸出右手，手指顺势弯曲锁住青衣男子的喉咙。这些动作一气呵成，毫无滞涩，青衣男子根本来不及反应。

“啊！”青衣男子刚刚还胜券在握，转眼之间已经是一败涂地，瞬息的变化让他有些错愕。

“你真名叫什么？还有多少个像你这样的人？”冯万春凑在青衣男子的耳边道。

青衣男子仰着头，冷冷道：“呵呵，我败了，你杀了我吧，但是别想从我口中套出一句话。”

冯万春没想到这青衣男子此时竟然如此坚决。

“师父，杀了他狗日的！”子午说着走上前去，一脸怒色道。

冯万春与那个青衣男子对峙一会儿后，他的手指微微减小了力度，然后忽然手臂沿着青衣男子的左手滑了下去，一直滑到他的口袋中，将装着青丝的盒子掏了出来，向身后一掷，正是时淼淼的方向，时淼淼会意地接过青丝。

冯万春这时才收手道：“你走吧！”

这句话不但让青衣男子吃惊，更是让时淼淼与子午一惊，三个人不解地望着冯万春，冯万春却扭过头没有与青衣男子对视。

“你说什么？”青衣男子简直不敢相信，冯万春只要在手指上轻轻用力，自己就一命呜呼了，他为何在此时要放自己一马，难道有什么阴谋？

“我已经说得很清楚了！”冯万春长叹了一口气道，冯万春是个实在的东北汉子，讲究滴水之恩当涌泉相报，这青衣男子虽然刚才想要杀他，毕竟在紧要关头还是对自己手下留情了，所以他下不了手。

“为什么？”青衣男子不解道，“你不是想在背后下手吧？”

“呵呵，我冯万春还不是那种腌臜小人。”冯万春冷笑道，“如果你现在不走的话，也许一会儿我就改变主意了！”

青衣男子闻言，思量片刻后拱手道：“师父，对不起。”说完转身飘然而去，在推开门的瞬间青衣男子停了下来道，“我的日本名字叫水井元，您要小心自己的背后。”

“谢谢！”冯万春说道。

“不必，我只是不希望你先死在别人的手上。”人有的时候就是很矛盾，虽然他感激冯万春，但是在语气上却丝毫不会让步。

“呵呵，我想老夫还真是不容易死掉的！”冯万春也不再让步。

水井元冷笑了下，然后推开门走了出去。

“世伯，现在我们怎么办？”时淼淼将青丝揣在怀里道。

“不知道霍老大他们那边情形如何，按理说他们应该与那群日本人接上火了，怎么会这么久一点儿动静都没有呢？”这也是冯万春一直在思索的问题，本来那些日本兵与自己相距不过几里的路程，如果正常的话，不过半炷香的时间就可以到达鸡毛店，他们与那青衣男子交手已经超过了半炷香，为何这么久一点儿动静也没有呢？

“确实很奇怪啊！”子午皱着眉头说道，“那几个人应该不至于一枪不发就被小日本制伏了吧？”

“绝不可能！”时淼淼道，“他们应该是伏击日本人，如果那些日本人真的过来了，他们绝不可能一枪不发的！”

“那我们现在怎么办？坐以待毙？”子午有些着急地说道。

“我听听看！”说完冯万春闭上眼睛，只是过了良久耳边却一点儿动静也没有，刚才那队急匆匆向这里奔袭而来的日本兵像是忽然之间销声匿迹了一般，周围死一般沉寂，甚至连刚刚一直鼓噪不安的螽斯忽然之间也不再鸣叫了。

“师父，怎么样了？”子午见冯万春睁开眼睛便急忙问道。

冯万春无奈地摇了摇头，一种不祥的预感袭上心头，究竟发生了什么事？如果那边发生了激战的话冯万春还知道如何处置，可是此时却出奇地寂静，日本兵消失了，霍成龙一行人也不知去向，该如何是好？

正在冯万春左右为难之际，忽然他的耳边传来了一阵轻微的脚步声。“谁？”冯万春听出那声音正是从墙外传来的，他话音刚落，只听一个什么物什撞在门上发出“啪”的一声闷响。

冯万春和子午两个人一前一后向后门奔去，推开后门向巷子两旁望了望，没有人影，他们回过神来发现地上竟然有一个纸团，子午将纸团捡起来递给冯万春。冯万春退回到院子之中，借着月光打开纸团，纸团中包裹着一颗石子，应该是为了便于投掷。

冯万春看了看纸上的字，脸色大变，立刻将纸收好放在口袋中并对子午和时淼淼说道：“回去，回到客房！”

子午和时淼淼都大为不解，但见冯万春一脸惊慌，也不便多问，于是跟着冯万春回到了客房。

三人坐定之后，只见冯万春一言不发，时森森坐在旁边脸上倒也安详，只是苦了子午，如坐针毡一般，如果眼前的人是潘俊而不是冯万春，他早已来回地踱起步子了，但现在在师父面前，心中虽然焦躁，却也不敢造次。他此时只盼师父早点儿说出情由，如果那些日本人真的忽然出现，现在他们就成瓮中鳖了。

“世伯，那纸条上写了什么？”时森森问道。

冯万春看了看时森森，然后将那纸条掏了出来递给时森森。时森森展开纸条，子午随即伸长脖子向时森森的方向望去，上面写着“勿擅离”这三个字。

看完纸条后子午和时森森对视了一下，上面的字歪歪斜斜的，根本看不出笔迹。

“师父，会是谁写的这张纸条呢？”子午疑惑地问道。

“一定是冯世伯熟悉的人！”时森森决断地说道。

“嗯？”子午不解地望着时森森。

“你看这上面的字都是向左边倾斜的，看上去歪歪斜斜，我想写字的人应该是为了隐藏自己的笔迹故意用左手写成的，而只有熟悉的人才能识得笔迹。不过这个人既然想救咱们，为何又要隐藏自己的身份呢？”时森森的话让子午茅塞顿开，不禁心中暗自佩服眼前这个惊艳的女孩。

“时姑娘说得没错。”冯万春淡淡道。

“但是师父，上面说的话可信吗？”子午惊讶地说道。

“如果他不隐藏笔迹的话我倒是会怀疑。”冯万春言下之意便是这人隐藏了笔迹应该更真实一些。

“你所说的人是谁？”子午问道。

冯万春抬起头瞪了子午一眼，子午心想自己一定是说错话了，也不敢再说什么，退回到椅子旁边，轻声在时森森耳边道：“小世叔，你说师父说的人是谁啊？”

“呵呵。”时森森笑而不答，其实此时时森森早已经猜出个八九不离十，与冯万春熟悉且知道冯万春此时处境的人应该只有水井元一人了。

他们在房间中静静地等待着，过了一个时辰有余，忽然冯万春睁开眼睛大叫：“他们来了！”

“谁？”子午与时森森好奇地望着冯万春，正在此时忽然从南面不远处传来一声枪响，立刻打破了夜的宁静。紧接着枪声像鼓点一样不停地从南面传来。

“这是……”子午惊诧地说道。

“那些日本人！”冯万春的话让子午和时淼淼大感意外，心想难道是霍成龙等人此时和小日本交上火了？不过转念一想却又说不通，听这枪声不过距离这里四五里的样子，霍成龙他们走了如此之久怎么会现在才与日本人交上火呢？如果不是霍成龙一行人，那些日本人又会和谁交火呢？

“会是霍成龙吗？”子午疑惑道。

冯万春模棱两可地摇了摇头，两条浓密的眉毛早已拧作了一团，他只是刚刚用“八观”再次听到了那队日本人的脚步声，却并不知道这些日本人究竟作何打算。

只听枪声越来越密集，鸡毛店中的客人也都被惊醒了，推开门聚集在门外的厅堂之中，这些人都是一些卖苦力的，晚上自然睡得沉一些，甚至连刚刚冯万春与水井元在外面的激战都未听到。不过这些人还有个特点，那就是经历过动荡的年代，对于枪炮之声极为敏感，因此此时全都醒了过来。

他们三五成群地聚集在一起，小声议论着北平城中究竟发生了什么事情。最近这几天北平城极不太平，自从小日本的军火库被炸掉之后，这些日本鬼子算是彻底发了疯，不但晚上宵禁，就连白天看见谁稍微不顺眼就抓走，却从未见有人被放回来过。

几个胆大一点的人你拥我挤地向门口走去，畏畏缩缩地将木门推开一道缝儿，向外张望，后面的人则心急如焚道：“怎么样？死没死人？”

扒在门口的几个人一直盯着外面看，却不回答。

“是不是国军打回来了？”其中一个人满怀期待道。

“国军？你还是别想了，我估计是八路，据说现在八路声势很大。”另外一个人啧啧道。

“我看也是，他娘的国军现在都不知道躲到哪里了！”旁边一人附和道。

“师父，真的是八路吗？”子午在冯万春的耳边小声地问道。冯万春却皱起了眉头，心中盘算着什么，不一会儿像是狠了狠心道：“咱们从后门出去看看！”

“嗯！”子午点了点头跟着冯万春向后门的方向走去，时淼淼紧随其后，一行人走到后院，此时所有人都在前面屋子的厅堂中，谁也不曾注意这三个人的行踪。他们推开后院的门，向外望了望，见外面并无埋伏，于是立刻冲了出去，向枪声密集的地方走去。

“师父，你听，这枪声是不是正在向南面移动啊？”子午一面走一面说道。

其实冯万春早就注意到了，似乎那些人是要将日本兵往远离鸡毛店的地方引，这些人究竟是谁呢？冯万春隐隐地觉得那些人一定是来救自己的，却实在又想不出会是什么人。

想到这里他脚下顿时加快了步伐，只听那枪声快速地向南面移去，而且似乎没有初始那般密集了。三个人走在空落落的街头，月光将影子拉得很长，多少有些诡异。

街道两旁的门都被拉开了一条细细的缝隙，惊魂未定的人们慌张地向外张望，好奇地望着这三个匆匆走在街上的人。子午警觉地向四周张望着，唯恐会从哪里钻出一个日本人来。

在他们走出三里路左右的样子，枪声已经变得断断续续了。冯万春紧紧握着拳头，手背上青筋迸出，寻思着这些日本人究竟是在和什么人交火。

忽然冯万春瞥见一旁的箱子里跳出来一个黑影，他手疾眼快，快速向后退了两步，黑影扑了个空，站在他们面前。冯万春一行人一愣，子午立刻认出这人便是刚刚一起救冯万春的那个穿着日本军装的男子。

“你？你怎么会在这里？”子午不解地问道。

只见那人一把拉住冯万春，一脸急迫地道：“冯师父，快点儿离开这里，日本人马上就要追回来了！”

“你究竟是什么人？”冯万春手臂用力，男子根本拉不动他。

“我是来救你们的！”男子见冯万春对自己的身份颇多怀疑后脸上更是着急，他不时地向身后张望，只听耳边的枪声已经停歇，不禁焦急道，“快点儿走，不然一会儿就走不了了！”

“等等，你先说你究竟是什么人，否则我宁可被日本兵抓走！”冯万春非常坚决地说道。

那个人犹豫了一下，然后从怀里掏出一件什么东西递给冯万春。冯万春看到那件东西，顿时惊讶不已：“你……是木系的传人？”

男子点了点头：“快点儿跟我走，迟了恐怕就来不及了！”此时冯万春已经放松了警惕，被男子拉着走入深巷之中。

一行人在小巷中七拐八拐，尽量避开大路，只在黑黑的巷子中游走。冯万春见那人似乎对附近一带的巷子极其熟络，不过在救他的时候这个人为何穿着一件日本的军装呢？

“师父，他要带我们去哪里啊？”子午一面走一面悄悄地在冯万春的耳边问道。实际上冯万春也一直在考虑着这个问题，可巷子两边的围墙太高，再加上是夜晚，很难辨别清楚，心中也渐渐忐忑了起来。

15

木牛流马，古代飞行器

大约走了一个时辰的样子，他们的眼前出现了一座青砖金瓦、雕梁画栋、垂花门帘、古色古香的建筑，在建筑上面的匾额上写着“广德楼”三个字。冯万春一行人均是一惊，广德楼当时早已是名满京城，声名显赫。

男子在正门上轻轻叩击几下，警觉地向四周打量着，四周静悄悄的，这全是小日本实施宵禁的功劳。不一会儿的工夫，广德楼的前门打开一道缝，一个老头儿从里面探出头来，见到男子之后点头闪出身子，让他们一行人走了进来。

但见他们进来之后，老头儿向外探了探头见没有尾巴，这才小心翼翼地将门关上。此时广德楼内漆黑一片，老头儿走在前面，带着他们向后院走去。

“师父他老人家回来了吗？”男子一边走一边小声地问道。

“嗯，他已经回来了，你们怎么回来得这么晚？”老头儿引着他们走过前院和后院的走廊说道。

“不敢走大路，目标太明显了，只能一直在巷子里兜圈子，所以才回来晚了！”男子解释道。

老头儿不再说什么。广德楼后院是几间上房，平日里是为大戏班准备的，不知什么原因今晚似乎一个人也没有。老人带他们来到旁边的一个房间，里面漆黑一片。

老头儿带着他们走进来之后门忽然被关上了，紧接着几个大汉从一旁跳了出来，冯万春等人猝不及防。这些人的身手非常敏捷，没待冯万春等人反抗便将他们全部捆绑了起来。

冯万春心道自己还是轻信了他人。此时黑暗中传来了几声掌鸣，接着“啪啪啪”几盏灯亮了起来，只见一个老人缓缓地走了出来。

时淼淼和子午均是一愣，眼前的这个老头儿他们都熟悉，竟然是潘俊的大伯潘昌远，此时他的右臂上绑着绑带，但是脸上却毫无痛苦之色。

“潘大伯？”时淼淼惊异地望着潘昌远道。

“呵呵，没想到会在这里遇见我吧？”潘昌远微微笑道，“放开这个女子和冯师父吧！”

他的话音刚落，身后几名大汉将时淼淼与冯万春两人放开，唯独将子午反绑上了。

“世叔爷，我呢？”子午辩解道。

“您是？”冯万春未曾见过潘昌远，便好奇地问道。

“我叫潘昌远。”潘昌远朗声道，“冯师父，这个人跟了你多久？”他说完指着子午说道。

“八年！”冯万春此时答话已经非常机械，不知眼前这人究竟意欲何为。

“八年，难道这八年你没有发现他一直是小日本安插在你身边的奸细吗？”潘昌远似乎故意将“奸细”两个字咬得极重。

“什……什么？”他的话让冯万春惊讶异常，刚刚的水井元已经令冯万春措手不及了，此时再听到救自己离开虎穴的子午也是奸细，他绝对不肯相信。

“不可能，如果他是奸细又怎么会救我离开京师监狱？你的话我不信！”冯万春盯着子午，似乎要从他的眼神中看出个究竟，子午一脸冤枉，嘴唇轻轻动了动，却说不出话来。

“唉，冯师父果然是一个实在汉子，如果不是时姑娘和我徒弟两个人暗中救你，恐怕你早已被他杀死在京师监狱中了！”潘昌远淡淡地说道。

“这是怎么回事？”冯万春完全被弄得丈二和尚摸不着头脑了。

“时姑娘，你先说说吧！”潘昌远长出一口气道。

“好。”时淼淼微笑着望着子午说道，“其实在我去双鸽第找潘俊的时候就曾经和他说过，我是截获了日本人的一封密函，密函上写着找到双鸽第的线索，那线索就是留在路上的记号。当时我告诉潘俊的时候，他虽然吃惊，但是心中已经有所怀疑了。

“本来知道双鸽第的人也不多，而且当时是潘俊、欧阳燕云还有子午三个人一同来到的双鸽第。能留下记号的除了子午之外还有欧阳燕云，因此他也不敢确定。

“后来我们回到北平来救潘璞的时候，潘俊便刻意让欧阳燕云留在双鸽第，然后暗中告诉我观察子午的举动。虽然那次并未发现子午有什么怪异的行踪，但是日本人却像是早已得到了情报一般，一直如影相随，以至于最后牺牲了卞小虎才让我们顺利地离开了北平，这样子午的嫌疑便更大了。但是并未发现确凿的证据，潘俊始终不敢确定。

“于是这次在前来救冯师父之前，潘俊便再次让子午随我前往，希望能确定内奸究竟是不是他。”时淼淼言简意赅道。

“是啊，这也是我来到这里的目的所在。”潘昌远淡淡道，“潘俊在你们离开之后便找到了我，告诉了我他的怀疑还有担心。因为他知道如果子午真的是内奸的话，时姑娘和冯师父必定会陷于危险境地，于是求我暗中保护你们。”

“那你们拿到证据了？”冯万春依旧不肯相信救自己离开囹圄的徒弟会是内奸。

“是的，其实自从他们进城之后我就一直在暗中监视着他们的一举一动，从酒馆到鸡毛店。”说话的正是将他们引到此处的男子。

“你是？”冯万春疑惑地问道。

“他是我的徒弟，名叫管修。”潘昌远拍了拍管修的肩膀，露出一丝满意的神情。

“冯世叔，其实在他们离开酒馆的时候我就注意到店小二去找了明月班的人，将一张字条交给了一个青衣男子，当时我并不知道他们究竟想做什么。可奇怪的是在时姑娘住进鸡毛店不久，那个明月班竟然也出现在了鸡毛店中，这就让我开始注意这群人了。”管修长出一口气说道。

“在你们将方儒德擒获准备去京师第二监狱之前，我便悄悄跟了上去，因为师父只是告诉我要暗中保护你们，所以并未现身相见。只是当你们进入了京师监狱时我忽然发现气氛似乎非常奇怪，因为在你们进入不久便从巷子里冒出两队日本兵，我这才知道原来你们已经掉入了陷阱。”管修长叹了一口气道，“于是我只能利用我的另外一重身份来救你们！”

“另外一重身份？”冯万春的记忆瞬间被撕裂成无数的碎片。在时淼淼体力不支的时候，冯万春在子午的耳边轻轻道："看来只能用最后一招了！你先将我放下来！"

子午当下好奇，只能将冯万春放在地上，只见冯万春将自己的手臂划破，淌出些许鲜血，然后他将这些鲜血和泥土混合在了一起。

"师父，您这是要……"子午好奇道。

"这……"冯万春刚刚说到这里顿时感到脑袋一阵眩晕失去了知觉，他醒来之后却发现自己、子午与时淼淼三个人都被捆绑着放在一辆汽车之中，开车的人正是管修。

开出数里之后，管修才将车停下，将几个人松开之后塞进了早就停在旁边巷子里的篷车，带到了鸡毛店中。

"是的，我的另外一重身份是日本在华的高级间谍。"管修的话让在场的人更是一惊，"当时情况危急，我也只能这样做了，我利用这重身份将当时已经被捆绑起来的你们带到了车里，又在路上杀掉了司机。"管修狠狠地说道。

"可是那些日本人没有派人跟着你吗？"冯万春不解道。日本人既然兴师动众设下埋伏，怎么可能在将人擒获之后不派人严密押送呢?

"呵呵，是因为我隶属特高课，宪兵队不敢轻易干涉我们的活动，因此才能将你们顺利救出来，送回到鸡毛店中。"管修的身份实在出乎大家的意料。

"可是既然你已经注意到了那个明月班，为什么还要将我们再次送回鸡毛店？"冯万春不解道。

"这也是潘俊的安排，他要抓到子午确凿的证据，将所有可能发生的事情都事先考虑了进去。在你们第一次去北平救潘璞的时候他便开始注意到那个奇怪的戏班了，于是他在拜托我这件事的时候也特意提到了那个戏班，他觉得如果子午是奸细的话，那么戏班很可能就是他与外界的联络人。"潘昌远不无敬佩地说道。

"嗯，潘俊小世叔的预感是正确的，果然在你们回来之后我观察到子午在鸡毛店后院的石板上留下了一张字条，不久明月班的那个青衣男子便将字条拿起，之后去见了一个日本人。"管修冷冷地瞪着子午道。

"所以那些日本人才会再次找到鸡毛店中，对吗？"时淼淼恍然大悟道，"可是既然他们知道了我们藏在鸡毛店中为何不下手，而是藏了起来呢？"

"呵呵，这就是这位内奸的高明之处，他这一次的目标不仅仅是你们，还有我！”管修的话让时森森又是一惊。

“什么？”时森森惊讶道。

“我救出你们一定让他极为好奇，他也很快便意识到了我的身份，而且他知道一旦你们有危险我肯定还会出手相救的，便想出了以你们为诱饵引我现身的招数。”管修微笑着说道，“对吗？”

子午不答，管修继续说道：“为了达到这个目的，你们才将包围鸡毛店的事情在宪兵队内部扩散开来，引我上钩。而且你们的目的也确实达到了，如果不是半路杀出的霍成龙，恐怕现在沦为阶下囚的就应该是我了吧！”

“霍成龙？霍老大他们怎么样了？”冯万春听闻他说起霍成龙的名字，一把抓住了管修的手问道。

管修沉默了一会儿，然后仰起头道：“霍成龙是个爷们儿！”

“他……”冯万春听出了这句话的弦外之音。

“唉，霍成龙他们一行四人走出鸡毛店的时候，原本埋伏在附近的宪兵却放他们四人过去了。霍老大当时一定极为惊讶，但是惊讶之余他又感觉这事必有蹊跷，原本熙熙攘攘的日本宪兵像是人间蒸发了一样，唯恐里面有阴谋会对冯师父不利，于是已经逃出包围圈的四人在鸡毛店附近查找日本人的下落。那时候我已经和师父二人一起准备好了来鸡毛店营救你们，谁知在我们走进包围圈之前，忽然发现一个人倒在了巷口，那个人正是霍成龙。他的喉咙中了一刀，鲜血早已经凝固，他拼着最后一口气断断续续地告诉我们日本人在这里有埋伏。”管修虽是个五尺汉子，但说到这里不禁眼圈微红。

“霍老大！”冯万春狠狠地咬着嘴唇，拳头紧握着，手背上的青筋暴出。

“后来我和师父商量，他老人家赶着敞篷车将埋伏在附近的日本人引来，然后我到鸡毛店去接你们，谁知却在半路上碰到了。”管修的话音刚落，只见冯万春一步跨到子午面前，扬起手重重地打在了子午的脸上。

“畜生，我怎么没有早点儿发现你这个狼心狗肺的东西呢？”冯万春被气得浑身颤抖，嘴唇青紫。

子午仰起头望着冯万春，眼眶中流出些许泪水。

“畜生，你还有什么要说的吗？”冯万春说罢向四周张望了一下，发现子午的腰间挂着一口短刀，即刻抽了出来抵在子午的脖子上道，“当时日本人抓到我的时候我就一直奇怪，为何我的行踪会被泄露，难道那次泄密的也是你？”

他说完后只见子午“扑通”一声跪在了地上，低着头口中叽里咕噜地说了几句日语，然后抬起头望着冯万春。

“你……难道你和水井元一样也是个日本人？”冯万春本来握在手中的刀一下子松了下来。

“是的，师父，对不起。”子午长出一口气说道，“这么多年一直像鬼一样的日子我早已过够了，你动手吧，杀了我，为了那些死去的人，为了卞小虎，为了霍成龙，还有……还有欧阳雷火。”

“什么？欧阳雷火的行踪也是你泄露的？”时淼淼不可思议地说道，此刻她悲哀地望着子午，想哭又想笑，“枉费欧阳姑娘一直将你当成自己的亲人，你竟然……”

“别说了，别说了，小世叔，您别说了，我求求您了。我对不起欧阳姑娘，求求您杀了我吧！”说着子午向时淼淼身边凑了过去。

时淼淼抽出三千尺，子午闭上眼睛，引颈待戮。时淼淼紧紧地握着三千尺，停留良久，正在此时冯万春忽然挥起短刀，向子午的脖子砍去。时淼淼手疾眼快，轻抖手臂，三千尺即刻将冯万春手中的短刀卷住了，即便是这样，那刀刃还是刺破了子午的脖子。

“时姑娘，你为什么拦我？”冯万春边说边手上用力道。

“冯师父，潘俊曾经交代过，即便子午真的是内奸也不可杀。”时淼淼的话让冯万春似乎明白了什么，手上的力道渐消，时淼淼连忙将短刀从他手中取下。

“先将他押下去。”潘昌远吩咐那几个大汉道，“将他的手脚捆绑好。”说完走到他跟前，将自己送给子午的神农掏了出来。

四个大汉将子午拉了下去，潘昌远拍了拍冯万春的肩膀道：“我们刚刚怕忽然抓了子午，他会动手伤了你们，所以才将你和时姑娘都捆绑了起来。”

“没事，谢谢您。”冯万春气若游丝般地说道，他仰起头，顿时感觉一阵天旋地转，像是灵魂瞬间被抽离到了体外，倒在了地上。

他醒来已是两个时辰之后了，此时天已放亮。当他睁开眼睛的时候只有时淼淼坐在他的旁边，却不见潘昌远与管修二人的踪迹。

“时姑娘……”冯万春感觉自己的身体稍微好了一些，勉强支撑着从床上坐了起来，时淼淼本来似睡非睡，听到冯万春的呼喊声立刻醒了过来，端起放在桌子上的茶水走到冯万春的身边道：“冯师父，您总算醒过来了！”

“潘师父和管修呢？”冯万春一面喝下时淼淼递过来的水，一面问道。

“他们去安排出城的事情了。”时淼淼接过冯万春喝完的茶碗。

“现在情况怎么样？”冯万春询问道。

“北平城门紧闭，那些宪兵正在四处搜捕咱们呢！”时淼淼的心里也在担忧，临行前潘俊交代即便子午是奸细也要将他带回来，因为他想知道子午埋伏在自己身边的真正目的，而且潘俊隐隐地觉得即便子午内奸的身份真的被确认了，他还是有些事情想不通，可是眼下这种情况别说押着子午出城，便是这些人想离开北平城也与登天无异啊。

“时姑娘，子午呢？”冯万春想了想说道。

“在密室中！”时淼淼愣了一下说道。

“我想去看看他！”

时淼淼心想冯万春与子午毕竟是八年的师徒，一时间感情上还很难接受子午是内奸的事实。

“好，我带您去！”说着时淼淼扶着冯万春从床上下来了。在这个房间的隔壁有一张《清明上河图》的临摹作，在那幅画的后面有一个小小的开关，时淼淼轻轻地按动开关，机关打开了，有一条幽深的密道，密道的两旁是几盏电灯。当时在北平富庶的人家电灯已经不是稀罕之物了。

时淼淼扶着冯万春小心翼翼地迈着台阶走到下面的密室中，到了密室，只见两个汉子正坐在桌子旁边看守着子午，子午的手脚呈大字被固定在身后的木桩上，他低着脑袋。

见到子午如此之状，时淼淼心中不禁一酸，说实话她虽然怀疑子午，却如潘俊一般始终不肯相信子午就是内奸。她是一个外冷内热的姑娘，一副冰冷的面容之下隐藏着一颗火热的心。

子午听到脚步声停在他的面前后缓缓地抬起头，看见师父和时淼淼，微微笑了笑道：“你们是来杀我的吗？”

“子午，这么多年师父待你如何？”冯万春心平气和地说道。

子午没有回答，身体颤抖了起来，一行清泪从眼角淌了出来，他泪眼模糊地望着冯万春说：“恩重如山，再生父母！”

“我将你领回家的时候，你只有十岁吧。我见到你的时候你手里抓着半块冷馒头，被一群野狗围着。我见你虽然已经被野狗咬得遍体鳞伤却依旧不肯放下手中的馒头，便帮你驱散了那群野狗，谁知你扭身便走。我跟了过去才知道你要将那块冷馒头送给一个生了病的小女孩，虽然你也是饥肠辘辘却依旧有着一副侠义心肠，于是我便将你和那个女孩领回了家中。”冯万春一面回忆一面说道。

“是啊，那时候我只是个小乞丐，如果不是师父您的话，我即便不被那群野狗咬死，也会被饿死的。”子午长出一口气，眼泪不断地从眼眶中流出来。

“本来我希望你能继承我的衣钵，所以尽管我驱逐了所有的弟子，却一直将你带在身边。”冯万春淡淡地说道。

“是我辜负了师父的期望。”子午低着头说道，“很多夜晚我都会从噩梦中惊醒，我觉得自己活在一场梦中，一场自己永远也醒不过来的噩梦。其实很多个我无法安眠的晚上，我都会悄悄地走到师父的门外长跪，一跪就是一整夜，只有这样我的心才能稍微平静一些。”

…………

“我多希望自己真的是一个小乞丐，活得简单踏实。”子午向往似的说道。

“虽然你是我最得意的弟子，可我不能留你！”话毕，冯万春霍地站起身来，迅速掏出藏在袖子中的匕首向子午的方向刺去。他这举动太突然了，时淼淼与子午都猝不及防，但见匕首直刺子午的喉咙，子午微笑着闭上了眼睛。时淼淼此时再用三千尺早已来不及了，慌乱之下竟然徒手去抓。

冯万春这一击用上了十成力道，正好在子午的面前与时淼淼挡上来的手撞上，冯万春此时想止住匕首却也来不及了，只见匕首一下子刺穿了时淼淼的掌心，时淼淼感觉掌心一凉，手掌连忙翻起，将匕首的方向带到一旁，子午这才幸免于难。

“时姑娘，你这又何必呢？”冯万春松开手，从口袋中掏出一块白色的手帕准备帮时淼淼包扎伤口。时淼淼咬着牙，左手握住刀柄，猛一用力将匕首拔了出来，一股殷红的鲜血立刻从伤口流淌出来。

冯万春连忙将手帕递给时淼淼，时淼淼接过冯万春的手帕，吸了一口冷气道：“冯师父，潘俊曾经和我说过，不管怎么处置他，都要等到将他带出北平城，见到潘俊之后了。”

“可是你也不用为了他……”冯万春看了看子午，子午亦是一脸无奈。

“小世叔，我被师父千刀万剐也是应该的。”

“闭嘴……”时淼淼冷冷地打断了子午的话，“如果不是潘俊，我早已将你碎尸万段了！”

正在这时密道中传来了脚步声，潘昌远缓步走了进来，见到冯万春和时森森奇怪地说道：“怎么了？”

“没……没什么！”时森森低声道。

“嗯，你们准备一下，我们今晚离开北平城！”潘昌远说完嘴角微微抽动了一下，脸上现出一丝痛苦的表情，虽然这只是一瞬间的事情，却没有逃过冯万春的眼睛。

“您……您身体不舒服吗？”冯万春关切地问道。

“啊！没事。”潘昌远吸了一口气说道。

“可是现在北平城几个城门紧锁，我们怎么出去啊？”时森森问道。

潘昌远伸出右手食指在空中画了一道弧线，然后神秘兮兮地笑了笑。这个动作让时森森更加疑惑了，她想了想然后惊讶道：“你是说……飞出去？”

潘昌远讳莫如深地笑了笑，时森森和冯万春对视了一下，接着冯万春似乎想到了什么，转过头望着潘昌远道：“难道你是说金家的……”

潘昌远点了点头，然后笑着说道：“原来冯师父也知道这件事啊！”

冯万春不可思议道：“我一直以为这只是个传言而已，没想到金家果然有这件物什。”

“嗯，你们两个人先稍事休息，我还要最后调试一下，晚上我们就出发。”然后潘昌远长叹了一口气道，“这里已经不安全了！”

潘昌远将时森森与冯万春二人送回房间后便转身离去了，时森森望着潘昌远的背影疑惑不解道：“冯师父，你们所说的金家的物什是什么？”

“呵呵，这其实是一个流传在驱虫师家族之中的秘密。在五个驱虫家族之中，这金家最为神秘莫测，他们世代以毒虫机关见长，而且自始至终效劳于皇室。他们这一系的人没有门第与朝代的阻隔，从先秦开始，朝代的变更对于金系一家毫无影响，因为不管何朝何代都需要修建巨型陵墓，一旦修建陵墓便需要金家的毒虫机关。因此历经千年，金家的机关之术已经炼到了炉火纯青的地步。相传在百余年前，金家的君子便从风筝中得到启发，发明了可以在空中飞行的飞行机。”冯万春娓娓将那些往事悉数讲给了时森森。

“飞行机？和飞机一样吗？”时森森忽然想起那些整天盘旋在头顶上的日本飞机。

"不一样，那些飞机是要烧机油的，我在东北的时候曾经接触过那些飞机，一旦没油的话，那些飞机就变成了一堆废铁。可这飞行机却是金家数十代人的心血，是不用烧油的。"冯万春的话让时森森听得似懂非懂，对于完全不懂得任何机械的时森森来说，"烧油"这样的字眼果真是生涩难懂。

冯万春见时森森一脸茫然，微笑道："当然时姑娘不曾接触过，那些飞机之所以能飞起来是因为有油。"

"可是冯师父，你前面说金家的飞行机不用油又是如何飞行起来的呢？"时森森虽然不能完全理解，却也凭借着自己的聪明听懂了四五分，因此问道。

"呵呵，不知时姑娘是否读过《三国志》。"冯万春并不急于谈飞行机，而是谈到了另外一个问题。

"嗯，小时候读过一些，可是《三国志》与飞行机又有什么关系呢？"时森森依旧不解地问道。

"那你一定听说过蜀国丞相诸葛亮为了运送粮草曾经发明过一个极为精妙的运输工具吧！"冯万春的话音刚落，只见时森森眼中露出些许惊讶之色："您说的是木牛流马？"

"正是。"冯万春言语中不无赞叹道，"据史料记载，诸葛亮六出祁山，在司马懿占北原渭桥之时造木牛流马，解决了数十万大军的粮草运输问题。而史书上并未详细记录这木牛流马因何运转。"

"嗯，我也曾看过书上记载，木牛流马似乎是自行运动的。"时森森的脑海中隐约浮现出木牛流马的模糊轮廓，不过这种轮廓却完全出于自己的想象而已。

"据说这金家的飞行机便是参透了木牛流马的重重机密，再结合风筝飞行的原理制作而成的。可是却没有人真正见过这种飞行机的模样，而且这潘家如何会有金家的飞行机呢？实在是想不通！"冯万春的话也正是时森森所不解之处。

按理说这样精妙的东西，金家当视如珍宝一般，又是如何落在潘昌远的手中的？这潘昌远不是一直生活在双鸽第吗？

这些问题不停地困扰着时森森，冯万春则坐在一旁，脸上毫无表情，他的伤势已经有所好转，他们两个人在房间中静静等待着日落。

两个时辰之后，潘昌远轻轻地敲开了门走了进来道："没想到那些东西搁置了几十年竟然还可以用！"

"您是说那些飞行机？"时森森好奇地问道。

“对，呵呵，是不是冯师父已经将飞行机的事情都告诉你了？”潘昌远坐在时森森的对面道。

“是啊！可是我不明白，为何金家的飞行机会在您的手中？”时森森直言道。

“呵呵，其实这里是有一个小小的缘由啊，很久之前的五系家族是互相通婚的，而这几架飞行机则是当时金家作为嫁妆带过来的。”潘昌远笑着讲着之前的家史。

“据说金系家族因为研究金石之术所以鲜有子女啊！”时森森疑惑道。

“这也确实，但是金系一门却会收养几个子女。”潘昌远似乎对这几个家族的事情了如指掌。

“原来是这样啊！”时森森若有所思地说道，“那些东西现在在什么地方？”

“就在广德楼的密室之中！”潘昌远是个爽快人。

“啊？”时森森有些惊讶。广德楼是北平最古老的剧院之一，时森森虽然不清楚它的历史，却知道这院子是有些年头了。

“呵呵，很惊讶吧！”潘昌远站起身道，“其实在这广德楼修建之初便邀请当时的金家为其设计，当时金家人便在广德楼下设计了密室，将飞行机密藏于此。但是随着时间的推移，知道这密室的人已经所剩无几了。”

“原来那些飞行机就在广德楼中！”冯万春感叹先人竟然会有如此设计。

“嗯，是啊！其实金家人一直都是广德楼的暗股东之一，直到最后将这股份转给了潘家，也包括那些飞行机的秘密。”潘昌远的话总算是揭开了时森森心中的疑惑。

16

诸神归位，广德楼密室

正在此时，冯万春的耳边传来了一阵脚步声，他听着声音熟悉，这脚步声应该是管修。果然一会儿工夫，管修推开门走了进来，他见到一干人微笑道：“各位都在啊！”然后扭过头在潘昌远的耳边轻轻低语了几句。

“什么？”潘昌远连忙拧紧眉头，长出一口气道，“这些日本人竟然卑鄙到如此程度！”

“发生了什么事情？”时淼淼已经隐约觉察到了什么，疑惑地望着眉头不展的潘昌远。

管修用询问的目光望了望师父，潘昌远轻轻地点了点头，于是管修道：“日本人将霍老大一行四人的头颅悬在北平的城头上了。”

他的话让几个人都沉默了。日本人这一举动无疑是看透了中国人，在他们看来中国人都是知恩图报的。既然霍老大一行人不惜牺牲自己的生命来保护他们，他们便绝不会任凭自己的恩人在死后被悬尸城墙。

过了一刻，潘昌远舒展了眉头，对时淼淼与冯万春二人说道：“你们两个先在此处休息片刻，晚上吃过晚饭，我们就准备离开北平城。”

他的话一出口，时淼淼与冯万春的眉头均微微拧起，却都不曾说话，只是点了点头，目送潘昌远拉着管修离开房间。

房门关上之后，时淼淼扭过头向城门的方向望去，而冯万春则无奈地坐在椅子上，两人各有心事，却都与刚刚还颇感好奇的飞行机了无干系。

这一待便是一个多时辰，其间仆人送了两次茶，屋子之中两个人喝得也是索然无味，时淼淼手中轻轻摩挲着三千尺的一段，冰冷的剑刃吹毛立断，锋利无比，指尖隐约有种凉意。而冯万春则一直轻轻地转着茶碗，茶碗中一片浮在水面上的茉莉花瓣随着茶碗的转动时起时伏。可他的耳朵却一直没有停歇过，一直暗自运用八观听着四周的动静。

他发觉从早晨到现在一直有人在楼道间窸窣穿行，脚步沉重，似乎是在搬运某种沉重的物什。

正在此时时淼淼忽然站起身来，随手将三千尺收入衣袖之中，迈步向门口走去。

“时姑娘，你这是……”冯万春望着已经走到门口的时淼淼道。

“屋子里太憋闷了，我出去透透气。”说罢她推开门，头也不回地走了出去。冯万春点了点头，嘴角微微露出一丝笑意。

却说时淼淼走出门之后，沿着走廊径直向前走去，这京城第一大戏院不知今日为何变得如此冷清。其实在进入广德楼后时淼淼便有所怀疑了，她步伐轻盈，这与家传所学不无关系，很快便来到了前面的正厅。

此时广德楼戏院的正厅中有几个穿着黑色汗衫的工人正在忙碌地布置着戏院，戏台上张灯结彩，戏台下面均是四方大桌，桌子上摆放着宜兴紫砂壶，还有各种果品蜜饯，这些都是京城极品，价格不菲，难道今天这里要来什么重要的人物不成？

时淼淼这样想着，轻步从后面的楼梯缓缓走上二楼，从二楼走廊的一边可以望向广德楼外面，时淼淼在一个窗子前面停下步子，向外望去，广德楼外面的街道上时不时走过零散的几个行人，这有点儿出乎她的意料，她原本以为发生了昨晚的事情，日本人一定会在城中大肆搜捕他们。只是她观察了一炷香的时间，见过往行人中并未有行为怪异者，那么这些日本人究竟想做什么呢？

正在她百思不得其解的时候，她忽然瞥见两辆三人摩托车呼啸着从道路一旁向这边驶来，时淼淼的眉头微微一皱，每辆摩托车上都坐着三个背着长枪的日本人，他们的车在广德楼的门口停了下来。几个日本兵从摩托车上下来站在道路两旁，一会儿工夫，后面又跑来一小队的日本兵，在那队日本兵后面跟着一辆汽车。

日本兵站在通往广德楼的门口两侧，车门打开，一个男子走了出来，这个人让时森森一惊，因为这个人她认识，正是松井赤木。他坐在副驾驶的位置上，他一下车抬起头望了望刺眼的太阳，目光正好掠过时森森所在的窗口，时森森连忙向后退了两步。

幸好这时松井赤木用手遮住了眼睛，然后转身在后面的车门前深深地鞠了一躬，后面的车窗缓缓地落了下来，时森森见松井赤木极为恭敬地对车里的人说了几句什么，其间还不住点头。时森森向前探了探头，看车里人的背影似乎是个女人，但是这个女人竟然能让松井赤木如此恭敬，想来身份必是不一般，可是她究竟是谁呢？时森森迫不及待地等待着车里的人走出来，只是一会儿工夫，松井深深地鞠了一躬，那车窗又缓缓地升了上去。

松井赤木直起身子然后径直向广德楼里面走来，时森森心中有种不祥的预感，难道他们的行踪已经泄露了？难道这些日本人真正的目的正是他们？松井带着几个背着枪的日本人快步冲进了广德楼戏院。

只一会儿工夫，他们便冲进了广德楼，而且似乎有脚步声奔向二楼，现在下去的话势必与来人撞个正着，到时候更是麻烦。正在此时，忽然时森森感到一只手放在了她的肩头，时森森连忙扭过头，竟然发现这个人是潘昌远。潘昌远对她做了一个噤声的手势，然后拉着时森森走进一间雅间。

“大伯，这些日本人？”时森森略微有些惊慌，但看到潘昌远脸上却异常镇定。

“嘘……”潘昌远听了听外面的动静后对时森森轻声说道。

两个人面对面坐着，外面的脚步声越来越近，人似乎也越来越多，皮靴与地板撞击出来的“啪啪”声不绝于耳。

“仔细搜查，不要漏掉任何角落。”说话的正是松井赤木，接着雅间的门被一扇接着一扇地推开了。

时森森心想必定是自己有什么疏漏，一行人的行踪终究还是泄露了，不然日本人怎么会这么快就找到这里呢？不过转念她又有些奇怪，如果日本人已经知道了大家的藏身之处，又为何要多此一举地将霍成龙他们的尸体悬挂在城头呢？

“一定要保证今天晚上的安全，不能放过任何地方。”松井赤木大声地说道，并向时森森他们所在的雅间的方向走来。

时森森恍然大悟，原来他们并不是发现了自己，而是今晚在广德楼有一场演出，原来今晚这里已经被日本人包下了，难怪号称京城第一快乐的广德楼今日会如此门庭冷落呢。

可是即便是这样，一会儿日本人一定会检查这间房间的，那样就会发现她和潘昌远。虽然时淼淼可以用拿手的易容术随意改变容貌，但是两个人躲藏在这里势必会引起日本人的怀疑，该如何是好呢?

正在她不知所措的时候，松井赤木的脚步声已经迫近了，当他停在门口，刚要推开房门时，忽然传来了一个熟悉的声音："赤木君……"

这声音正是管修，他怎么会出现在这里？而且听声音似乎与松井赤木很是熟络。松井赤木将放在门把手的手抽了回来，满脸堆笑道："管修君？你怎么会在这里？"

管修快步走到松井赤木耳边低语了几句，松井赤木眉头微皱，然后大笑道："哈哈，原来管修君已经进了特高课。"

"嗯，今天来这里也是公务……"管修拍着松井赤木的肩膀说道。

"哦。"松井赤木恍然大悟般地说道，"不过管修君，你离开东京之后已经有五年了吧，看你的样子倒是一点儿也没有变啊！"

"早已经不行了，那时候意气风发，现在已经颓废掉了。"管修侃侃而谈，拍了拍松井赤木的肩膀道，"没想到能在这里见到赤木君，走，咱们找地方叙叙旧。"

松井赤木的眉头皱了下，微微一笑道："何必另找地方呢？我看这广德楼就不错。"说着便要伸手推门，管修抢上前去抓住松井赤木即将碰到门把手的手道："这里恐怕不太合适，晚上还有大人物来，我们两个若是在这里叙旧，被传出去恐怕对你我都不太好！"

管修见松井赤木疑惑地瞥了自己一眼，似乎在忖度着什么。片刻之后松井赤木讪笑道："反正时间尚早，这些人都是我的亲信，没人会知道的。"话音未落，冷不防将被管修握着的手抽出，按在门把手上，猛一用力将雅间的门推开。

管修心道不好，早已经将手伸向腰间，房门大开，里面只有两张方桌、数把椅子，方桌上摆放着紫砂壶和甜品蜜饯，却无半个人影。管修有些疑惑，不过总算是松了一口气，而松井赤木的手按在门把手上，警觉地向四周打量了一番，见毫无异样，紧绷的脸上勉强挤出一丝微笑道："我看这里确实不大适合咱们叙旧。"虽然这样说，眼睛却始终在屋子里打量着，最后将身子缩回来，随手将门关上道，"管修君，我们还是另寻他处叙旧吧！"

“好，这边请！”管修说着向四周打量了一下。

“你们继续搜查，不能放过这里的任何一个角落。”松井赤木严令道，几个日本兵点头答应。二人这才下楼。

听到两个人下楼的脚步声，潘昌远与时淼淼总算是松了一口气，原来雅间中的二人听到松井赤木与管修的对话，隐约听出松井赤木势必会检查这间雅间，于是潘昌远轻轻推了推时淼淼，又指了指屋顶。

时淼淼立刻明白了潘昌远的意思，只见潘昌远从衣袖中拿出一只神农，那神农将细丝喷在房顶上，两个人一纵身，借着神农细丝的黏合力贴在房顶上。这时听闻两个人已经下楼才从房顶上下来。

“时姑娘怎么会到这里来？”潘昌远小声问道。

“只是屋子里太憋闷了，想出来透透气，没想到正好遇见这群日本兵。”时淼淼心想刚刚的一幕太惊险了，如果被抓到了可能会连累所有人。

“我们得快点儿离开这里，松井赤木是个多疑的人，刚刚没有发现咱们，我想一会儿他反应过来一定会再来这里的！”

潘昌远的话确实有道理，松井赤木陪着管修下楼的时候心中便一直在疑惑，似乎自己遗漏了什么，可是究竟遗漏了什么，他一时间却又想不起来。

管修则一直喋喋不休地在他耳边讲述着当年在日本留学时代的经历，樱花、清酒、富士山、温泉、歌伎。松井赤木是火系日本的分支，家乡便在富士山附近，这一切不禁勾起了他的回忆。可即便这样他们刚走到门口，松井赤木还是恍然大悟般地停住了脚步，他痴痴地望着管修，然后道：“管修君，今天可能没时间了，咱们改日再叙吧！”说完便匆忙地向二楼跑去，猛然推开雅间的门，屋子里此时还是空无一人，他走进雅间四处打量着，抬起头向屋顶望去，屋顶的天花板上留着一层已经干涸的白色东西。

松井赤木立刻向门外的士兵询问是否有人刚刚离开，门外的士兵均是摇头。松井赤木再次回到房间，四下打量了一番，却始终未发现有什么异样，于是便悻悻地离开了雅间。

却说此时潘昌远引着时淼淼正在这广德楼的地道中穿行，原来这地道的入口正在这间雅间的方桌下面，刚刚因为时间仓促，挪动方桌势必会发出声响，所以两人才躲在房顶上，待听闻管修将松井赤木带走之后这二人才挪开方桌进入地道。

这地道是随着广德楼始建便一直存在的，但只有寥寥数人知道这里竟然还有如此隐藏极深的地道。地道四壁光滑，青石台阶一直延伸到地道深处，走在前面的潘昌远掏出火折子点亮两旁的灯。二人沿着台阶向下走去，耳边隐约能听到地道外面上下楼梯发出的“咚咚咚”声。

时淼淼随着潘昌远的脚步声轻盈地沿着地道的楼梯向下而去，走出百步左右，原本狭窄得只容一两个人通过的地道忽然变得豁然开朗了，眼前出现一个巨大的地厅，地厅中氤氲着一股陈腐的味道。

虽然地厅之中一片漆黑，但时淼淼隐约觉得这里陈设着一些坚挺的物什，潘昌远熟悉地引着时淼淼在这些物什摆出来的狭窄通道中快速穿行，虽然看不清这里陈设的物什的真面目，不过时淼淼隐约觉得这些似乎与飞行机有关。两个人通过地厅之后又走了一小段楼梯，终于推开了地道另一端的出口，出口外面竟然是关押着子午的牢房。

潘昌远与时淼淼走出来之后转身道：“时姑娘，今天广德楼鱼龙混杂，你还是回到房间静待晚上的行动吧，现在这种情况，如果我们稍有不慎，以前做的所有努力都会前功尽弃。”

虽然时淼淼此时心中尚存颇多疑虑，不过想想潘昌远的话确实有理，于是点了点头，回到了房间。此时房间中的冯万春正在闭目养神，他见时淼淼进了房间，微微点了点头道：“现在这里应该有不下一百个日本兵。”

“嗯？”时淼淼惊异地望着冯万春，忽然想起冯万春的独门绝技八观，也许刚刚发生的一切他已经全部知晓了。

“冯师父想必都已经听到了！”时淼淼淡然道。

冯万春点了点头。

“不过今晚我们想要从这么多日本人的眼皮子底下逃脱是不是太过困难了？”时淼淼担心道。

“呵呵，时姑娘，这才是潘世兄的高明之处啊！”冯万春不无佩服地说道。

“哦？高明之处？”时淼淼柳眉微蹙，片刻恍然大悟般地笑道，“灯下黑？”

“时姑娘果然聪明，如果我所料不错的话，今晚的这场戏说不定正是潘世兄一手安排的。”冯万春的话让时淼淼不禁对潘昌远又多出了几分敬佩，从他们在鸡毛店遇险到来到这里不过是一夜时间，从刚刚松井赤木的口中不难看出这场戏应该是早有安排的，恐怕潘昌远早已经料定他们必会到这里来，事先便将一切安排妥当了。

“呵呵。”潘昌远朗声一笑，然后轻轻推开房门，刚刚冯万春与时淼淼的一席话他早已听在耳中。

“冯师父不愧为土系驱虫师的君子，一语道破天机！”潘昌远微笑着道，“只是这安排却并非我老头子的主意。”

“哦？不是世兄您的安排？”冯万春与时淼淼脸上都显出惊讶之色，时淼淼的眼珠转了转，迟疑地说道：“难道是潘俊？”

潘昌远微微点了点头道：“这一切都是按照他的吩咐布置下来的。”

“果然是英雄出少年，当初在天牢见面便觉得潘俊气宇不凡，没想到竟然还有这等未卜先知的本事。”如果一般人说出这番话往往带有恭维之意，不过冯万春此时却出自诚心，他委实没有想到这等奇计竟然会出自一个少年。

“对了，潘世伯，潘俊他们有消息了吗？”时淼淼心中一直都担心潘俊一行人的安危。

潘昌远摇了摇头：“潘俊只是在临行前将一个锦囊交给我，我也是依照锦囊上所写的行事而已。”

“希望他们能平安归来！”时淼淼在心中暗自祈祷着。

下午的时候广德楼的人忽然多了起来，上百名日本兵将广德楼前的街道围得水泄不通，街道两端几辆旧式摩托车呈“一”字排开，形成一道屏障，广德楼内亦是每个转角都有荷枪实弹的日本兵看守，想来今晚在广德楼内看戏的人必定是一个大人物，否则何必如此兴师动众、戒备森严呢？

时淼淼和冯万春两人在屋子里静静地观察着外面的动静，这些日本人绝不会想到他们费尽心机寻找的这一行人就近在咫尺。

转眼已是黄昏，天边燃起了火烧云。管修匆忙推开房门，见房间中只有冯万春一人坐在椅子上闭目养神。管修满脸焦急，似乎在寻找着什么。

“冯师父，我师父刚刚来过吗？”管修问道。

“你师父？没有，自从早晨匆匆见了一面就再也没见到了！”冯万春睁开眼睛见管修脸色苍白，不禁追问道，“发生什么事情了吗？”

“您有所不知，我也是刚刚打听到的消息。日本人料定这几天一定会有人去抢夺霍成龙等人的尸体，因此今天故意放松警惕，以免打草惊蛇，但是已经在霍成龙等人的头颅周围设下了埋伏。我追随师父这些年，对他的脾气秉性颇为熟识，今晨看到他一脸狐疑的样子，我想一定是在心中盘算如何将霍成龙等人的头颅抢出。我得知有埋伏之后便立刻回来通知师父，谁知哪里也找不到他！”

冯万春听罢脸上亦是惊现出慌张的神情，如果真如管修所说，潘昌远必定是有去无回，现在唯一的办法便是及早找到潘昌远告诉他这个消息，如果晚了就来不及了。

“我去找你师父。”冯万春说着站起身来。

“不行，现在他们虽然没有大肆搜捕你们，但是你一旦露面还是有可能被人认出来。不过我想时姑娘如果易容的话应该可以混出去。”管修接着奇怪地说道，“时姑娘呢？”

“她刚刚去看子午了。”冯万春的话一出口，但见管修脸上惊讶的神情，他咬了咬嘴唇道，“不好……”

“嗯？什么事情？”冯万春似乎也隐约预感到了什么。

“我刚刚从地下室回来，时姑娘根本没在那里。”管修边说边与冯万春对视了一眼，两个人同时想到了一件事，虽然只是猜测，却也是最坏最有可能的事情了。

“时姑娘会不会也……”管修即便是一千个一万个不愿意相信，但只见冯万春点了点头。

最让管修担心的事情还是发生了，此刻恐怕时淼淼与潘昌远二人已经不约而同地去抢夺潘老大等人的首级了，他们此时还不知道这只是日本人的陷阱罢了。

管修狠狠地咬了咬嘴唇，思索了片刻道：“冯师父，您对飞行机有多少了解？”

“飞行机？”冯万春凝视着管修，不知他是何意图，想了想道，“只是知道一些皮毛而已！”

“我想应该够了，飞行机最关键的在于调试，现在除了师父和我再无人会此法，现在我要出去通知师父，只能将调试的办法交给您了，否则恐怕夜长梦多。”管修透过窗子望着前面此时已经被日本兵围得犹如铁桶般的广德楼，脸上布满了忧郁的神情。

“好，那你教我如何调试飞行机吧。”冯万春亦知此时情势危急便爽快地答道。

“您跟我来！”说罢管修推开门引着冯万春通过走廊，原来在走廊的尽头还有一扇门。管修轻轻地在门上叩击了几下，极有节奏，应该是事先约定好的暗语。音落，后门轻轻地被推开，两个家丁模样的人见到管修微微点了点头，待管修带着冯万春走进后院之后，两人又将那扇门重重地关上了。

在这后院之中有一排巨大的茅草屋，从外面看像是柴房，但是当推开房门的时候冯万春完全惊住了，眼前摆放着三架飞行机，这飞行机极像是木制的飞鸟，在中间有一个狭窄的空间，能容得下两个人坐在其中，而在飞行机下面则有一个木盒子，想必那里就是这飞行机的动力来源——木牛流马装置。

管修走到其中一架飞行机前面，在飞鸟腹中的空间，那里有几个把手，像是操纵方向之用。

“冯师父，这飞行机并不能飞很远的路途，因为全部是木质结构，只能飞出十几里而已，此处距离城门有十里左右，因此飞行的方向一定要事先调试好，否则还未将你们送出城飞行机便已经不能用了！”管修娓娓道来。

“可是这飞行机是如何飞上天的呢？”冯万春见飞行机的样子极为笨重，这东西如何能飞离地面呢?

“以前师父从古书上看到最早的飞行机是将其放在战车上，然后前面用十几匹上等骏马拉着起飞。”管修望着飞行机说道。

“用马拉？”冯万春不可思议道，除此之外更加疑惑，现在这种情形，即便真的能找来十几匹骏马，但是条件也是不允许的。

管修似乎看透了冯万春的心思，接着道：“冯师父不必担心，这些年我师父在双鸽第潜心研究发明了这个发射装置。”说完管修指着飞行机后面的几个如同炮筒一样的东西说道。

“这是什么？”冯万春惊讶道。

“这就像是一个炮筒，里面装满了火药，然后利用火药爆炸的推力将飞行机推出去。”管修说到这里脸上写满了激动。

“可是如果用火药的话一定会发出巨大的声响，想必会被前面的人发现啊！”冯万春的担心不无道理，但见管修胸有成竹地说道：“这就是为什么今晚邀请那些日本人来这里的缘由。”

“哦？愿闻其详。”冯万春本来已经猜到今晚这场戏应该是为了掩人耳目，却没想到其中还有另外一层原因。

“今晚请来的均是一些名角，一场演出结束之后会燃放一些礼花来庆贺，我们便趁着这个时候启动飞行机，离开北平。”管修说完将飞行机方位的调试方法教给了冯万春。虽然冯万春未曾接触过这种东西，但是因为管修讲得很明白，也便领会了一二。

“这方法便是如此。”说完管修拱手道，“冯师父这里就交给您了，我先去通知师父。”

“嗯，快去快回。”冯万春说完，管修已经离开了后院。

夜幕降临，几辆黑色轿车在日本兵的护送下来到了广德楼前，其中有松井元尚，还有几个陌生人。松井赤木一直未曾离开广德楼，此时他已经早早地等在广德楼门前，见到一行人恭敬鞠躬，然后请几人内中入座。

此时戏班也准备停当，京胡、月琴、小快板、大锣、小锣，一应齐备，只待开场。松井元尚和几个日本人坐在台下，松井赤木不时看看腕上的手表，似乎是在焦急地等待着什么。

终于一刻钟之后又是一辆黑色的轿车停在了门口，一个女人从车中走出，四十出头的样子，戴着礼帽，身上穿着一件白色西装，脚下踩着皮靴，眼神冷漠，一种盛气凌人之势。

松井赤木走出广德楼将其引入内中，此女子向松井元尚微微颔首，然后坐在他们后面的桌子旁。松井元尚微微笑了笑，轻轻拍手。松井赤木会意地喊道：“开始吧！”

伴随着胡琴的定弦，戏剧《白蛇传》开始了。台下几个人目不转睛地望着戏台上戏子们的这场表演，而松井元尚心中则在盘算着广德楼外面的那一场戏，那场戏的主角已经悄悄地走上了舞台。

松井赤木望着松井元尚脸上露出的微微笑意，低着头耳语道：“他们真的会去吗？”

松井元尚看了一眼松井赤木，眼神中充满了自信。松井赤木会意地点了点头，此时戏台上的青衣正唱到一个“气口”上，难度颇高，只见青衣偷气、换气娴熟老练，将气口唱得从容不迫、优美动听，松井元尚对京剧亦是颇有研究，不禁鼓起掌来。松井赤木以及周围几人也发出寥寥的掌声，唯独坐在他们身后的女子嘴角一撇，脸上流露出几分鄙夷的神色。

广德楼内“咿呀”不止，广德楼外的日本兵严阵以待。在相距数里之外的深巷之中，一个穿着利落、相貌冷艳的女子，正在望着天上高悬的明月，那月亮如同漆黑夜空的出口一般挂在头顶，她心中在想着一个人。

17

奇门遁甲，生死虫海关

潘俊忽然打了一个喷嚏，身体微微颤抖了一下。

“潘哥哥，你怎么了？”欧阳燕云望着潘俊道。

“可能是这里有些冷的缘故吧！”潘俊小声地说道，然后望着脸色凝重的段二娥，耳边螽斯的鸣叫声渐渐接近，似乎就在身后。

“段姑娘，你说的是……”潘俊虽然已经猜到段二娥话中的意思，但还是希望从她的口中得到确凿的回答。

“没错，这里应该就是潘俊哥哥所说的虫海了！”段二娥一字一句地说道。

“可是这么冷的地方怎么会有虫呢？”欧阳燕云疑惑地四处打量着，寻找着那只鸣叫的螽斯。

欧阳燕云的话却也正道出了潘俊的疑惑，这里寒冷无比，人在此处待久了也会被冻僵，更何况是虫呢？不过刚刚那鸣叫的螽斯又是怎么回事呢？

“瞧，好大的一只螽斯啊！”欧阳燕云指着身后那只正向篝火旁缓慢爬行的螽斯说道。

潘俊等人闻言均扭过头向后望去，果然那只螽斯大得有点儿离谱，一般的螽斯也只有拇指大小，或者稍大一些，眼前的这只螽斯却足足有拳头大小。待那只螽斯爬近之后，他们惊异地发现眼前的这只螽斯竟然是一个会动的木雕，不过这木雕技术不逊于明鬼，如非亲眼所见，谁又能相信会有人精心雕琢这样一只螽斯呢？

那螽斯一点点地向篝火爬来，如有生命一般向光源靠近。欧阳燕鹰看得出神，不禁伸手去抓那只螽斯，火光闪动，在他的手接触到螽斯的一瞬间，潘俊隐约看到那螽斯的身上似乎闪烁着一丝淡蓝色的光。

潘俊心道不好，连忙伸手阻止欧阳燕鹰，却是为时已晚。只听欧阳燕鹰“哎哟”一声惨叫着缩回了手，那螽斯也被碰翻了过去。

欧阳燕云关切地捧过弟弟的手，只见燕鹰右手手掌竟然瞬间肿起一个大包，疼得燕鹰叫苦不迭。

“潘哥哥，你看这……”燕云急切地向潘俊求助。潘俊凑到近前，见燕鹰手心上隆起一个血泡，在火光之下显得晶莹剔透：“这是中毒了，那螽斯身上有毒。”

“可这究竟是什么毒呢？”欧阳燕云见燕鹰的脸色发青便焦急地问道。潘俊脸色凝重地把住欧阳燕鹰的脉搏，其脉象平稳，手上的伤口呈鲜红色，并非中毒的迹象。但是看燕鹰痛苦的表情却又有些怀疑，却说潘俊行医多年，从未遇见过这种情形。

正在潘俊等人为燕鹰的伤势愁眉不展的时候，段二娥却柳眉紧锁，她无意间看到那只被燕鹰碰翻的木雕螽斯已经爬了起来，而且依旧缓慢地向着眼前的篝火而去。

“不好……”段二娥说出这句话的时候，眼前的螽斯已经爬进了火堆，潘俊和欧阳燕云几乎同时扭过头望着惊恐的段二娥，只见段二娥的目光死死地盯着眼前的篝火。

潘俊疑惑地向火堆望去，此时原本平静的火堆竟然发出“刺刺啦啦”的声响，犹如有人在那篝火上撒了一把盐一样，那声响越来越大，一会儿工夫火星四溅，潘俊连忙拉着欧阳燕云向后撤。

火星飞溅的范围越来越大，落得到处都是，如同烟花一般。忽然一枚火星落在了他们身后某处，随着那枚火星的降落，一条火舌腾地在他们身后燃起，快速蜿蜒而去。

在场所有人均被身后忽然而起的火蛇惊住了，就连一直口中闷哼的欧阳燕鹰似乎也因为被身后巨大的火蛇吸引了注意力而减少了几分疼痛。

火蛇蔓延的速度极快，几乎眨眼之间便将眼前照得如同白昼一般，直到此时此刻他们才发现眼前的地厅竟然如此大，长宽均有百丈，而那条火蛇正围绕在这地厅的周围。

借着火蛇的光亮，潘俊一行人惊讶地发现在眼前这个地厅的地面上有很多黑乎乎的物什，乍一看像是黑色的石子，那么是何人将如此多的石子放在其中的呢？

潘俊疑惑地望着段二娥，却发觉段二娥亦是眉头紧皱地盯着眼前的那些石子发呆。

"段姑娘，那些石子你有没有听你爷爷说起过？"潘俊心想既然金无意已经将前两关的破解之法在无形中教给了段二娥，想必这第三关虫海也是一样。谁知段二娥却迟疑地摇了摇头，她也在努力地回想，记忆中从未见过这样古怪的东西。

正在这时欧阳燕云忽然大喊道："潘哥哥，你快看那些石头！"

潘俊和段二娥抬起头见那些黑色的石子竟然像是有生命一般地动了起来，这可大出潘俊的意料。

"是火。"段二娥自言自语道。

"段姑娘你说什么火？"欧阳燕云不解地望着自言自语的段二娥问道。

"对，是火。"潘俊淡淡道，欧阳燕云看了潘俊一眼，发现他的嘴角似乎挂着一丝笑意，而自己却被眼前这两个神秘兮兮的人搞得有些丈二和尚摸不着头脑了。

"究竟是怎么回事？哎呀，你们两个别这样神神道道的，你们看出了什么快点儿说啊！"欧阳燕云有些不耐烦了，其实她之所以如此急切还有另外一个原因，那便是不希望除了自己之外的任何一个女人与潘俊分享秘密。

"眼前的这应该就是了吧！"潘俊问道。

"嗯，我想应该这里就是了。"段二娥盯着眼前空地上那些开始蠕动的黑色石子说道。

"你们说的是……"欧阳燕云恍然大悟，"难道这里就是虫海？"虽然她这样说却又不能肯定，因为眼前的那些看起来明明就是黑色的石头。

"嗯！"潘俊与段二娥同时答道，而二人的眼睛却始终盯着眼前那块布满了黑色蠕动着的"石头"的空地。

只见那些黑色"石头"微微蠕动着，眨眼间全都动了起来，最靠近眼前的几枚石头看得最是真切，那些"石头"竟然如同刚刚见到的螽斯一样都是用木头雕刻出来的各式昆虫。

“潘哥哥，你快看，这些……这些都是木虫……”欧阳燕云惊讶地说道。眼前这块空地上的虫粗略算下来足有数万只，究竟是谁制造出了如此多的木虫？

眼前这些木虫开始快速地移动着，潘俊望了望段二娥，只见她观察着眼前虫的动向，似乎在思索着什么。

“潘俊哥哥，我想这虫海对面就是第四关！”段二娥指着空地对面的隧道出口说，其实潘俊也已经看到了，而眼前的虫海该如何过去呢？刚刚欧阳燕鹰只是用手碰了一下螽斯便已经中毒，想必那些虫的身上都已经被浸染了剧毒。

想到这里潘俊弓下身子看了看欧阳燕鹰，奇怪的是他此时不再像之前一样疼得叫苦不迭，潘俊捧起欧阳燕鹰的手，这时他的手已经消肿，手掌上未留下任何痕迹，似乎刚刚那一幕仅仅是一场错觉而已。

“好了？”潘俊有些不可思议，刚刚燕鹰中的究竟是什么毒？来时排山倒海，去时悄无声息。

燕鹰点了点头，刚刚一双眼睛被眼前这片庞大的虫海吸引住了，竟然丝毫没有注意到自己手上的伤已经在不知不觉中好了起来。

“潘哥哥，你瞧这些虫好像不一样！”欧阳燕云的眼睛一直盯着眼前的那一大片木虫，潘俊仰起头向眼前望去，正如欧阳燕云所说，虽然眼前这些虫的模样都和螽斯一般无二，但身上的颜色却各有不同，而且螽斯身上的颜色似乎在一直不停地变幻着。

“嗯，这些虫身上的颜色完全不同。”潘俊望着眼前的虫道，他隐约察觉到了什么，但一时间又说不出来。

段二娥的眉头轻轻抽动了两下道：“这些虫是不是有八种颜色？”

她的话提醒了潘俊，潘俊的脸上立刻显出惊讶的神情，八种颜色？潘俊再次定睛向眼前望去，果然那些虫被染成了赤、白、黄、绿、青、蓝、紫、黑八种颜色。

“段姑娘，你是不是又想起了什么？”问话的是欧阳燕云。

“潘俊哥哥，你有没有听过奇门遁甲？”段二娥幽幽地问道。

“嗯，我也想到了，这里正是运用奇门遁甲的原理制造而成的！”潘俊在刚刚听到八种颜色的时候就已经猜到了。

“奇门……遁甲？”欧阳燕云望着两个人疑惑地问道。

“没错，燕云你可能没听过，不过这奇门遁甲乃是出自《易经》之中最高层次的预测之术，号称帝王之学，天文地理无所不包含在其中。我想这八种不同颜色的虫应该是代表着八门。”潘俊望着那些虫娓娓道来。

“休、生、伤、杜、景、死、惊、开。”段二娥接着说道，“这八门之中，又分为吉门四个：休、生、景、开；凶门四个：伤、杜、死、惊。”

“应该正好与这八种颜色的蠡斯相对应。”潘俊说到这里顿了顿道，“如果我猜得不错的话，那么这八种颜色应该也是代表着七种不同的毒，除生门之外的另外七门，每门都按照那门的名称制造出了不同的毒药。”

“嗯，潘俊哥哥和我想的一样。”段二娥的话让欧阳燕云心里一阵不是滋味。

“我想刚刚燕鹰所中的毒应该是惊门之毒，所谓惊门虽然是八门之中的凶门，但只是惊恐却不至于致人死命，所以燕鹰虽然中了这毒却也是有惊无险。”潘俊接着说道，“我想那黑颜色定然是代表着惊门。”

“那我们要怎么才能穿过虫海呢？”欧阳燕云问道。

“只有找出这八门之中的生门，我们才能安然过去。”段二娥回答道。

“可是你看这蠡斯身上的颜色总是在一直不停地变着，一会儿变成黄色，一会儿变成白色，一会儿又变成了黄色，就算知道哪种颜色代表着生门，可是一会儿它又会变成别的颜色了，说不定就那么一会儿，我们所有的人就都死在毒下了。”欧阳燕云说的不无道理，这虫身上的颜色总是转眼之间就改变，看似毫无规律。

“呵呵，这正是奇门遁甲的精妙之处啊！”说出这句话的时候潘俊心中暗自佩服金系的祖先竟然如此聪颖，将庞大的奇门遁甲之术藏匿于眼前这片虫海之中。

“精妙之处，我看倒是要命之处。”欧阳燕云心中急切地说道。

“欧阳姑娘有所不知，这奇门遁甲是与方位、日出日落、春去秋来、月圆月缺息息相关的。同一方位因时不同处境亦不相同，就像眼前的这片虫海，因时辰的不同，蠡斯身上的颜色也会变化，变换之后身上所带的毒就不同了，也就是说它所代表的门已经变了，我们想要通过虫海只能找出这虫海的变化规律，然后推测生门即将出现的位置，只有这样才能安然走出去。”段二娥的话燕云虽然听得不甚明了，但也能听得个一知半解，她心里清楚这些并不需要自己考虑，也不必懂得太多。

说罢潘俊与段二娥二人细细观察着虫海颜色的变化，心中默念颜色变化的时间以及方位，忽然潘俊抓住欧阳燕鹰的手臂道："我背你走。"与此同时，段二娥也拉住了欧阳燕云，一行四人跳入虫海之中。

只见他们刚刚跳起来之时眼前那片螽斯的身上呈现紫色，刚刚落下那颜色已经变成了赤红色。欧阳燕云本也捏着一把汗，这一落下竟然安然无恙，心中不免大为欢喜。

"快走！"潘俊背起欧阳燕鹰急匆匆向一旁黑色的螽斯跳了过去，那螽斯变成了黑色明明代表着惊门，这惊门的厉害燕鹰体会得最为深刻，但自己在潘俊的背上，身体被潘俊牢牢地扣住，根本动弹不得，只能随从潘俊一起向那黑色的螽斯跳了过去，段二娥拉着欧阳燕云也紧随其后。

在他们刚刚进入黑色的螽斯里面的时候，那螽斯又变成了赤红色。欧阳燕云恍然大悟，原来刚刚潘俊与段二娥两人一直在推算着这虫海变幻的规律。

就这样潘俊一行人在这片虫海之中跳来跳去，每每他们跳入一片虫海之时，那片虫海总是瞬间变成赤红色。只是令欧阳燕云大为不解的是，这片百平方米的空旷地他们走了将近一个时辰却总也到不了对面，无论何时向对面看，那段距离似乎一点儿也没有缩短。

这个问题潘俊和段二娥也都意识到了。原本以为看破了这虫海的破解之法就能过关，谁知进来才知道，即便推算出了生门的变化规律，不至于死在虫海之中，可是这生门的变化却总是停留在虫海的一边，无论如何变化人总是在原地打转。

此时潘俊背着欧阳燕鹰，他那么好的体力却也已经大汗淋漓，精神高度集中不敢有丝毫的分神，唯恐自己不小心计算错误，枉送了大家的性命。

"潘俊哥哥，这样也不是办法，我们似乎永远也走不出这虫海啊！"段二娥有些急切地说道。

潘俊一面跳跃，追逐着生门的变化，一面四下打量着，这块平地就像是一块巨大的圆盘，那些虫随时变化着颜色，就像那随着时辰不断变化的八门，但为何这生门总是在圆盘的一边变换位置却总也不向对面变换呢？

"啊……"潘俊惊叫一声，连忙向前跃起，原来刚刚他一分神，脚上便落下了一拍，此时脚下的生门早已经变成了惊门，几只变成了黑色的螽斯触及他的脚面，他只觉得自己像是踩在了荆棘堆里一般，无数钢针般细小的刺瞬间刺入了脚掌，转眼间他的脚掌便肿胀了起来。

火热而尖锐的痛感瞬间从脚上传遍全身，他咬紧牙关用力跃起，跳入到面前的生门之中，双脚一落地便觉得疼痛更甚，向后倒退了两步差点儿倒在地上，双手却依旧紧紧地抠住背上的燕鹰。

“潘哥哥，我下来自己走吧！”欧阳燕鹰见潘俊中了惊门之毒疼得浑身战栗，他刚刚中过此毒，所以深深体会到那种锥心般的疼痛。

“抓好我。”潘俊双手如同两把钢钳一般死死地抠住欧阳燕鹰的两腿道，“你腿上有伤，根本跟不上这八门的变化。”

燕鹰闻言鼻子一阵发酸，哽咽地点了点头。潘俊虽然如是说，但是脚上着实疼得厉害，心中只是希望这惊门之毒能快点儿消减。

“潘哥哥，你没事吧！”燕云关切地问道，只见潘俊的脸已经因为疼痛而变得有些扭曲，不过依旧从嘴角挤出一丝笑意道：“没事，注意跟紧段姑娘。”

他这话是说给燕云听的，同时也是说给段二娥听的，因为此时他如果一面推算生门的位置，一面考虑怎样到对面去委实有些困难，只能跟着段二娥的步子。段二娥会意地点了点头，目光停留在脚下那些颜色变幻莫测的螽斯身上，口中默念着周天口诀，推测着下一处生门出现的位置。

而潘俊则一面跟着段二娥，一面忍着疼痛思索着走出虫海的办法。欧阳燕云的目光始终盯着潘俊那张写满了疑惑的脸，潘俊虽然因为中毒表情略显痛苦却依旧让她迷恋。

又过了一会儿，那生门却始终在这个地方重复地出现，潘俊所中的毒也已经消减殆尽了。

“看来我们即便不被这死门里的毒毒死，也会被这生门活活地累死。”欧阳燕云有些抱怨地说道。

“你说什么？”潘俊听到这句话厉声说道。

“没……没……我没说什么啊！”欧阳燕云自知刚才自己的那句话让人有些泄气，于是急忙辩解。

“不，不，不，你把刚才说的话再说一遍！”潘俊表情越发严肃认真了起来，欧阳燕云低声说：“我说，这样下去我们不死在死门的毒下，也会被这生门活活累死的……”

“对啊！”潘俊笑逐颜开道，“我刚刚怎么就没想到呢？”

“怎么了？潘哥哥，我是不是说错话了？”欧阳燕云见一向沉稳的潘俊此时竟有些喜怒无常，不禁好奇地问道。

“没有，没有，幸好你刚刚说的那句话才让我想起一件事。”潘俊望着对面的虫海说道。

“是不是想到我们过去的办法了？”欧阳燕云喜出望外地望着潘俊，只见潘俊沉稳地点了点头道：“是你的话提醒了我。”

“我的哪句话？”欧阳燕云有些激动，自己的话竟然能无意中帮上潘俊的忙，这已经足以让欧阳燕云满足一阵子了。

“潘俊哥哥，你不会是想……”段二娥虽然一直在推算着生门的方位，却一直在听着他们的谈话，她听潘俊说从欧阳燕云的话里想到了过去的方法，忽然一个危险的念头闪过脑海。

“置之死地而后生。”潘俊点了点头道。

“置之死地而后生？”欧阳燕云有些不解地望着潘俊，然后扭过头又望了望段二娥，只见她的脸上阴郁弥漫。

“潘俊哥哥，绝不可以这样做啊。这虫海的毒我们也见识过了，我想这死门的毒一定是厉害无比，绝不能贸然进入死门。”段二娥一语道破天机，欧阳燕云脸上兴奋的表情一下子僵住了，原来潘俊刚刚说的话的意思是将自己置身于死门中。

“是啊，潘哥哥，你千万不要过去。这个机关阴毒得厉害，如果去了恐怕就回不来了啊！”欧阳燕云现在有些恨自己说出那句话。

潘俊长出一口气道：“唉，这也是无奈之举。你们看，我们现在已经进入了虫海深处，想要原路返回也不容易，如果一直这样下去便真的会如燕云所说，不被毒死也会被活活地累死。”

“潘俊哥哥，你带着燕云和燕鹰，我过去试试。”段二娥决绝地说道。

“不，你别去，我去！”欧阳燕云更加坚决，“你留下，后面还有两关，我想你还能帮得上潘俊哥哥的忙，而我却一点儿忙也帮不上，如果……如果我遇见什么不测的话，”欧阳燕云说到这时眼睛中已经闪过了一丝泪光，“我弟弟燕鹰就拜托潘俊哥哥了。”

说完燕云便要纵身向对面的死门跃去，身体还未跃起却被潘俊拉住：“你们别争了，这奇门遁甲本也是以《易经》八卦为基础，讲究因循变化，却也是你中有我，我中有你，试问谁又能分清黑与白、生与死呢？我过去还有可能找到这死门中的一线生机，而你们过去恐怕真的是去送死了。”说完潘俊将燕鹰放下，然后看准时机纵身向对面的死门跃去。

潘俊这一纵身其他人的心也猛然被揪了起来，只见他直直地落在对面的死门之中。其实潘俊这也是一着险棋，究竟有多大胜算，他心里也没底，但是迫于情势危急也只能出此下策了。

他落在死门之中，心中也是捏了一把冷汗，刚刚落地竟然发现自己脚下原本黄色的蠡斯竟然快速地变成了赤红色，而且一点点地向四周扩散。

“啊，太好了。”段二娥大声喊道，“看来这生门与死门已经开始变换位置了！”她的话刚一出口好像忽然想起了什么，一把将站在近前的欧阳燕云和欧阳燕鹰两姐弟向对面推了过去，欧阳燕云看到潘俊脱险心中正在欢喜，对段二娥这一推毫无防备，身体顺势向潘俊的方向扑了过来。

潘俊连忙上前一步扶住欧阳燕云，拉住燕鹰。欧阳燕云被这样一推正要发作，回头一看段二娥正要纵身跃起，原来他们刚刚所在的地方的蠡斯已经变成了黄色，如果再晚一步的话恐怕就要死在这死门之中了。

段二娥落入生门之中只觉得两腿瞬间像是被冻住了一般僵硬，一动不动地站在原地。

“谢谢你，段姑娘。”欧阳燕云扭过头发现段二娥的嘴角轻轻敛起，眉头紧皱，一脸痛苦的表情。

“段姑娘，你怎么了？”欧阳燕云急切地问道。

潘俊也发现段二娥有些不对劲儿，她眼睁睁地望着潘俊，似乎想说什么，却始终没有开口，潘俊连忙为段二娥把脉，只觉得她手臂如同在冰水中浸泡过一般冰冷，脉象迟缓而无力，此乃迟脉中虚寒的症状。

“潘哥哥，段姑娘怎么了？”欧阳燕云因为感激段二娥刚刚的救命之恩，因此格外关切地问道。

“应该是中了死门之毒。”潘俊说完便背起段二娥道，“你扶着燕鹰，我们快点儿走出虫海，我好替她医治。”

潘俊背着段二娥心中却一直忐忑不安，这虫海里的毒他也是从未见过的，刚刚那惊门的毒中毒之后脉象上竟然毫无变化，此时虽然段二娥是迟脉，但是却很难推断究竟中的是什么毒，再加上此时段二娥的身体似乎越来越冷，如果不尽快出去医治的话，恐怕一刻钟的工夫便会毒血攻心。

想到这里潘俊加快了脚步，只是这奇门遁甲的变化也是需要些时间的，幸好此时生门已经靠近出口，潘俊一刻不停地快速向出口的方向奔去，大概一炷香的时间，一行人总算是走出了虫海。

潘俊小心翼翼地将段二娥放在地上，此时段二娥的眼睛依旧大大地睁着，却说不出一句话，想必是那死门之毒所致。潘俊重新给段二娥把脉，此时她的脉象越发显得虚弱无力，身体冷得如同冰块一般。

“燕云，你和燕鹰两个人一人握住她的一只手用力地搓，一定不要让她的双手冷下来。”潘俊吩咐道，然后从怀里抽出随身携带的几根银针，分别刺入百会、膻中、章门等几处穴位，轻轻捻动手中的银针，一双眼睛紧盯着段二娥。

“潘哥哥，不好了，段姑娘的手怎么越搓越冷啊？”欧阳燕云一面拼命地用双手搓着段二娥的手，一面向她的手掌上吹着热气，可是竟然毫无作用，段二娥的身体已经寒如冰块了。

潘俊见自己平时解毒之法竟然没有丝毫的效果，不禁愁上心头，这究竟是什么毒竟然会有如此奇特的症状呢？他有些后悔为何没将双鸽第那两只怪异的白鸽带在身边，如果它们在的话段二娥也许还有得救。只是现在……

潘俊有些不知所措，他长出一口气站起身来，恰在这时那只一直藏在衣服里的明鬼掉落在地面上，只见那明鬼掉落之后竟然向一旁走去，潘俊心里好奇，那明鬼走到一旁的一个小洞前面，如之前一般地钻了进去，只听“咔嚓”一声，那小洞旁边的一处石头弹了出来，石头之中竟然写着几个字：“虫海——死亦生，生亦死，得此轮回者必是本门君子也。”

潘俊望着这上面的一行字，眉头紧皱：“死亦生，生亦死？”

“潘哥哥，你快过来看看，段姑娘好像快不行了。”欧阳燕云加快了手上的动作。潘俊抢上前一步，但是为时已晚，段二娥已经缓缓地闭上了眼睛。

“段姑娘……”欧阳燕云无力地放下段二娥冰冷的手，滚烫的泪珠滴落在段二娥的脸上，而眼前的段二娥却毫无反应。

“潘哥哥，段姑娘她……她……”欧阳燕云哽咽着却无论如何也说不出那个“死”字，而站在一旁的潘俊心中却隐约地升腾出一丝希望，他望着已经“死”去的段二娥，耳边是欧阳燕云的哭声，心中在琢磨着那几个字的含义：“死亦生，生亦死。”

“燕云，段姑娘应该没有死。”潘俊似乎瞬间明白了那句话的含义。

欧阳燕云闻言立刻止住了哭泣，她奇怪地望着潘俊，只见潘俊再次抽出那几根针，然后飞快地将银针刺入段二娥的几个穴位之中，轻轻捻动。欧阳燕云虽然一直笃信潘俊，不过此时潘俊的举动也多少让她有些吃惊。

潘俊捻动了大约一炷香的时间，欧阳燕鹰忽然喊道：“姐，潘哥哥，段姑娘的手好像开始暖和了！”

欧阳燕云不可思议地抓起段二娥的手，果然刚刚冰冷的手已经渐渐地回暖，这简直有些不可思议，如非亲眼所见，谁又能相信这是真的呢。

潘俊嘴角微微扬起，然后拔出几根银针，瞬间段二娥“哇”地吐出一口黑气，猛然睁开眼，剧烈地喘息着，宛如被刚刚救活的溺水者一样，胸脯上下剧烈地起伏着。

“段姑娘，你醒过来了！”欧阳燕云一把搂住段二娥，激动得热泪盈眶。段二娥被燕云这一抱有些不知所措，过了一会儿才拍了拍燕云的肩膀并在她的耳边轻声说：“谢谢你，欧阳姑娘。”

“嗯？”段二娥的这句谢谢让欧阳燕云有些疑惑，“谢我什么？”

“其实刚刚你们做的一切，我都能清楚地看到，只是我的身体像是不属于自己了一样。”段二娥淡淡地说道，“谢谢你们。”

“那不算什么的，呵呵！”欧阳燕云破涕为笑，抹了抹眼泪，扶起段二娥关切地问道，“段姑娘，你身体没事了吧？”

“嗯，刚刚经历的那一刻像是自己已经死去了一样，什么都消失了，一切都不再那么重要了。就在我准备接受这一切的时候却隐约听到有人在叫我，我想那就是燕云姑娘你的声音吧！”

欧阳燕云有些脸红，她微微地笑了笑，然后扭过头望着潘俊道：“潘哥哥，你是怎么知道段姑娘没有死的？”

“是因为那块石碑上的字，‘死亦生，生亦死’。”潘俊指着眼前的那块石碑道，“我想金家的祖先一定是以此来让后继者亲身体会生与死，一个人死后世间的繁华也就不再那么重要了。金家世代研究金石之术，用于皇帝的墓陵之中，如果看不破生死、繁华，必定会成为监守自盗的始作俑者。”

“嗯，潘俊哥哥说得对。”段二娥点头道。

“我想这也是为什么你爷爷会将其他破解的方法都教给你，唯独破解虫海这一关只是和你提起奇门遁甲，却未曾全部传授给你的原因。”潘俊长出一口气，“因为这生死是任何语言都说不清的，只有让你自己经历了之后才能深刻地体会到吧！”

说到这里潘俊心中更加佩服这金家的先人了，究竟是怎样的一个人会有如此的智慧想出这样精妙的机关，将毕生所学之精华，甚至为人处世的道理全部融汇在这五关之中，着实不易。

潘俊想到这里，就走到明鬼钻入的那个洞口前，伸手进去将明鬼掏出，忽然手上似乎碰到了什么机关一般的东西，只听一声轻微的“咔嚓”声，潘俊的神经有些紧张，这秘洞之中处处是机关暗道，说不定自己碰到某处便会没命。

那“咔嚓”声之后他的耳边传来了一声“哗哗”的水声，声音似乎是从头顶传来的。

“咦，这里怎么会突然有水声的？”欧阳燕云惊讶地向头顶望去，忽然一股水流从火蛇的尾部流淌出来，将那条原本熊熊燃烧着的火蛇一点点地熄灭了，随着火蛇的熄灭，那些移动的木虫也停止了动弹，再次沉睡在了眼前的地面上。

潘俊心里总算平静了下来，可是耳边却依旧响着“汩汩”的水流之声，声音不大，却听得清楚。

不管怎么样，现在总算是过了号称五关之中最难的“虫海”，接下来的那关究竟是什么呢？不管怎么样也一定要走出去。

18

漫天星空，智闯勾崖关

潘俊搀着欧阳燕鹰，而欧阳燕云则扶着身体还有些虚弱的段二娥，沿着虫海后面的隧道继续向深处走去。

却说眼前这隧道四壁光滑，相比之前要宽得多，似乎也要暖和许多。潘俊小心翼翼地走在前面，手中拿着一支在隧道口捡来的火把，将隧道两旁的灯盏点上。

“潘哥哥，你看看隧道的顶端。”欧阳燕鹰指着隧道的顶端。几个人循着他手指的方向望去，只见隧道的顶端像是镶嵌着无数镜子一般，在火光的照耀下闪烁着奇异的光亮。

“啊，真是太美了，段姑娘你快看，像不像天上的星星？”欧阳燕云一脸陶醉地说道，在这秘洞之中还真是别有洞天。

“嗯，是啊，真美。”段二娥望着头顶上那几颗连起来像是一条龙一样的亮光说道，“你看那边的几颗星很像东方七宿。”

“东方七宿？”欧阳燕鹰不解地重复着。

“东方七宿又称苍龙，包括角、亢、氐、房、心、尾、箕，因为这七颗星连起来极像一条巨龙，因而得名，不过这苍龙一般只出现在春天以及夏初。”潘俊亦是盯着那几个星有些出奇。

“刚刚听段姑娘一说，我才想起这几个亮点确实与苍龙一致，呵呵，金家的祖先真是天文地理无所不知，即便是在这隧道深处亦想出如此玄妙的东西。”潘俊言语中不无赞许之意。

“不过，段姑娘怎么知道这是东方七宿呢？”欧阳燕云望着段二娥说道。

“呵呵，我从小就喜欢看星星，总是觉得天上的繁星像是一双双的眼睛，在凝视着下面的我们，于是爷爷便每天晚上陪着我看那些星星，然后告诉我那些星星的名字，以及它们的来由典故。”段二娥说到这里神色有些黯淡，想必是想起与爷爷生活的那段美好的日子吧，晶莹的泪珠在眼角晃动着。

欧阳燕云伸出手放在段二娥的肩头，段二娥扭过头，勉强从嘴角挤出一丝微笑：“谢谢你，欧阳姑娘，我没事……”说完段二娥长出一口气，她指着旁边的几个极其明亮的亮点道，“欧阳姑娘你看，那是北斗七星……”

“哈哈，这个我知道，爷爷……”欧阳燕云说到这里也停住了，欧阳雷火的样子瞬间闪过脑海，她咬着牙说道，“在夜晚迷路的时候就可以寻着北斗七星的方向找到出路。”说完欧阳燕云也沉默了，她似乎也在回忆着什么。

“好了，我们还是继续向前走吧，前面应该还有两关。”潘俊及时地提议道。他知道此时还不是悲伤的时候，即便已经过了五关之中最难的“虫海”一关，但是这秘洞之中的每一关都有致命之处，稍有闪失就会丢掉性命，因此大意不得。

接下来的路上所有人都沉默着，耳边只有他们的脚步声和不知从哪里传来的滴水声。走了一会儿，欧阳燕云笑道：“潘哥哥，你瞧这一路的头顶上都有那闪烁如星星的亮点，你说下一关会不会真的与星星有关呢？”

欧阳燕云的话让潘俊停住了脚步，他其实在看见那东方七宿的时候就想到了这个问题，不过此时他却更担心另外一件事，那就是随着他们一步步地向前走，这原本干燥的隧道不知何时开始滴起水来。

“欧阳姑娘怎么会联想到星星的？”段二娥见潘俊未回答欧阳燕云的问题，于是连忙回答道。

“嘿嘿，我也是瞎猜的，好像这里的每一关你爷爷都有意教会了你破解之法，我想既然他教你看星星，这一关也应该和这些星星有关吧！”欧阳燕云虽然是乱猜，却也有几分道理。

“听……”潘俊忽然停下了脚步，几个人也跟着停了下来，竖起耳朵听着，除了那“啪啪”的滴水声，还有另外一种声音，像是“呼呼”的风声。

“有风？”段二娥惊喜地说道，有风那么就意味着出口距离此处应该不算太远了。

“可是这风声好像是从下面传来的。”潘俊说着向前走了两步，点燃了眼前的那盏灯，在那盏灯的照耀下，潘俊隐约看到前面立着一块石碑，如刚刚进入这秘洞一样，这石碑上刻着“勾崖”两个字，在石碑的后面是一条断崖。

潘俊仔细地观察着那块石碑，在石碑的后面有一个小小的沟槽。潘俊凑近那个沟槽，闻到一股强烈刺鼻的味道，看样子应该是灯油之类的东西。潘俊在有了虫海里的遭遇之后，此时也颇为谨慎，他并没有立刻点燃灯油，而是走到段二娥与欧阳燕云等人的面前道：“这勾崖就是第四关！段姑娘你想一想，你爷爷是否提起过这关？”

“潘俊哥哥，其实这一路上我都在回忆，可是对于第四关却一点儿印象也没有。”段二娥柳眉微蹙，说话的声音还有些虚弱，看样子刚刚那死门之毒虽然可以起死回生，但身体依旧虚弱得很。

“潘哥哥，难道你也不知道勾崖吗？”欧阳燕云一直觉得潘俊天文地理无所不知，简直就是三国里的诸葛孔明。

“之前的几关我也是从长辈的口中听说的，这一关却是连名字都不曾听闻。”潘俊有些苦恼，所谓“知己知彼，百战不殆”，可是面前的勾崖自己却是一无所知。

“看来只能硬闯了！”段二娥咬了咬嘴唇说道。

潘俊沉思了一刻后点了点头。在这洞中不知时日，现在应该已经到了深夜，大家的体力在前几关都已经消耗殆尽，潘俊于是吩咐大家就地休息片刻，自己则手持着火把打量四周的情形。

此时他们所在的是隧道的尽头，前面是一条深不见底的悬崖，头顶上则是湿漉漉的石壁，他沿着崖壁走了一圈却并未发现出路，心想这里一定藏着什么机关。

大约休息了半个时辰，其间欧阳燕云一直在给段二娥讲述新疆的种种趣闻，并且两人约定如果能走出这秘洞，以后一定要带段二娥到新疆去，尝尝那里的美味。而段二娥只是一直微笑，心中却在挂念着爷爷，恐怕爷爷已经过世了。

“大家准备好，我点燃勾崖后面的灯油，我想那应该是开启勾崖的机关，一旦点燃想必与虫海类似，我们便再无退路了。”潘俊一面说着一面望着眼前几个人的表情，见诸人均点了点头，于是自己走到石碑后面，将那灯油点燃。

果不出所料，那灯油顺着沟槽一直燃烧着，这沟槽贯通眼前的整个崖壁，借着火光潘俊惊讶地发现在断崖对面的悬崖上镶嵌着无数闪光的小镜子，那些镜子与隧道中的一样，在黑色的映衬下像是一颗颗星星一般。

在高出自己所在位置数米的地方有一个黑色的洞口，想必那边是这勾崖的出口。可是断崖距离对面至少有数十丈宽，而且即便到了对面，爬上那洞口也有数丈的高度。

别说现在还有两个身负重伤的人，即便是正常人也很难从对面爬到洞口啊！想到这里潘俊的心头一沉，这勾崖究竟应该如何过去呢？

“潘哥哥，我们怎么才能接近那个洞口啊？”欧阳燕云也发现了对面的洞口，唉声叹气道，“这金家的祖先也忒奇怪了，为什么要制造出这么多稀奇古怪的东西？”

“段姑娘，你再好好想想，有没有见过类似的东西？”潘俊也想不出到对面悬崖的方法，只能求助于段二娥，他觉得既然金无意有意教段二娥破除秘洞的技法，一定也会像之前一样将破关的办法在平时用别的方法传授给了她。

段二娥摇了摇头说：“潘俊哥哥，我实在想不出与这类似的东西了，除了星星。”

“星星……”潘俊重复着这个词，仰头望去，这片在地下的星空里是不是就藏着破关的秘密呢？难道真的如欧阳燕云所说，金无意叫段二娥看星星就是为了勾崖这一关吗？

欧阳燕鹰因为身上的伤因此一直坐在地上，身子便靠着洞口的崖壁，此时他望着一旁被火光照亮的闪烁的光亮，伸出手小心翼翼地在那光亮上摸了摸，他的手一触及那光亮，顿然惊住了。

“潘哥哥，你过来看看，这光亮下面竟然有一个小小的洞。”欧阳燕鹰指着紧靠在那光亮下面的小洞说道。

潘俊和段二娥一起向燕鹰的方向望去，果然在那光亮的正下方有一个小洞，这个小洞的颜色和黑色的崖壁一般无二，如果不仔细看的话根本就发现不了。潘俊又向眼前的几个亮点下面望了望，有这种小洞的亮点并不多，有些小洞靠得很近，有些则要稍远一些，这些小洞似乎是一直向上延伸的。

“咦，这些小洞是做什么用的？”欧阳燕云也好奇地望着那些小洞，却想不明白这些小小的洞究竟有什么用途。

潘俊眉头紧皱却也想不出个所以然来，可是他隐约地感觉到这些小洞出现在这里绝不是偶然，一定与这勾崖有着千丝万缕的联系，或许这便是走出勾崖的关键所在。

此时段二娥向后退了几步，然后平静地说道："潘俊哥哥，你有没有发现这些下面有洞的亮点如果连起来的话正是东方七宿。"

潘俊疑惑地向后退了几步，果然那些下面有小洞的亮点连起来极像是东方七宿的形状，但是如果不退后几步的话还真的看不出来，他一下子明白了过来："我想如果我猜得没错的话，那么后面这些小洞还会出现，并且是按照天上的星宿排列的方式出现的，那样的话这些小洞应该是连在一起直通到对面的洞口的。"

可是潘俊说完这句话却又觉得似乎毫无作用，即便知道这些小洞的排列规律了，却也不能用手攀着这些小洞到对面去，他不禁又有些黯然神伤。

过了好一会儿，欧阳燕云见潘俊始终没有反应，不禁长叹了一口气，坐在燕鹰的身旁说道："看来这勾崖才应该是五关之中最难的一关，留下了一些什么小洞，却也不知道怎么出去，这些前辈是不是脑子坏掉了。不过幸好这里只是有点儿潮气，却并不像虫海里那样寒冷。"

她的话刚一出口，潘俊忽然笑了起来，这笑声让所有人都吃了一惊，此时已经山穷水尽，潘俊竟然能笑得出来？

"潘哥哥，你不是绝望了吧！"欧阳燕云好奇地问道。

"燕云，你真是个聪明绝顶的姑娘！"潘俊笑着说道。

这句话让欧阳燕云一时有些丈二和尚摸不着头脑，她心想难不成是潘哥哥嫌弃自己太笨了，只知道抱怨，正话反说？可是从潘俊的表情里却又看不出讥讽之意。

"潘哥哥，你别笑话我了。我……"欧阳燕云说到这里的时候潘俊已经拉住了她，道："燕云，你随我来！"

这是潘俊第一次主动拉着欧阳燕云的手，她简直有些飘飘然了，满脑子都是甜蜜，哪怕让她一辈子困在这勾崖之中她也会觉得心满意足。

潘俊拉着欧阳燕云，两个人向来时的路走去，欧阳燕云一直被潘俊拉着穿过那条隧道，然后来到了虫海的大厅，这次潘俊并未点燃火把，而是在黑暗中径直穿过了虫海。在他们之前休息过的地方停了下来，潘俊对欧阳燕云道："燕云，帮我把剩下的这些木棒带到勾崖前面。"

说完潘俊已经躬下身子在黑暗中摸索了几根木棒抱在怀里，欧阳燕云也捡起了几根然后道：“潘哥哥，勾崖那里比这里暖和得多，恐怕用不上这些木棒！”

潘俊微微笑了笑道：“我自有妙用。”说完两个人各自抱着数根木棒快速地返回到了勾崖前面。

当段二娥看到潘俊带回来那些木棒的时候，脸上也显出了喜悦的神情。

“我现在终于明白这些奇形怪状经过特别方法制造出来的木棒的真实作用了！”潘俊一面说一面拿起一根木棒说道，“你们看这木棒一头粗一头稍细，细的这端的大小是不是与那崖壁上的小洞的大小相契合啊？”

经他这么一说，欧阳燕云拿起一根用以取暖的木棒仔细看了看，再看看一旁的那个洞口，果不其然，那洞口的大小与这木棒正好相当。

“哈哈，看来有这些木棒我们就能离开勾崖了！”欧阳燕云欢喜地说道，她也明白过来刚刚潘俊之所以夸自己聪明是因为自己提醒了他这些木棒。

潘俊拿着那根木棒走到那个小洞旁边，小心翼翼地将那根木棒轻轻地插入小洞之中，然后用力向内中按了按，一根木棒便这样被按在了勾崖之上。

“果然可以。”潘俊笑道，然后接过欧阳燕云递过来的第二根木棒插在临近的第二个洞中，插完第二根木棒，潘俊依次将手中的木棒轻轻插入到接下来的几个小洞之中。

可是到第五根木棒的时候潘俊忽然发现在临近的位置上出现了三个带洞的亮点儿，他有些犹豫，难道自己刚刚的猜测是错误的吗？怎么这里会出现三个小洞呢？

站在下面的段二娥见潘俊迟迟不插入下一根木棒，有些好奇地问道：“潘俊哥哥，怎么了？”

“这里的三个闪光点下面都出现了小洞，一时间我也琢磨不清应该将木棒插进哪个洞口。”潘俊犹豫地说道。

“只要能过去就可以了，潘哥哥，别想太多了。”欧阳燕云说道。

潘俊心里有些不解，小心翼翼地将木棒插入到其中一个洞口，瞬间觉得这崖壁似乎颤动了起来，紧接着耳边传来一声巨响，那声音似乎是从隧道的方向传来的。潘俊身体紧紧地贴住崖壁，双手牢牢地抓住前面的那根木棒。

震动持续了一会儿，大约一刻工夫之后，那剧烈的震颤就结束了。可耳边却传来了“哗哗”的水声，那声音是从这悬崖下面传来的。

“潘哥哥，这是怎么回事？”欧阳燕云循着那水声望去，虽然这悬崖下面一片漆黑，但却闻到一阵带着腥味的水汽。

潘俊心想一定是自己无意中触动了这勾崖之中的机关，而这勾崖下面必定与某个地下河相连，机关一开，与地下河贯通的洞口也随即打开了。

“潘俊哥哥，我明白了。”段二娥仔细看着潘俊刚刚插入的那根木棒的位置道，“你眼前的几个小洞只有一个是正确的，也就是正好符合东方七宿位置的，而如果将木棒插入别的洞口之中，便会打开下面的机关。”

潘俊点了点头，然后用力向外抽拔那根插错位置的木棒，可是那根木棒像是被楔入小洞中一般，纹丝不动。碍于眼前的处境也不能尽全力抽拔木棒，一旦拼尽全力，木棒虽被拔出，自己也会顺着巨大的力道跌入这深崖之中。

潘俊又稍微用了一点儿力，可是依旧没能将那根木棒从小洞中拔出，无奈只好放弃。潘俊接过递过来的木棒道：“段姑娘，接下来你在那边看着这亮光的走势。”

段二娥点了点头，然后指挥着潘俊将木棒一根根地插入其中。

“这一组亮点应该是西方七宿，潘哥哥现在你所在的位置应该是七宿中的第二宿了。”段二娥盯着那几颗星星的走势问道，“你面前有几个小洞？”

“五个！”潘俊观察着眼前的洞口回答。

“西方七宿状如白虎，我想这第三颗星应该是在你的前上方的那个。”段二娥推测着方位。

潘俊闻言，将手中的木棍轻轻插入，正在这时欧阳燕鹰忽然喊了起来：“潘哥哥，你快看，这下面的水已经溢上平台了！”

经由他这一提醒，潘俊等人恍然大悟，不知不觉中只见那悬崖已经被水填满，而且似乎一直在往上涨，必须要加快速度，否则，不待离开勾崖一行人便会溺死在水中了。

所谓忙中生乱，潘俊一时着急，接过欧阳燕云手中的木棒，未等段二娥开口便将其插入了前面的小洞之中，瞬间只觉得悬崖再次震动了一下，他心想一定是自己再次将木棒插错了位置，触动了机关。

在那震动之后，欧阳燕鹰发现那向上溢的水流的速度更快了，转眼间已经没到了脚踝。

“潘哥哥，我们得快点儿离开这里啊！你看这水！”欧阳燕鹰指着脚下涌上来的水说道。

潘俊点了点头，然后望着段二娥问道："段姑娘，你和燕鹰两个人也都到这些木棒上来吧！我想这水很快就会涨上来。"

"嗯，好的。"说完，段二娥扶着欧阳燕鹰，两个人也顺着那木棒爬上了悬崖，不过这样一来就很难看清那些星星的方位了。

"潘哥哥，你说是不是有点儿奇怪，这水一直从下面涌上来，按理说这勾崖应该与旁边的虫海相连，水面不会涨得这么快才是啊！"欧阳燕云望着那快速涨起来的水面说道。

"我想是因为我们第一次触动机关的时候把从这里通向虫海的隧道给堵死了，因此水面才会上升得如此之快。"潘俊在最初听到那从隧道深处传来的巨响的时候就已经猜出了个大概，那时候他只庆幸与燕云一次性地将所有剩下的木棒都抱了过来。不过他始终在担心着另外一个问题。

接下来他们向上攀爬的速度便慢了许多，一来没有段二娥在远处指点，不好确定那些闪光点所对应星宿的具体位置，又怕再次插错而碰到机关，恐怕那水流的速度会更快，再者便是这崖壁甚是光滑，爬起来也确实有些难度，稍有不慎便会落入深潭之中。

虽然缓慢但是行进得却很稳当，终于到了距离那洞口一米多远的位置，潘俊习惯性地伸出手，可过了良久却不见燕云将木棒递过来，扭过头见燕云手中已经是空空如也。

"潘哥哥，木棒全都用完了！"欧阳燕云无奈地说道。

潘俊始终担心的问题还是出现了，那就是他们在虫海曾经为了取暖烧了几根木棒，潘俊粗略地估算了一下，由此处到对面大概还需要四根木棒，那正是他们为了取暖用去的那四根。

眼看着下面的水面在不停地向上涨，而前面的出路也只有几步之遥，自己却全然没了办法。潘俊心急如焚，究竟如何是好？

正在此时欧阳燕鹰忽然惊叫了一声道："他妈的，这是什么东西？"

潘俊等人都被他的这一声吼叫吸引了过去，因为燕鹰身上有伤，所以走在最后面，只见他正在用力地甩着缠绕在腿上的一个黑色的物什，那物什像是一条发霉的绳子，紧紧地缠绕在他的腿上。

不过细看之下潘俊竟愕然了，这哪里是什么绳子，分明是一条黑乎乎的蛇。

那条蛇被燕鹰如此一甩，顿时立起了上半个身子，口中吐着火红的芯子。这燕鹰可也不是吃素的，望着眼前这条蛇痴痴地笑了笑，伸手便要去抓，却被潘俊大声喝住。

“燕鹰小心，这蛇有毒！”潘俊大声喊道。

“有毒？”段二娥用询问的目光望着潘俊道，“潘俊哥哥是不是认识这种蛇？”

潘俊摇了摇头：“它虽然样子极像蝮蛇，不过蝮蛇却大多生活在丘陵和平原地带，极少会游水。而你看眼前的这条蛇，头顶上分明没有眼睛，身体细长，想必是因为一直生活在这地下河水之中的缘故。”

“可是既然你没见过，为什么说它是毒蛇呢？”段二娥不解地说道。

“常识啊！”欧阳燕云笑道，“这毒蛇与无毒蛇的样子是有很大差别的，毒蛇的头一般是三角形的，尾巴很短，并且尾端突然变细。无毒的蛇，头部一般是椭圆形的，尾巴也是一点点变细的。”

“嗯，确实如此啊！”潘俊点了点头说道，欧阳燕云得到潘俊的赞许更是喜不自胜，而段二娥听完后再次观察那条黑色的蛇的时候，发现那条蛇确实如燕云所说，头部呈三角形，尾巴似乎骤然细了很多。

“嘿嘿，不过对于燕鹰而言对付这蛇还是不在话下的。”欧阳燕云笑着说道，她的话让潘俊忽然想起燕云家乃是火系驱虫师，火系驱虫师驱使的均是“大虫”，那性情暴虐的皮猴和飞鸿亦不在话下，更何况是这小小的毒蛇呢？

只见燕鹰双眼眯成一条细缝，像个淘气的孩子一般伸出舌头，舌尖几乎与蛇芯子贴在一起。段二娥紧紧地扣住手中的木棒，心早已提到了嗓子眼儿，为燕鹰捏了一把汗。

谁知那蛇却避开了燕鹰的舌头，火红的芯子在燕鹰的脸上吐了吐，然后亲昵般地爬上了燕鹰的身子。燕鹰抓起蛇之七寸，绕在手臂上，龇着牙对段二娥笑了笑，全然无事一般。

段二娥这才松了一口气，燕鹰笑道：“段姑娘要不要试试这小家伙？”段二娥闻言却连连摇头。潘俊道：“燕鹰可以一次控制多少条毒蛇？”

“嗯？”欧阳燕鹰想了想道，“五六条应该是不成问题的！潘哥哥您是要……”

潘俊指了指燕鹰身后，欧阳燕鹰扭过头不禁一惊，若不是燕鹰发现了这条毒蛇，恐怕潘俊也不会注意到，只见这崖壁的四周不知何时已经爬满了这种黑乎乎的毒蛇，看样子足有数千只。

“老天爷，这些东西是什么时候钻出来的，怎么我们都没注意到啊？”段二娥望着那浮在水面上黑黝黝的毒蛇惊叫道。

“可能是我们刚刚一直关心如何从这里出去，根本没注意到这些毒蛇。”潘俊看着快速上涨的水面心中又添了一丝忧虑，现在木棒已经全部用完，如果不及时想出办法爬上去的话，这些蛇便会将他们分而食之。

忽然潘俊的目光停在了对面入口处的一块石头上，那石头突出在对面的洞口之外，宛如一把钩子一般，也许这勾崖的得名正是来于此。

看到那块石头，他快速地将自己的腰带解开，然后递给身后的段二娥说道：“递给燕鹰，让他把这腰带沾上水！”

段二娥点头将腰带递给燕鹰，燕鹰不明所以只能按照潘俊的吩咐行事，但见下面的毒蛇越聚越多，即便是伸手到水里亦不是易事。忽然他灵机一动，将腰带绑在那毒蛇的身上，然后将蛇扔进水里。

“呀……”段二娥见燕鹰竟然将腰带扔进了水中，不禁惊叫了出来，只见燕鹰信心十足地笑了笑，之后从口袋中拿出一支短笛，这短笛与燕云的类似，正是召唤皮猴的器物。

他将那短笛贴在嘴边轻轻一吹，顿时尖锐的声响在这空间中回荡，只见那条已经没入到水中的毒蛇竟然从水中钻了出来，身上还缠着潘俊的腰带。它钻出水面一直向欧阳燕鹰的方向游弋而来，并且拖着那条长长的腰带。

那蛇一直爬到燕鹰身边，燕鹰伸出舌头在毒蛇的面前晃动了两下，那蛇再次亲昵地爬到燕鹰的手臂上，而燕鹰则将已经沾满了水的腰带解下来递给了上面的段二娥。

潘俊接过腰带，用力地将腰带上的水挤向一边，然后在空中晃动了两下，那腰带脱手而出，在那突出的石头上缠绕了两圈之后竟然自动打了个结。

潘俊用力向后拉了拉，见那腰带绑得委实牢靠，然后道：“我先试试，如果可以的话你们就跟着过来。”说罢潘俊双手用力，人已经从木棒上飞出，借着腰带的力道这一米多的距离亦不成问题。

他纵上洞口，然后将腰带解下，一端丢给身后的欧阳燕云，燕云学着潘俊的动作也上了洞口。如此这般，几个人终于脱离了勾崖险境。

19

悬崖峭壁，决断纵横关

水面依旧在快速地上涨，恐怕一会儿就连这里也会被淹没。想到这里潘俊一行人不敢怠慢，立刻向眼前的隧道深处走去。刚走出几步却见前面又出现了一座石碑，上面写着“纵横”二字。

“这应该就是最后一关了。”说完潘俊见那石碑上亦有一个小小的洞口，于是掏出明鬼将其放入洞口之中，顿时觉得这隧道一阵剧烈的颤动，像是地震一般，隆隆声不绝于耳。那声音便是从身后的勾崖传过来的。

段二娥与燕云二人快步向勾崖方向走去，两人站在入口处均是一惊。只见那水面上出现了三五个巨大的漩涡，水位在快速地下降，原本盘踞在悬崖四壁上的黑色毒蛇也全部被吸入了漩涡之中。

在两个人惊诧的时候潘俊与燕鹰也走到了近前，此时那水面已经下降到了他们进来时的那个洞口。

“小家伙，你也回家吧！”说着欧阳燕鹰将手中的那条毒蛇轻轻抛弃，丢进了那漩涡之中。

他们见水已经消退，便向前面的纵横一关走去。这纵横一关金无意曾经提到过，看似简单，其中并没有如何深奥的道理，却也是金系君子最后分出胜负的决斗之地。

走出数十米之后，眼前出现了些许光亮。似乎已经到了洞口，欧阳燕云惊喜地向前奔去，走到洞口不禁停了下来，在他们面前的一个狭小的空间内刀丛林立，在那刀丛的正中间有一个突出来的圆台，圆台上摆放着一根平衡木，这平衡木的两端有两个木楔支撑着，在对面十米左右的地方有一个出口。

下面的钢刀每一把都足有半米长，锋利无比，映射着寒光，刀与刀之间的距离不过三四指而已，人若落入刀丛即便不死身上也会被戳出几个透明的窟窿，若不是金无意当时学会天志之术，恐怕几十年前就已经死了。

“这是最后一关了。”潘俊站在那根平衡木前面意味深长地说道。他一路上心中始终在担心最后一关，这平衡木一旦开始运转的话，就一定需要一个人站在对面的位置上来保持平衡，另外一个人才可以从此处逃生。

“燕云，你和我先上去。”潘俊对欧阳燕云说道，欧阳燕云点了点头，然后走在前面。由于平衡木有两根木楔支撑着，因此平衡木可以自由走动。见欧阳燕云上到了平衡木上之后，潘俊也站了上去。

“燕云，你身后是不是有一块凸起的石头？”潘俊问道。

欧阳燕云扭过头在身后找了找，在自己的身后果然有一块凸起的石头，然后点头道：“嗯。”

“你敲一下那块石头，如果我想得没错的话，那便应该是这纵横的开关。”潘俊柔声道。

“好的。”燕云轻轻叩击了两下那块石头，果然这平衡木开始缓慢地旋转起来，一边旋转一边向上升。潘俊与欧阳燕云两人分居平衡木两端。

“燕云你慢慢向后移动。”潘俊指挥着燕云说道。燕云轻轻点了点头，一步一步小心地后退，而潘俊也不敢怠慢，自己也小心地向后退，直到燕云退到了平衡木另一端的尖端，潘俊才停了下来。

此时平衡木已经快接近上面的洞口了，潘俊小心地岔开两腿，将身体的重心放在了后腿上，然后深深地吸了一口气道：“燕云，一会儿我喊的时候你就跳进洞口。”

“什么？潘哥哥，那你怎么办？”欧阳燕云虽然看不出之前几关的妙处，但是这关却看得明白，如果她一离开这平衡木，平衡木即刻会倾倒，那潘俊势必会坠入刀丛之中。

“你别管我，我自有办法，你转过身听我的号令。”潘俊的语气不容反驳，欧阳燕云虽然十万个不愿意却也只能顺从。

“一，二，三，燕云，跳。”潘俊一声令下，欧阳燕云像是被电了一下，一纵身跳入了面前的洞口之中，而潘俊也迅速向着平衡木的中间大踏步跃去，将双脚立在平衡木的两侧，身体稍微晃动了几下，这时平衡木终于恢复了平衡。待它升到最高点之后便开始缓缓地下降。

欧阳燕云见潘俊竟然毫发无损，心中既欢喜又佩服，她想笑却又笑不出来，眼睛中已经溢满了泪水。

当那平衡木下降到最下面的时候再次停在了木楔上，潘俊扭过头对段二娥说道："段姑娘，你先上去。"

"不，先让燕鹰上去吧！"段二娥决绝地说道。潘俊愣了一下，然后点了点头，说道："燕鹰你先上去。"

"呵呵，潘哥哥别说笑了，女人都没上去，我这个大老爷们儿哪能先上去啊？"燕鹰一脸不屑地说道。

"哼，你这小孩子懂什么男人女人的，这里我比你大，所以你得听我的。"段二娥拍了欧阳燕鹰的脑袋一下。

"谁是小孩子？"燕鹰忽然怒吼着站起身来，强忍着脚上的疼痛道，"就算你比我大几岁，但你始终还是女人。"

"呵呵，你这小孩子怎么那么犟呢？"段二娥微笑着说道。

"不准再叫我小孩子！"燕鹰一字一句地怒吼道，声音在这狭小的空间中回荡着。

"好好好，你不是小孩子，但是你现在受了伤，还是你先上去吧！"段二娥微笑着说道。

欧阳燕鹰瞪了段二娥一眼道："咱老爷们儿吐口唾沫也是根钉。你先上去。"

"好了，你们两个别争了。"潘俊淡淡道，"燕鹰你身上有伤，先上去，一会儿我会送段姑娘上去的。"

欧阳燕鹰望着潘俊，嘴张了张却始终没有说出话来。他虽然脾气如同雷火老爷子一般火暴，却对潘俊心存感激兼佩服，因此潘俊既然开口，燕鹰即便满心不愿意，却也只好听从。

燕鹰一瘸一拐地走向平衡木的对面，然后叩击了几下机关的开关，这平衡木再次运转了起来。

一会儿工夫潘俊如法炮制将燕鹰也送到了出口，自己则再次下来。此时段二娥缓缓地走上平衡木，站在潘俊的对面道："潘俊哥哥，谢谢你这一路上的照料。”

潘俊笑了笑却并不回答，段二娥长出一口气，然后轻轻地叩击了几下开关，机关缓缓地运动了起来。

“潘俊哥哥，我想告诉你一个秘密！”段二娥低着头说道。

“哦？”潘俊眉头紧锁地望着段二娥，段二娥小声地嘟囔着什么，声音全被机械的转动声覆盖住了，站在洞口的欧阳姐弟俩根本听不清他们二人究竟在说什么。当段二娥说完之后潘俊脸色大变，他向洞口的欧阳姐弟俩望了望，然后小声道：“你说的是真的吗？”

段二娥轻轻地点了点头，然后望着潘俊道：“所以潘俊哥哥，你带欧阳姐弟俩离开这里吧，让我留下。”

“呵呵，你坚持让燕鹰先上去就是想自己留下是吗？”潘俊其实早已经猜透了段二娥的想法，知道无论他如何劝说段二娥也不会先燕鹰之前上去的，于是便开口让燕鹰先上去。

“嗯，潘俊哥哥，我是金家的传人，葬身在祖先留下的秘洞之中也是理所应当的，而你却不同。”段二娥低着头说道，“而且我刚刚和你说的那件事……”

“那件事出去再说吧！段姑娘你先上去，我自有办法脱身。”就在潘俊与段二娥说话间平衡木已经升到了洞口，潘俊开始倒数，“一，二，三，跳。”

段二娥有些犹豫，但感到脚下的平衡板似乎在瞬间失去了力道，便知道潘俊已开始向中间折返，这才脚下一用力，向对面跳去。本来潘俊已经计算好了时间，当数到三之后向中间折返，可因为段二娥晚了一步，所以他到中间的时候，那平衡木又被重重地踩了一脚，原本就很难把握的平衡木，此时更是东摇西晃，潘俊立在中间如同海浪中的一叶扁舟。

“潘哥哥，小心啊！”欧阳燕云的一颗心早已经提到了喉咙口，眼睛紧盯着在平衡木上打晃的潘俊。忽然潘俊一脚踩空，瞬间完全倾斜了过去，潘俊只觉得身体一下子失去了力道，整个人快速地向下坠落，瞬间他的脑海一片空白，四肢也像是僵住了一样不听使唤。

欧阳燕云的心几乎从喉咙口跳了出来，已经不忍再看。而身边的段二娥忽然也纵身跳了下去，欧阳燕鹰眼疾手快一把抓住段二娥的双腿，但是人也已经被段二娥的力道带了出去。而此时燕云也反应了过来，连忙起身抓住弟弟。

“快要落下去了吧，应该就快要接近那些钢刀了！”潘俊心想自己不会像金无意那般幸运，金无意应该是保持着站着的姿势落下的，而自己则是背对着那些钢刀。他缓缓地闭上眼睛，瞬间竟然做了一个梦，他梦见时森森被困在了北平城中的一座小茅屋中。

正在此时，潘俊的身体停止了下落，他猛然惊醒，见段二娥正死死地抓着自己的腰带，因为用力脸色更加红润。

“潘俊哥哥，你坚持住。”段二娥一边说一边用力地抓住。而最吃力的当属最上面的欧阳燕云，双手早已麻木，却死活不肯放手。

潘俊长出一口气，然后身体贴在一旁的悬崖上，欧阳燕云咬着牙一直用力地向上拉燕鹰。但是因为这崖壁光滑无比，潘俊也只能干着急，却一点儿忙也帮不上。幸好燕云从小习武，力量大出普通女子数倍，否则这一干人早已全部落入刀丛之中了。

燕云费力地将燕鹰拉了上来，然后两个人一起向上拉段二娥，这时欧阳燕云才觉得稍微松了口气，只是担心段二娥手上的力道不足。她想了想然后对燕鹰说道：“弟，你用力拉住段姑娘，我借你的腰带用一下。”说完她解开欧阳燕鹰的腰带，然后顺着悬崖放下去道，“潘哥哥，你接住这腰带。”

潘俊闻言将腰带拿在手上，燕云拉住腰带，而燕鹰则拼尽全力向上拉段二娥。其实段二娥的手也早已经麻木了，只是勉强支撑着，见潘俊握住那腰带心中才总算放松了一点儿。

当段二娥身子被拉上来一半的时候，潘俊忽然叫道：“等等……”

他的话让所有人一惊，只见潘俊两眼放光地望着眼前的石壁。

“潘哥哥，怎么了？”欧阳燕云不解地问道。

“这石壁上有字。”潘俊回答道，“金者，利器也，仁者得之则救生灵，恶者得之则起战乱，切记。”在那行字的下面有一个小洞，与明鬼大小无差，潘俊小心翼翼地掏出明鬼将其送入那洞穴之中，只听一声轻微的“咔嚓”声，那行字从中间裂开，里面竟然是一个暗格。在那暗格之中有一个精致的木盒子。潘俊小心翼翼地将那木盒拿在手中，然后道，“可以了！”

一会儿工夫潘俊已经被他们拉了上来，此时大家都已经累得汗流浃背，气喘吁吁了。潘俊将那只木盒递给段二娥说道：“这应该是金家祖先的遗物。”

段二娥接过那只盒子却没有立即打开，只是看了看然后揣在了怀里。

“好了，我们五关都过了，应该前面就是出口了。”潘俊休息了一会儿说道，“快点儿离开这里吧！”

说完这一行人便向着隧道外面走去，走出不远便隐约见到了星光，欧阳燕云惊喜万分，一直笑眯眯地跟在后面，而段二娥则显得心事重重。潘俊走到洞口，仰头向远处望了望，天上繁星闪烁，不禁心头一颤，猛然间想起了什么，是那个在即将坠入刀丛时所做的梦，那个梦虽然短暂，但却如此真实。时淼淼他们现在在哪里？是真的如那个梦一样被困在了一座茅屋之中，抑或是已经回到了双鸽第？

20

绚烂烟花，奇计出北平

时淼淼望着窗外的繁星，此时北平城南的枪声已经不再像刚刚那般此起彼伏了，她手中提着一个包裹，那包裹之中是一颗人头——霍成龙的人头。

这是北平城南的一间破旧的茅草屋，不知已经多久没人住了。自从日本人进城之后，像这样荒废的茅草屋随处可见。她手中握着一把从日本人手中夺过来的驳壳枪，但枪中只剩下最后两发子弹了。她侧着耳朵听着外面的动静，似乎那些日本人并未追过来，她这才松了一口气靠在窗户旁边坐了下来。

也就是在此时她才发现右臂有些刺痛，手臂上黏糊糊的，她借着月光隐约地看到自己的手臂上中了一枪，因为刚刚形势危急，全然没有注意到。

时淼淼将衣服轻轻挽起，可衣服早已经与伤口凝结在了一起，轻轻撕扯便会引来剧烈的疼痛。时淼淼咬着牙，齿缝间吸着冷气，猛一用力将与伤口粘连在一起的衣服扯开，本已凝固的鲜血再次涌了出来。

她从怀里掏出一块白色的手帕绑在伤口上，这才长出一口气，整个人都瘫软地坐在了地上。她望着地上的那颗人头，脑海中又浮现出刚刚惊心动魄的一幕。

时淼淼在听闻霍成龙等人的人头被高悬在城门口之时就已经暗下决心：一定要将人头夺回来。当时她冒险到广德楼前也是为了查探外面的动静，见街道上并未严密封锁，心中早已预料到日本人这样做必定在城门口有什么埋伏。可是她是个不撞南墙不回头的姑娘，一旦做了决定便誓死也要做到。

于是便谎称散步，悄然换上了一张新的人皮面具走出了广德楼。一路上都还算顺利，没有路障，没有日本兵的盘问，这样的平静反而让她增加了警惕，暴风雨前的平静只能预示着更大风暴的来临。

她趁着夜色走到城门前的巷口，见霍成龙等人的头颅被放在一个个小小的木盒之中，悬挂在城门前的旗杆上，在旗杆的旁边立着几个荷枪实弹的日本人。

她粗略地估算了一下，旗杆下面的日本人有五个，在一旁的小屋子中还有五六个，如果只有这些人的话，那么时淼淼非常自信可以夺回霍成龙的头颅并且全身而退。只是她心知这些日本人一定已经在此处布满了埋伏，犹豫再三，见时辰已经临近，唯恐耽误了大家逃出北平的时机，于是只能硬着头皮探个究竟了。

想到这里时淼淼躲进城墙边缘的阴暗角落之中，缓慢地向前移动，在距离城门还有数米距离的时候，时淼淼的手臂轻轻抖动了一下，一条早已藏在袖口的三千尺飘然从衣袖中露出。

时淼淼的右手轻轻用力，正是“黏”字诀。月光之下只见一道白光闪过，那三千尺已经径直向霍成龙头颅所在的那根旗杆而去，只听一声轻微的“啪”声，三千尺已经牢固地粘在了旗杆之上。时淼淼长出一口气，然后手臂一抖，这次用出的则是“破”字诀，这一招一出只见那根旗杆从中间折断，装着霍成龙头颅的木盒向时淼淼的方向倒过来。

同时注意到这些的还有那几个日本兵，时淼淼连忙收起三千尺，纵身而起，在空中接住那个盒子的同时掏出短刀割断旗杆与木盒之间连接的绳子，抓着木盒向来时的路奔去。

谁知刚一转身，身后不知何时出现了数个手持钢枪的日本兵，他们的枪口已经全部瞄准了时淼淼。时淼淼一面估量着这几个日本兵的位置，右手却缩在衣袖中暗暗掏出三千尺。

“松井将军就知道你们肯定会来夺这颗头颅的，我们已经在这里等待多时了！”说话的是一个日本军官，此时他腰间别着一把驳壳手枪，颇为得意地站在时淼淼的面前。

“哼……你自认为可以抓得住我吗？”话未说完，时淼淼藏在袖口的三千尺早已经出手，三把三千尺破空向眼前的几个日本兵迎面而去，速度之快，待那几个日本兵反应过来的时候手中的枪早已经碎裂开去。时淼淼手上一抖，那三千尺向另外的几个日本兵而去，同时人已经追到那日本军官近前，所谓擒贼先擒王，这次三千尺则击中另外三个日本兵的胸口。“破！”时淼淼喊道，声音刚落，只见那几个日本兵的胸口已经破出一个拳头大小的黑洞，瞬间倒毙身亡。

转眼间三个士兵被夺了兵器，死于非命，却根本没弄清对方究竟用的是何兵器。而此时这个日本军官的喉咙也已经被时淼淼提着木盒的左手锁住。

时淼淼后退着，忽然觉得脚下一软，似乎踩到了什么软绵绵的物件，整个身体都倾斜了过去，这正是土系驱虫师的蚁狮陷阱。

那军官趁此机会挣脱了时淼淼的手臂，时淼淼哪里肯放过他，三千尺随机抖出，却是“黏”字诀，将那军官的脖子紧紧锁住之后，借着力道使整个身子从那陷阱之中挣脱出来。那军官被这一拉，锋利的三千尺早已经没入了喉咙之中。

几个日本兵见军官已死，便毫无顾忌了，立即开枪向时淼淼射击。时淼淼在地上一翻，顺手从那军官的腰间拔出那把驳壳手枪。时淼淼在松井元尚那里曾经学过一些枪械技术，但是始终觉得没有三千尺来得痛快，不过此时却大为不同，三千尺只有三根，而眼前的日本兵已经聚集了二十几人。

她拔出那支枪之后便一纵身跳到了一旁的哨所后面，以那哨所作为屏障向对面的士兵攻击。只是那士兵却是越聚越多，时淼淼心想这次真的是有来无回了。正在此时，她的耳边传来了一阵马蹄声，她小心地探出头来，只见一匹马拉着一车的火药，正向城门的方向奔驰而来，那匹马的尾巴上似乎绑着一串爆竹，一直不停地发出“噼里啪啦”的响声。

日本兵一看那车上的火药已经点燃了导火索，连忙向后退，时淼淼正好抓住这个时机向深巷中跑去，那些日本人见时淼淼走了出来，胡乱开了几枪却不敢靠近，因为这火药马上便要爆炸了。

时淼淼冲进深巷之中，在巷子中转了几圈终于走进了这个茅屋。但是让她奇怪的是始终未听到炸药的巨响。她躲进这茅屋之后便听到几条街上枪声不断，时而密集，时而稀稀落落的。刚刚又听到大批的日本人在到处搜索，却不知为何在即将搜到此处的时候竟然离开了。

后来枪声一直持续了半个时辰有余才停了下来，时淼淼此刻总算长出了一口气，但是她不能在此处待得太久，恐怕现在所有人都在等待着她。她咬着牙站起身子，正在此时忽然听到那茅屋的门发出了“吱呀”一声，时淼淼的神经立刻紧绷了起来，握住手中的枪盯着那扇木门。

“丫头，是你在里面吗？”这声音时淼淼很熟悉，正是潘俊的大伯，一起来抢夺霍成龙头颅的潘昌远。

“世伯？”时森森小声说道。

“嗯，果然是你。”说完潘昌远小心翼翼地走进来，见到时森森眯起眼睛笑道，“没想到小丫头你竟然抢在了我的前面。”

“呵呵，世伯刚刚那辆装满炸药的车是你……”时森森恍然大悟地说道。

“嘿嘿，车倒是我的，不过我哪来的那么多炸药？不过是一些烟花罢了，吓唬吓唬那群小日本。”潘昌远笑了笑说道。

“世伯，你也受伤了？”时森森见潘昌远的衣服上沾染着血迹，不禁关切地问道。

“一点儿小伤。”潘昌远望了望外面道，“现在广德楼里的那场戏快结束了，我们得尽快离开这里，否则……”

“否则怎样？”时森森追问道。

“还是路上说吧，恐怕时间已经来不及了！”潘昌远带着时森森，两个人走出茅屋在深巷中穿行，此时的街道已经设立了很多关卡，他们只得绕行。

而与此同时广德楼中的冯万春却焦急万分，看天色渐晚却依旧没有得到管修的任何消息。眼前的几架飞行机都已然按照管修的吩咐调试完毕，只待潘昌远与时森森回来便可以随时飞出北平城。

前院广德楼戏院之中依旧敲锣打鼓，咿呀声不绝于耳，不时传来一阵阵喝彩叫好之声。冯万春焦急地在屋子里踱着步子，心却总也平静不下来。如果时森森与潘昌远中计被抓怎么办？即便没有被抓住，但赶不上京剧结束的烟花又如何是好？

各种假设浮现在他的眼前，可是此时他却无能为力。正在此时，一个仆人忽然急匆匆地推门走了进来，俯在冯万春的耳边耳语了几句，冯万春听罢脸色惊变：“真有这种事？”

那仆人点了点头，原来刚刚仆人一直在广德楼中观察着那群日本人的动静，就在半个时辰之前，一个日本兵急匆匆地跑进来在松井元尚的耳边说了什么。松井元尚脸色阴沉，对站在一旁的松井赤木说了几句话便起身离开了。

冯万春有种不祥的预感，但是他却不愿相信。松井元尚的离开很有可能是因为时森森与潘昌远已然中计，他的心瞬间沉到了谷底。

“你先出去吧，我静静。”冯万春坐在椅子上，双眼微闭，耳边忽然响起了一阵脚步声，那声音距离此处应该不超过三里路，一男一女，女子很年轻，男子步伐深浅不一，像是受了重伤。会不会是时森森和潘昌远？他的心中再次燃起一丝希望，而就在此时他的耳边又传来了一阵整齐的跑步声，那应该是日本兵，难道时森森等人的行踪已经被日本人发现了？

冯万春站起身来，不一会儿门口传来了轻微的敲门声。两个下人打开门一看，进来的正是时森森与潘昌远。

两人均是大汗淋漓，冯万春一见两人立即激动地迎了上去："你们总算回来了，我还一直担心你们赶不上放烟花呢！"

"路上遇到些事情。"潘昌远气喘吁吁地捂着肚子坐在一旁，面无血色，嘴唇皲裂。

"嗯，我听到你们身后好像一直尾随着一群日本兵。"冯万春见潘昌远脸色不对，更加确信他一定是受了重伤。

"是啊，本来我和时丫头两个人为了躲避日本人一直绕着小巷走，谁知却正好遇到一群巡逻的日本兵，一定要检查，无奈之下只能将那几个人灭口，只是怨我迟了一步，让其中一个小日本开了一枪，引来了附近的一群日本兵。"潘昌远说到这里又笑道，"唉，人不得不服老啊！"

"世伯，您不用隐瞒了，刚刚您出手的时候我就发觉您的动作迟缓，应该是在城门救我的时候受了伤。"

潘昌远见再也隐瞒不下去了，于是便笑了笑道："小伤而已，没什么大碍。"

时森森低头看了看潘昌远染着鲜血的肚子正要说什么，忽然广德楼中传来了一阵骤急的锣鼓声，这便是京剧结束时的轧场锣，锣鼓停歇便意味着这场京戏已然唱完。

"广德楼里的戏要结束了，马上就要放烟花了。大家快点儿准备一下，时丫头你坐这架飞行机，冯师父带着霍成龙和卞小虎的头颅坐在这架飞行机上，我与子午用这架。"说完潘昌远吩咐下人将一直关押在密室之中的子午带到了后院。

那轧场锣敲了一阵，几个人均已上了飞行机，只待烟花声一响则点燃飞行机后面的火药，在烟花的掩护下飞出北平，可是那轧场锣敲完之后却久久未听见放烟花声。

"这是怎么回事？"冯万春唯恐情势有变，着急地问道。

"你们在这里稍等片刻，我出去看看。"潘昌远从飞行机上下来，顿时觉得眼前猛然一黑，整个人差点儿昏厥过去，幸好被子午扶住。潘昌远看了看双手被捆绑起来的子午，微微点了点头，正要出去，一个仆人匆忙推开门道：“不好了！”

“什么事如此大惊小怪，为何到现在还不放烟花？”潘昌远有些急躁地说道。

“不是，不是，是那个叫松井赤木的日本人无论如何也不允许放烟花！”仆人说到这里已经是大汗淋漓。

“你没和他说这是广德楼的规矩吗？”潘昌远说这句话的时候自己觉得后悔，这些日本狗哪里懂得规矩，如果懂得规矩的话又怎么会坏我大好河山呢？

仆人无奈道：“那日本人根本不讲理。”

“好了，我知道了，你先下去吧！”说完潘昌远长出一口气，已然心乱如麻，现在是离开北平的最好时机，迟则生变，但如果贸然发射飞行机，没有烟花的掩护必定会引起日本人的注意，那么一来，飞行机一旦降落必定首当其冲，成为众矢之的啊。

前思后想，却也想不出个主意来。

“不好，有一大队日本兵正在向咱们这个方向包围过来。”冯万春的话让这儿的情势变得更加危急。潘昌远心想很可能是刚刚那一队一直尾随而至的日本人，半路上失去了时淼淼与自己的踪迹才会寻到此处。现在时间已经来不及了。

“时丫头，你与子午乘坐一架飞行机，我出去把那些日本人引开。”说罢潘昌远走到时淼淼身边，对她耳语了几句，然后道，“丫头，你记住了吗？”

“嗯，可是，这些不是应该您和潘俊说的吗？”时淼淼顿然醒悟，刚刚潘昌远所说的话可能是临终遗言，莫说他身受重伤，就算是平时，也很难在这些日本人的追捕下全身而退，此去恐怕是凶多吉少。

“世伯，我去吧！”时淼淼说着便要走下飞行机。

“听我的，我从小在这北平城长大，对北平城比对自己还了解，什么犄角旮旯都能钻，这些小鬼子也不一定就能抓住我。你去只是送死而已。”潘昌远说完拍了拍冯万春的肩膀，然后扭头推门离开。

一会儿工夫，在不远处传来了一阵雨点般的声音，那应该是潘昌远在故意吸引日本人的注意力。此时他们除了担心潘昌远的安危之外，另外一个更棘手的问题则是如何才能安然地飞出北平。

等待片刻之后，忽然“嗖”的一声，一个钻天猴破空而响，在天空中炸开，紧接着数个烟花同时飞起，冯万春和时淼淼均是一阵惊喜，却不明白为何先前松井赤木一直阻止，而此时却又燃起了烟花。

不过这已经不是他们要考虑的问题了，正好趁着这个时候飞出北平城。冯万春一声令下，草屋的房顶被掀开了，两个仆人点燃了飞行机下面的火药，随着那烟花的爆炸之声，这飞行机凭借着火药的巨大冲力一下跃上几十米高，接着飞行机上的木牛流马“咔嚓咔嚓”地运转了起来。

黑色的夜空之中，万花齐放，流光溢彩，北平城的天空已经被这无数的烟花点缀得像是一幅极美的画卷，可是无人知道在这烟花之中飞行着两架古老的飞行机。

时淼淼的耳边是呼呼的风声，还有在身下绽放的烟花，她从未如此居高临下地看到过烟花，自觉美丽至极，整个人差点儿都陶醉其中了。

而在他们脚下的广德楼门前，几个日本高官正在欣赏着漫天的烟花，只有那个四十几岁的女人冷冷地笑着望着刚刚出现在广德楼中的管修。

原来刚刚管修收到消息，那抢夺头颅的二人已经逃走，于是放下心来回到广德楼，却见那戏已唱完始终未见燃放烟花，心中有些着急，便悄悄向一旁的仆人打听，才知是松井赤木一直在其中阻挠。

迫于无奈，他只得现身，两人寒暄几句之后，管修道燃放烟花乃是广德楼的规矩，是吉祥昌顺之意。松井赤木思忖片刻，虽然不明就里，但既然真的是规矩，那燃放一下也无伤大计。这才命人即刻燃放烟花。

飞行机在天上飞行了一刻钟之后降落在北平城外，冯万春三人下了飞行机将其草草地隐藏在这荒草之中，然后押着子午向双鸽第走去。半路上便与潘俊等人迎了正着，原来潘俊等人回到双鸽第不见时淼淼回来，便将欧阳燕鹰留在了双鸽第，带着燕云与段二娥出来营救时淼淼。

时淼淼见到潘俊，眼圈有些发红，过了良久才说道：“你还好吧？”

潘俊点了点头，然后望着身后双手被反绑着的子午，抽出腰间的短刀，将绳子割断道：“我相信你不会跑！”

子午点了点头，却始终不敢抬头看欧阳燕云的眼睛。

“潘哥哥，子午怎么了？”欧阳燕云不解地问道。

潘俊并未回答，又拱手对冯万春说：“冯师父，我们终于又见面了。”

冯万春点了点头。只是潘俊有些奇怪，为何没见到伯父潘昌远，他疑惑地望着时淼淼，时淼淼低着头说道：“潘世伯为了让我们安全离开北平城，便只身去引开了包围我们的鬼子，此时生死未卜。”

潘俊闻言向北平城的方向望了望道："我们先回双鸽第吧！"

一行人回到双鸽第，连夜将分别之后的经历诉说了一番，最后潘俊站起身道："现在所有的事情似乎都与金家金无偿前辈有关，所以我们还是按照原计划明天起程去河南。"当天夜里在双鸽第的密室之中，潘俊望着子午，两个人攀谈了良久。潘俊听完子午的话，眉头微微拧了起来。

第二日一早，这一行人分两拨：冯万春带着段二娥与欧阳燕鹰二人在前，而潘俊则带着时淼淼与欧阳燕云二人在后，将子午留在了双鸽第的地牢之中，两拨人相隔半个时辰离开了双鸽第，向河南挺进。

而与此同时，在北平城的李家公馆的松井赤木正大发雷霆，一群人竟然连两个中国人都抓不住，发泄完怒火之后命人在城中四处搜索，便是将北平城挖个底朝天也要找出那两个人来。坐在他身后的四十几岁貌美惊艳的女人则站起身，轻轻地戴上帽子走了出去。

刚进车中，发现在车子里平放着一张字条，女人坐好之后打开字条，字条上只有两个字："河南。"女人掏出一根香烟叼在口中，然后掏出火柴，轻轻一划，点燃了那张字条，然后用燃着的字条点上香烟，看着字条上"河南"两个字尽皆被烧掉之后，嘴角轻轻敛起。

女人的车驶进北平城东一个安静的四合院中，此时一个西洋大夫刚刚从卧室中走出，他用并不纯熟的汉语说道："夫人，你的这位病人真是太奇怪了，流了那么多血竟然还能起死回生，这简直就是医学界的奇迹。"

"他醒了吗？"女人冷冷地说道。

"还没有，应该要一周左右的时间吧！"西洋大夫说完，女人摆了摆手道："这件事不准和任何人说，否则……"女人做了一个"杀"的手势。

那西洋大夫连连点头道："是，是，是，我明白，我明白。"然后退了出去。

女人见西洋大夫走了之后，缓步走到病床前面，对着病床上躺着的伤者冷笑了一下。

（第一季完）

图书在版编目（CIP）数据

绝命虫师 / 闫志洋著. — 北京：中国友谊出版公司，2017.7
ISBN 978-7-5057-3987-1

Ⅰ. ①绝… Ⅱ. ①闫… Ⅲ. ①长篇小说—中国—当代 Ⅳ. ①I247.5

中国版本图书馆CIP数据核字（2017）第039075号

书名 绝命虫师
作者 闫志洋
出版 中国友谊出版公司
发行 中国友谊出版公司
经销 新华书店
印刷 三河市冀华印务有限公司
规格 700×980毫米　16开
16印张　261千字
版次 2018年1月第1版
印次 2018年1月第1次印刷
书号 ISBN 978-7-5057-3987-1
定价 42.00元
地址 北京市朝阳区西坝河南里17号楼
邮编 100028
电话 （010）64668676